괴물 나무꾼

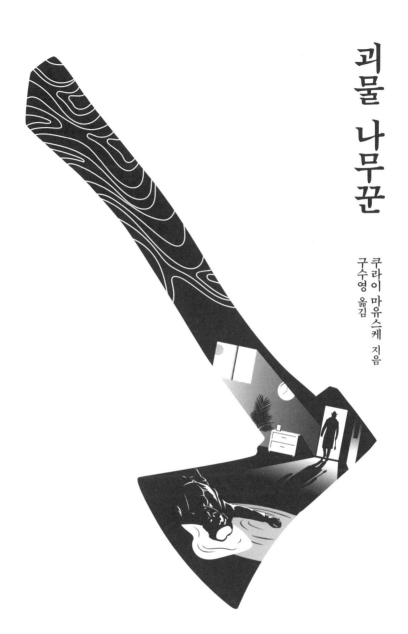

괴물 나무꾼

쿠라이 마유스케 지음
구수영 옮김

위즈덤하우스

차례

침엽수 숲을 빠져나가자 울타리 너머 정원에 마녀의 집이 보였다. 마녀의 이름은 토우마 미도리, 나이는 마흔둘이다.

수사 제1과 소속의 키타지마 신조는 얼굴을 험악하게 구겼다. 서른 명 남짓한 다른 수사관들도 마찬가지였다.

맨 앞에 있던 수사관이 인터폰을 누르자, 사람 좋아 보이는 중년 남성이 문 뒤에서 머뭇대다 얼굴을 내밀었다. 마녀의 남편 토우마 카즈오였다.

"무슨 일이시죠?"

자기 집 앞에 잔뜩 몰려든 수사관들을 보고 카즈오는 당황한 듯했다. 수사관들은 그런 그를 아랑곳 않고 집 안으로 밀고 들어갔다.

"앗, 저기요!"

소리 질러 항의하는 카즈오에게 수사관 한 명이 수색 영장을 내밀었다.

"토우마 카즈오 씨 되시죠? 법원에서 댁의 압수 수색 허가가 떨어졌거든요. 지금 아내분은 어디에 계시죠?"

둘을 지나쳐 키타지마 또한 저택 안으로 들어섰다. 이상할 정도로 긴 복도를 따라 문이 늘어서 있었다. 수사관들이 문을 하나씩 열어 젖히는 중이었다. 키타지마도 다른 수사관들처럼 문을 하나씩 열었다. 그러다 몇 개째인가의 문을 열었을 때, 짧은 머리카락에 하얀 옷을 입고 나른해 보이는 중년 여성과 맞닥뜨렸다. 키타지마가 노려보자 그녀는 의아한 얼굴로 물었다.

"당신, 누군데 남의 집에?"

"토우마 미도리인가? 아이는 어디에 있지?"

키타지마가 되묻자 토우마는 무슨 일인지 깨달은 것 같았다.

"경찰인가……? 결국 발각됐나 보네."

"어떤 상황인지 알았으면 얼른 대답하는 게 좋을 거야. 아이는 어디 있어?"

"어떤 아이 말이야?"

"어떤 아이? 무슨 소리지?"

"그러니까 살아 있는 아이랑 이미 죽은 아이 중에 어떤 아이를 말하는 거냐고?"

태연하게 말을 내뱉는 토우마의 모습에 키타지마는 자기도 모르게 그녀의 멱살을 잡았다.

"이런 미친년이!"

그런데 그때 복도 끝쪽에서 한 수사관의 목소리가 울려 퍼졌다.

"찾았습니다! 여기예요!"

그 소리에 냉정함을 되찾은 키타지마는 토우마를 내팽개치고 목소리가 들린 쪽으로 달려갔다. 구급차를 불러달라는 소리도 귀를 스쳤다.

"괜찮나? 아이는 무사해?"

방에 들어서자 구석에 놓인 침대가 눈에 들어왔다. 아이가 누워 있는 것처럼 이불이 부풀어 있었다. 하지만 침대 옆에 서 있는 후배 야스카와에 가려 아이의 얼굴은 잘 보이지 않았다. 야스카와는 당황한 표정으로 키타지마를 돌아봤다.

"그게, 살아는 있는데요……."

"그런데?"

"그게, 저기……, 어쨌든 얼른 구급차를……."

야스카와는 그저 그 말만 반복할 뿐이었다. 답답해진 키타지마가 직접 앞으로 다가가 침대를 들여다봤다.

그 순간, 키타지마는 말을 잊었다. 침대 위에는 두 살 정도 되어 보이는 아이가 누워 있었다. 온몸에 붕대를 둘둘 감은 채 수액을 맞고 있었고, 옆에는 생명 유지 장치로 보이는 것까지 놓여 있었다. 마치 큰 사고라도 당한 듯한 모습이었다.

'이 아이에게 무슨 일이 있었던 걸까?'

키타지마의 온몸이 부들부들 떨렸다.

"잠깐, 그 아이는 바로 얼마 전에 수술이 끝났다고. 무리하게 움직이지 않는 게 좋을 거야."

뒤에서 토우마 미도리의 목소리가 들려왔다. 여전히 별일 아닌 것처럼 말하는 토우마 쪽으로 키타지마는 천천히 돌아섰다.

"이 아이에게 무슨 짓을 한 거지?"

"보면 알잖아. 수술이야. 뚜껑을 열고, 안을 조금 만져줬지."

"뚜껑이라고?"

토우마의 말을 따라 한 키타지마는 곧바로 그 말의 의미를 이해하고는 눈앞이 깜깜해졌다. 키타지마는 참지 못하고 토우마에게 주먹을 날렸다.

"이런 미친!"

토우마가 옆으로 쓰러졌고 옆에 있던 수사관들이 뛰어들어 말렸지만 키타지마는 주먹질을 멈추지 않았다.

"대체 무슨 짓을 한 거야!"

그 비통한 외침은 수사관들이 키타지마를 토우마에게서 떼어낸 후로도 얼마간 이어졌다.

2000년 2월 6일.

토우마 부부의 저택에서 네 명의 유아가 구조됐고, 후원에서 열다섯 구의 유아 사체가 발견됐다.

그로부터 26년 후.

니노미야 아키라는 아다치에 있는 집을 향해 BMW 승용차를 몰았다. 아다치에 있는 집은 니노미야가 사는 곳은 아니고 창고처럼 사용하는 단독 주택이었다. 집으로 가 쉬고 싶었지만, 예상 밖의 일이 벌어진 탓에 그쪽으로 향할 수밖에 없었다.

'정말이지 쓸데없는 짓을 해대고 말이야.'

노란색으로 깜빡이는 신호를 건너며 니노미야는 마음속으로 혀를 찼다. 그때 무심코 켜둔 차량 탑재형 텔레비전에서 뉴스가 흘러나왔다.

"어제 저녁 8시경, 도쿄도 네리마구의 어느 밭에서 서른 살의 은행원 코바야시 미츠히코 씨의 사체가 발견되었습니다. 경시청은 도내에서 이어지고 있는 도쿄도 연쇄 사체 훼손 살인 사건과 동일범에 의한 범행이라고 보고 있습니다. 경시청에 의하면 코바야시 씨의 두부에는 다른 피해자들과 마찬가지로……"

그건 약 한 달 전부터 이어지고 있는 연쇄 살인 사건에 관한 뉴스였다. 니노미야는 이 사건에 아무런 관심도 없었지만, 네 명이나 되는 사람이 살해되어 세간은 이 화제로 들끓고 있었다. 당연히 경찰도 혈안이 되어 범인을 찾는 중이었다.

니노미야는 이번에야말로 정말로 혀를 차고 말았다.

'그러고 보니 또 한 명 살해됐다고 했지. 큰길은 피하는 게 좋겠군.'

경찰은 사건이 일어날 때마다 도내의 이곳저곳에서 검문을 실시했다. 사체가 유실되지 않아 검문이 그다지 삼엄하지는 않을 것 같지만 귀찮기 그지없는 일이었다. 경찰이 왜 의미도 없어 보이는 검문을 그만둘 생각이 없는지는 알 수 없었다.

'이런 상황이라면 오늘 밤은 꼬박 새울 수밖에 없겠어.'

진저리를 내면서도 니노미야는 큰길을 피하고자 핸들을 꺾었다. 왜냐하면 그의 자동차 트렁크에 어떤 남자의 사체를 싣고 있었기 때문이다.

두 시간 정도 전, 니노미야는 집으로 향하는 차에서 자신을 뒤쫓는 아우디의 존재를 깨달았다. 백미러로 보니 운전자는 키가 작고 통통한 체형에 양복을 입고 있었다. 대략 서른 살 전후로 니노미야와 비슷해 보이지만, 그의 기억에 전혀 없는 얼굴이었다.

　처음에는 경찰이 자신을 뒤쫓는 건가 생각했지만, 미행이라고 치면 거리가 너무 가깝기도 했고 자동차도 너무 고급스러웠기에 곧 그 생각을 지워버렸다. 상대는 분명 초보자임이 틀림없었다.

　니노미야가 인적이 드문 폐창고 앞에서 차를 세우자 따라온 아우디 운전자도 차를 세웠다. 그리고 운전자가 어슬렁어슬렁 차에서 나오자 니노미야는 그의 목을 졸라 기절시켰다. 자신을 미행한 이유를 포함해서 느긋하게 이야기를 들어보기 위해서였다.

　보통의 사람들은 가벼운 협박에도 쉽게 입을 연다. 눈을 뜬 남자도 처음에는 아무것도 모르는 척했지만, 뒤쪽으로 돌려 묶은 손의 손가락을 하나 부러뜨리자 곧장 깡그리 털어놓기 시작했다.

　이름은 야베 마사츠구, 니노미야의 친구가 일하는 병원의 의사로, 그 친구의 주변을 캘 생각으로 니노미야에 대해서도 조사하려 했다고 한다.

　"그럼 네 진짜 타깃은 내가 아니라는 말이야?"

　니노미야가 묻자, 남자는 비지땀을 흘리며 필사적으로 끄덕였다.

　"네, 네! 맞아요. 제가 조사하던 건 스기타니예요. 스, 스기타니는 제가 일하는 병원의 차기 원장 후보인데요. 저는 그, 뭐랄까, 상대 후보 쪽 입장이어서, 그래서 뭔가 약점이라도 잡을 수 없을까 하고……."

"그 말은 곧 차기 원장 쟁탈전을 하고 있다는 말이군. 그래도 지금 원장의 은퇴는 아직 한참 뒤의 얘기 아니던가? 그런데 벌써 미행까지 하면서 조사한다고? 더군다나 나까지 말이야. 친구라고는 해도 나랑 그 녀석은 1년에 한두 번 만날 정도인데."

야베는 말문이 막힌 듯 난감한 표정을 지었다.

"실은 전에 니노미야 씨가 다쳐서 저희 병원에 왔을 때 스기타니와 뭔가 얘기를 나누는 걸 봤거든요. 그때의 모습이 평범해 보이지 않았던 것 같아서, 그래서……."

"그래서 나를 조사하면 그 녀석의 약점을 잡을 수 있을지도 모른다고 생각했다는 건가."

야베는 머뭇대며 긍정했다.

"마, 맞아요. 그런 거예요."

니노미야는 팔짱을 끼고 생각했다.

야베의 말에 짐작 가는 바가 있었다. 예전에 누군가를 살해할 때 상대가 휘두른 날붙이에 베이고 말았다. 그래서 남몰래 친구에게 그 치료를 부탁한 적이 있었다. 수상하게 보이지 않도록 신경 썼지만, 무언가 이상하다는 걸 눈치챈 사람이 있었던 것이었다.

"그렇군. 나를 미행한 이유는 알겠어. 그럼 다음 질문. 오늘 밤의 일에 대해 알고 있는 사람이 있나? 누군가에게 지시받은 건가?"

"아, 아니, 그게……."

"거짓말을 하는 것 같으면 손가락을 하나 더 부러뜨려주지. 얼른 말하라고!"

"아, 제 독단이에요. 말하자면 공을 세우고 싶은데, 정말로 약점을 잡을 수 있을지 어떨지 몰라서."

"그럼 다른 사람에게는 말 안 한 거야? 오늘 밤 미행하는 것에 대해서나 나에 대해서 말이야."

"맞아요. 공을 독차지하고 싶어서 아무한테도 말 안 했어요."

"그래? 아무에게도 말 안 했단 말이지. 알았어. 믿어주지. 이걸로 네놈과의 볼일은 끝났어."

야베의 이야기에는 수상쩍은 부분도 있었지만, 니노미야는 추궁을 그만두었다. 이름과 근무지는 야베가 눈을 뜨기 전에 지갑에서 확인한 대로였고, 무엇보다 야베의 얼굴이 공포로 물들어 있었기 때문이다. 니노미야는 공포로 지배된 인간은 결코 거짓말을 내뱉지 않는다는 점을 경험을 통해 알고 있었다. 진정한 공포 앞에서 사람은 저항의 의지를 잃는다.

"저기, 볼일이 끝났다는 건 무슨 말인가요?"

그렇게 묻는 야베에게 니노미야는 무덤덤하게 답했다.

"이제 너를 죽이겠다는 거지."

야베는 말문이 막힌 듯했다.

"죽인다니, 왜죠? 저는 당신을 미행한 것뿐인데……."

"미행했다는 사실만으로도 죽을 수 있지. 너는 상대를 잘못 고른 거야."

그렇게 내뱉은 후 니노미야는 천천히 야베의 뒤로 가서 목에 팔을 감았다. 그 움직임에 야베는 당황해서 간절히 말했다.

"자, 잠깐만. 아니, 잠깐만요. 제발요. 죽이지 말아주세요. 아내가 제 아이를 임신 중이에요."

"그래? 그건 정말 축하해."

마치 응원의 구호라도 외치듯 축하의 말을 입에 담은 니노미야는 맨손으로 야베의 목을 졸랐다. '크헉' 소리가 들렸고, 야베의 볼로 눈물이 흐르는 것이 보였다. 니노미야는 콧소리를 내며 웃었다.

"넌 지금 뭐 때문에 우는 거야?"

눈물을 흘려본 적이 없는 니노미야에게는 야베의 눈물이 우스꽝스럽게만 보였다. 그저 죽는 것뿐인데, 뭘 그리 울 필요가 있나 싶었다. 쾌락과 분노만이 인생의 전부인 니노미야에게 눈물을 흘린다는 것은 실감이 따르지 않는 행위와 감각인 것이다.

더 이상 움직임이 없는 야베를 차 트렁크에 싣고는 니노미야는 사체를 처분하기 위해 차를 달렸다. 그러던 중에 사건 뉴스가 흘러나온 것이었다.

'태만한 놈이군. 시체 정도는 제대로 숨기라고.'

니노미야는 범인에게 불평을 터뜨리면서 길을 멀리 돌아 아다치구의 집으로 향했다.

그곳은 다다미와 바닥 판만 들어 올리면 아래로 흙바닥이 나오기 때문에 구멍을 파서 사체를 숨길 수 있다. 그리고 집주인은 이미 니노미야가 살해해서 누군가에게 들킬 일도 없었다. 소유자가 멀쩡히 등록되어 있는 집에는 행정 기관이라고 하더라도 제멋대로 들락날락할 수 없다는 점도 계산되어 있었다.

아다치구의 집에 무사히 도착한 니노미야는 예전에 파두었던 구멍에 야베의 사체를 넣고는 새벽이 밝기 전에 자신의 아파트에 도착할 수 있었다. 그리고 침대에 몸을 눕히자 여느 날처럼 곧장 잠에 빠져

들었다. 니노미야에게 살인은 보통 있는 예사로운 일이기 때문이다. 그는 사이코패스라 불리는 종류의 인간인 것이다.

사이코패스란 연쇄 살인범 등에서 흔히 보이는 인격 장애자를 말한다. 이들은 타인에 대한 공감 능력이나 죽음에 대한 공포심이 없어서 사람을 죽여도 아무런 죄책감을 느끼지 않는다.

자신에게 방해가 된다는 이유로 사람을 몇 명이나 죽여온 니노미야는 사이코패스 중에도 특히 위험한 유형으로, 야베를 죽인 것에 대해 양심의 가책을 조금도 느끼지 못했다. 그는 다음 날도 자신의 법률 사무소에 아무 일도 없었다는 듯 모습을 드러냈다.

그곳에서 언제나처럼 거짓말을 구사해가며 큰돈을 벌어들인다. 악인이라고 해도 신경 쓰지 않고 의뢰를 받아들이는 니노미야는 객관적으로 보면 그야말로 악덕 변호사라고 부를 만한 존재였다. 하지만 그런 니노미야를 드러내놓고 비판하는 사람은 많지 않다. 더욱이 그가 사람을 몇 명이고 죽였으리라고는 아무도 생각하지 않는다. 병적인 거짓말쟁이이기도 한 그는 선인의 가면을 뒤집어쓴 채 주변을 속이고, 권력이나 명예만을 쫓으며 살아간다. 그것이 니노미야 아키라라는 사이코패스가 살아가는 방식이었다.

하지만 그런 그의 일상은 갑작스레 끝을 맞이하게 된다. 야베를 죽이고 일주일 후, 일을 마치고 집으로 돌아오던 니노미야는 자신의 고급 아파트 지하 주차장에서 문득 사람의 기척을 느끼고 뒤를 돌아봤다. 그러자 거기에는 레인코트를 입고 괴물 마스크를 쓴 기괴한 모습의 남자가 손도끼를 치켜든 채 서 있었다.

이것이 이야기의 시작이다.

괴물 마스크를 쓴 사람은 니노미야의 머리를 향해 도끼를 내리찍었다.

막
간
1

『옛날, 아주 먼 옛날, 어느 한 마을에 괴물이 살고 있었습니다. 괴물은 나무꾼 흉내를 내며 마을에 살고 있습니다. 커다란 귀와 날카로운 이빨은 숨겨서 누구도 나무꾼이 괴물이라고 깨닫지 못했습니다.

"나무꾼님, 나무꾼님! 장작을 조금만 나눠주세요."

빵집 아주머니가 말했습니다.

"좋아요. 장작을 나눠드리죠. 그러니 저를 집 안으로 들여보내주세요."

"그럼요, 그럼요. 언제든 우리 집에 오셔도 좋아요."

아주머니에게 이끌려 괴물 나무꾼은 아주머니의 집에 들어갔습니다. 그리고 집에 들어가서는 곧장 도끼로 아주머니의 머리를 내리쳤습니다.

우걱우걱, 꿀꺽.

괴물 나무꾼은 아주머니를 먹어치웠습니다.

"어라, 아주머니가 사라졌네."

마을 사람들은 아주머니가 사라진 것을 깨달았습니다.

"그렇네요. 아주머니가 사라졌네요."

괴물 나무꾼은 아무것도 모르는 척했습니다. 그래서 아무도 괴물 나무꾼이 아주머니를 먹어치운 것을 알지 못했습니다.

우걱우걱, 꿀꺽.

괴물 나무꾼은 다음에는 꽃집의 헬레나를 먹었습니다. 하지만 아무도 그 사실을 알지 못합니다.

우걱우걱, 꿀꺽.

괴물 나무꾼은 다음으로 대장간의 토마스를 먹었습니다. 하지만 아무도 그 사실을 알지 못합니다.

나무꾼으로 변신한 괴물은 언제든 내키는 대로 사람을 먹을 수 있었습니다. 그래서 괴물 나무꾼은 마을에서의 생활이 무척이나 마음에 들었습니다.

그러던 어느 날, 괴물 나무꾼은 책방의 한스를 찾아갔습니다.

"책방 아저씨, 책방 아저씨. 책을 골라도 될까요?"

"그럼요, 그럼요. 나무꾼님, 언제든 책을 골라도 좋아요."

한스에게 이끌려 괴물 나무꾼은 책방 안으로 들어갔습니다. 그리고 책방에 들어간 괴물 나무꾼은 한스를 먹고자 괴물의 모습으로 변했습니다.

끼기긱, 쿠쿵.

괴물의 모습으로 변한 괴물 나무꾼을 보고 한스는 놀랐습니다.

"나무꾼님, 나무꾼님. 그 모습은 뭔가요? 마치 괴물 같아요."

"맞아. 나는 괴물이야. 그래서 괴물의 모습을 하고 있지."

"그건 이상해요. 조금 전까지는 나무꾼의 모습을 하고 있었잖아요."

"그건 내가 나무꾼으로 변신하고 있었기 때문이야. 나는 나무꾼으로 변신할 수 있는 괴물이야."

괴물 나무꾼은 도끼를 들어 올렸습니다. 그러자 한스는 당황해서 말합니다.

"아니에요. 나무꾼님은 나무꾼이 될 수 있는 괴물이 아니라, 괴물이 될 수 있는 나무꾼이에요. 그러니까 평소에는 나무꾼의 모습을 하고 있는 거예요."

한스는 어떻게든 도망치려고 했지만, 배가 고픈 괴물 나무꾼은 멈추지 않았습니다.

우걱우걱, 꿀꺽.

괴물 나무꾼은 한스를 먹어치웠습니다. 배가 가득 찬 괴물 나무꾼은 그제야 깨닫게 됩니다.

"어라? 그러고 보니 한스가 말한 대로네. 나는 괴물이 아니라, 나무꾼으로 있는 시간이 더 길어. 사실 난 괴물이 아니라 평범한 나무꾼인 건 아닐까?"

괴물 나무꾼은 갑자기 자신에 대해서 알 수 없게 되었습니다. 커다란 귀와 날카로운 이빨이 있으니 틀림없이 괴물이라고 생각하고 있지만, 사실은 평범한 나무꾼일지도 모릅니다. 그렇게 생각하니 괴물 나무꾼은 평범한 나무꾼으로 살아보고 싶어졌습니다. 하지만 괴물 나무꾼은 자신이 괴물인지 나무꾼인지 알지 못합니다.

그래서 괴물 나무꾼은━』

: 니노미야 아키라 `1일째`

'뭐지, 이 녀석은?'

사람의 기척에 돌아보자 기괴한 남자가 서 있었다. 비가 오는 것도 아닌데 파란 레인코트를 입고, 머리에는 날카로운 이빨과 커다란 귀가 솟아난 괴물 마스크를 뒤집어쓰고 있었다. 그 기괴함에 니노미야는 얼굴을 찡그렸다.

"당신, 나한테 무슨 용건이……"

하지만 그렇게 물어보려던 니노미야는 그 괴물 마스크가 오른손에 손도끼를 쥐고 있다는 것을 눈치챘다. 일반적인 손도끼보다는 조금 작은 편이지만, 머리에 휘두른다면 확실히 치명적일 것 같았다. 그때 상대가 도끼를 천천히 머리 쪽으로 들어 올리는 것이 보였다. 니노미야는 겨우 상황을 이해했다.

'이대로라면 당한다!'

반사적으로 뒤로 물러서자, 눈앞으로 도끼가 휙 스쳐 지나갔다. 니노미야는 정수리로의 직격을 간발의 차로 겨우 피하고는, 잘려서 나풀나풀 떨어지는 머리카락 너머로 괴물 마스크를 노려봤다.

'도대체 뭐야, 이 괴물 마스크는?'

머릿속으로 의문을 떠올리며, 두 눈으로는 주변을 둘러봤다. 그리고 자신도 모르게 혀를 찼다. 양옆은 자동차, 뒤에는 벽, 눈앞에는 아직 공격을 멈출 생각이 없어 보이는 괴물 마스크가 버티고 있어서 어디로도 도망칠 곳이 없었다.

'위험해. 절체절명인 상황인가. 이대로 나는 끝나는 것인가.'

그렇게 분석하면서도 니노미야는 공포를 느끼지는 않았다. 그러기는커녕 다음 순간에는 괴물 마스크를 향해 겁 없이 웃어 보였다.

"뭐야, 너? 갑자기 도끼 따위를 휘두르고 말이야. 나한테 원한이라도 있는 거야? 생전에 누군가에게 원한을 살만한 일을 한 적은 없는 것 같은데."

급습이 실패했음에도 도망치지 않는 것을 보면 단순한 강도라고 생각하기는 어려웠다. 동기는 아마도 원한이라고 생각하고 니노미야는 구태여 도발이 될 만한 말을 내뱉었다.

천천히 거리를 좁혀오던 괴물 마스크는 그 도발을 듣고 갑자기 움직임을 멈췄다. 그러고 나서 웅얼거리듯 말을 꺼냈다.

"너희 같은 괴물들은 죽어야만 하니까."

그 말에는 반드시 죽이고 말겠다는 결의가 느껴졌다.

'역시 원한인 건가? 누구지?'

떠오르는 얼굴이 없는 니노미야는 도발을 계속했다.

"뻔뻔스럽게 그게 무슨 말이야. 괴물은 네 쪽이잖아. 너는 지능까지 괴물 수준인 거야?"

하지만 괴물 마스크는 그 이상 아무 말도 하지 않았다. 대신 허리를 굽히고 다시 다가오기 시작했다. 니노미야는 다시 진지한 얼굴로 태세를 갖췄다.

'어떻게든 이 상황을 넘겨야겠어.'

벽 때문에 뒤로 물러설 수 없는 니노미야는 조금씩 좁혀지는 거리에 틈을 살폈다. 도끼는 휘둘러야 해서 그 움직임을 알기 쉽다. 니노미야는 손도끼에 주의를 기울이면서 상대방의 호흡을 읽으려고 했다.

그때 괴물 마스크가 갑자기 손도끼를 치켜들고는 돌격해왔다. 그것을 받아넘기듯 상대방의 오른쪽으로 뛰어들어 겨우 빠져나간 니노미야는 들고 있던 가방으로 괴물 마스크의 얼굴을 가격했다. 그리고는 휘청거리는 괴물 마스크를 등 뒤에 남겨두고 달리기 시작했다.

"멍청한 놈, 그런 마스크나 쓰고 있으니 동작이 굼뜨지!"

승리를 확신한 니노미야는 뒤돌아보며 말했다. 작긴 하지만 도끼를 들고 있고 마스크 때문에 시야가 좁은 상대에게 쫓길 것이라고는 생각되지 않았다.

하지만 그때 니노미야는 믿기지 않는 장면을 보고 말았다. 괴물 마스크가 던진 손도끼가 회전하면서 이쪽으로 날아오고 있던 것이다.

'도끼를…… 던진 거야?'

날아오는 도끼를 미처 피하지 못한 니노미야의 머리 안쪽으로 '픽' 하는 소리가 울렸다. 손도끼는 머리 우측을 직격했다. 그 충격으로 순간 의식을 잃은 니노미야는 쓰러지고 말았다. 그런데 머리에서 흘러나오는 액체 덕에 니노미야는 자신이 놓인 상황을 알아차렸다.

'나는 아직 살아있는 건가?'

니노미야는 어떻게든 몸을 일으키려 했다. 하지만 몸은 말을 듣지 않았고, 거기다 몇 미터 앞에는 손도끼를 주워든 괴물 마스크의 모습이 있었다. 니노미야는 죽음을 예감했다. 이 상황에서는 어떻게 해도 죽음을 피할 수 없을 것 같았다.

하지만 그때였다.

"저기, 괜찮으세요?"

어디선가 여자의 목소리가 들려왔다. 니노미야가 목소리 쪽으로 눈길을 돌리자 조금 떨어진 곳에 몇 번인가 대화를 나눈 적이 있던 여대생의 모습이 보였다. 이름은 기억하지 못하지만, 이 아파트에 살면서 대학에 다닌다고 했었다. 여대생은 이쪽의 상태를 살피는 듯하다가 소스라치게 놀랐다.

괴물 마스크를 본 것인지, 아니면 니노미야의 출혈을 깨달은 것인지. 여대생은 뒷걸음질하기 시작했다.

"구, 구급차를 부르는 게 좋겠네요. 저, 전화를 하고 올게요."

그 말만을 내뱉고는 자리를 뜨고 말았다. 니노미야는 목소리를 내려고 했지만 마음먹은 대로 되지 않아서 그저 바라볼 수밖에 없었다. 괴물 마스크 또한 여대생을 보며 가만히 서 있었다.

그런 괴물 마스크의 모습을 보고 니노미야는 옆의 벽에 기대 몸을 일으키고는 헐떡거리며 말했다.

"이제, 저 여자가, 누군가를, 데리고, 올 거야. 도망칠 수 있을까?"

그건 지금 자신을 죽이면 도망칠 수 없게 될 것이라는 위협이었다. 어디까지 통할지는 몰랐지만, 괴물 마스크는 니노미야는 잠시 노려본 후 갑작스레 몸을 돌려 달리기 시작했다. 그 모습은 곧 보이지 않았다.

'도망쳤나……'

니노미야는 살짝 한숨을 내쉬고는 그 자리에 주저앉았다. 하지만 다시 곧장 몸을 움직였다. 도와줄 누군가가 오기 전에 지갑을 꺼내서 안에 있던 만 엔짜리 세 장을 입안에 쑤셔 넣었다. 지폐는 생각했던 것보다 더 빳빳했다. 그래도 어떻게든 전부 뱃속으로 집어넣었다.

마침 그때 여대생이 정말로 도와줄 사람을 데리고 돌아왔다. 그래도 그냥 도망치지는 않은 모양이었다. 니노미야는 가까이 다가온 여대생에게 말했다.

"강도에게, 당했어요."

경찰이 범인을 잡지 못하게 하기 위한 위장 공작이었다. 지갑의 돈이 사라지고 피해자도 강도라고 말하는 상황이라면 경찰도 분명 범인을 강도라고 착각할 것이다. 그것을 노리고 한 행동이었다.

'그 녀석은 반드시 내 손으로 죽여주마.'

멍한 머리로 니노미야는 그렇게 다짐했다.

: 토시로 란코 **1일째**

"시나가와라면 같이 수사할 수 있으려나……"

사건 현장으로 향하는 택시 안에서 토시로 란코는 무심코 중얼거렸다. 시나가와의 거리 풍경은 이윽고 주택가 경치로 바뀌었고 곧 목적지에 도착했다. 택시에서 내리자 사건 현장에 모여든 구경꾼들이 가장 먼저 란코의 눈에 들어왔다.

'벌써 10월이긴 해도 저렇게 모여 있으면 덥지 않을까!'

진저리를 치면서 란코는 사람들을 헤치고 출입 금지를 표시한 노란 테이프를 넘어섰다. 그제야 겨우 현장이 눈에 들어왔다.

그곳은 이시카와라는 명패를 내건 2층짜리 건물로, 현관 앞에는 수사1과의 두 선배가 있었다. 란코는 그들에게 다가섰다.

"고생 많으십니다."

"아, 늦었네."

30대 중반의 키 작고 통통한 선배 형사 벳쇼가 쉰 목소리로 답했다. 빈정거림이 담긴 것처럼도 들리지만, 불평불만을 입에 달고 사는 벳쇼에게 이 정도는 가벼운 인사일 뿐이다. 그렇기에 란코 또한 딱히 신경 쓰지 않고 가볍게 답했다.

"죄송해요. 길이 막혀서. 지금 어떤 상태인가요?"

그 물음에는 마찬가지로 30대 중반이지만 마른 체형의 히로세가 답했다.

"검시는 끝났고, 사체는 부검실로 보내졌어. 지금은 관할서 사람들이 주변 탐문 중이야."

관할서라는 단어에 란코는 한 얼굴을 떠올렸지만, 입에 담지는 않았다.

"그런가요? 사체, 볼 수 있으면 봐두고 싶었는데⋯⋯."

"아니야, 이번 사체는 안 보는 게 좋아. 보지 않고 끝나서 오히려

운 좋다고 생각해."

벳쇼가 말했다.

"운이 좋다니, 무슨 말이세요?"

"봤다면 저렇게 됐을 테니까."

고개를 갸웃거리는 란코에게, 벳쇼는 근처에 서 있는 경찰차 쪽을 가리켰다. 안에는 고개를 숙인 양복 차림의 남자가 있었다.

"누구예요?"

란코가 묻자, 이번에는 히로세가 답했다.

"이 집 주인인데 처음 사체를 발견한 사람이야. 이름은 이시카와 토쿠로, 나이는 서른여덟. 장기 출장에서 돌아왔더니 거실에 아내가 죽어 있었다더군."

"그 말은, 죽은 사람이 이 집 부인이라는 말이네요."

"맞아. 이름은 이시카와 마스미, 스물아홉 살의 전업주부. 둘은 이 제 결혼한 지 1년 조금 넘었다고 하더군. 아이는 없고."

"그럼, 신혼이라고 할 수 있겠네요. 그래서 저렇게 침울한 거군요."

이시카와 토쿠로는 멀리서 봐도 비통해 보였다. 결혼하고 겨우 1년 남짓 만에 아내를 잃었다면 저럴 만도 하다고 란코는 생각했지만, 벳 쇼는 고개를 저었다.

"아니, 전혀 모르는 사람이 죽은 걸 봤다고 해도 저런 상태가 됐을 거야. 그도 그럴 것이 사체에 뇌가 없었으니까."

"뇌라고요?"

이해가 되지 않아 란코는 앵무새처럼 말을 따라 했다.

"그래, 뇌. 피해자 머리에 뇌가 없었어. 아니, 머리에만 없던 게 아니라 현장 어디에도 없었어. 아무래도 범인이 피해자의 머리를 깨서 안에 있던 뇌를 가지고 간 것 같아."

"가지고 갔다니. 뇌를 말인가요?"

란코는 믿기지 않아서 그렇게 되물었다. 히로세를 보자 그도 고개를 끄덕였다.

"피해자의 뇌는 얼굴부터 뒤통수까지 거의 다 없어졌고, 그 주변에 뇌와 두개골의 파편이 흐트러져 있었어. 그야말로 지옥을 보는 것 같았어."

히로세의 설명에 란코는 속이 울렁거렸다. 란코는 그런 모습으로 죽어 있는 사체를 떠올려보며 남자의 비통한 모습도 이해가 된다고 생각했다. 아니, 벳쇼의 말대로 아내가 아니더라도 그 모습을 보았다면 제정신을 유지하기 어려울 테다.

"도대체 왜 뇌 같은 걸⋯⋯."

"글쎄, 범인의 생각 따위 나로선 알 수 없지. 이 사건은 틀림없이 귀찮은 것이 되리라는 사실은 확실히 알겠고."

벳쇼는 한숨이라도 내쉬듯 말했다.

: 니노미야 아키라 **3일째 ①**

만지지 말라는 말은 들었지만, 어느새 자기도 모르게 자꾸 만지게 된다. 이건 모두 그 망할 마스크 탓이라고 니노미야는 생각했다. 혼자 있는 병실 안에서 니노미야는 머리 우측의 거즈를 만지면서 마음속으로 혀를 찼다. 상처 부위가 맥박이 뛰듯 움찔움찔했다. 그 아픔이 느껴질 때마다 괴물 마스크에 대한 살의가 되살아났다. 입원한 후 계속 그런 상태가 반복됐다.

괴물 마스크에게 습격당한 후, 니노미야는 달려온 구급차에 실려 니시신주쿠 병원으로 이송됐다. 거기에서 CT를 찍어보니 두개골 우측에 골절이 생겼고, 급성 경막 외 혈종이 발생했다는 사실을 알게 됐다. 다행히 혈종 크기가 그렇게 크지 않았고, 의식이 있어 수술은 하지 않고 경과를 지켜보기로 했다.

아무래도 도끼가 머리에 부딪혔을 때 날 쪽이 아닌 부분에 맞은 것 같았다. 머리에 날붙이에 다친 상처는 없었고 의사도 둔기로 맞았다고 생각한 것 같으니 틀림없을 것이다.

덕분에 하루 반나절이 지난 지금도 반고리관의 충격으로 현기증은 일었지만, 상태는 상당히 안정적이었다. 상처도 의료용 스테이플러로 봉합했을 뿐, 수술은 하지 않고 넘길 수 있었다. 도끼로 살해당하기 직전까지 몰렸던 것 치고는 상당한 행운이라고도 할 수 있을 테다.

하지만 니노미야는 기뻐하거나 안도하지 않았다. 니노미야에게는 그저 괴물 마스크에 대한 분노만 있을 뿐이었다.

'무슨 일이 있더라도 그 녀석은 반드시 내 손으로 죽여주겠어.'

니노미야가 벌써 몇 번째인지 모를 다짐을 하는데 갑자기 병실 문이 열렸다. 청바지에 다운재킷을 털털하게 걸쳐 입은 미녀가 무뚝뚝한 표정으로 서 있었다. 니노미야는 아픔을 억누르고는 곧장 평소의 미소로 그녀를 맞이했다.

"아, 미에 씨! 와주셨군요."

내심으로는 귀찮은 여자가 찾아왔다고 생각하면서도 니노미야는 하스미 미에를 맞이했다.

"뭐, 강도에게 당해서 죽을 뻔했다고 들었으니 내 입장에서는 오지 않을 수 없었으니까. 그래도 그런 것치고는 건강해 보이네. 틀림없이 붕대를 둘둘 감고 가만히 누워 있는 당신을 볼 수 있을 거로 생각했는데 말이야."

미에는 병문안을 온 사람이라고는 생각되지 않는 말을 내뱉었다. 하지만 니노미야는 웃음을 무너뜨리지 않았다.

"아, 그게요. 그게 아무래도 두개골 골절이라도 의외로 거즈 하나만으로 괜찮다더라고요. 제 경우에는 뇌 쪽에 충격이 없기도 했고요."

"흠! 그럼 딱히 죽을 뻔했던 것도 아니구나."

"덕분에요. 아직 아프긴 한데, 제 생각엔 지금 당장 퇴원해도 될 것 같아요. 그래도 거즈 아래쪽은 의료용 스테이플러가 찍혀 있어서 엄청 볼썽사나워요. 한번 보실래요?"

"아니, 괜찮아. 내가 보고 싶었던 건 엄청나게 크게 다쳐서 태초의 모습으로 돌아간 당신의 모습이었으니까. 상처 따위는 봐서 뭐 하겠어."

"태초의 제 모습이라면 언제든 보여드릴 수 있는데요……"

"하하, 그런 가짜 미소를 띤 채로 잘도 농담하네. 그렇게 크게 다치고도 평소처럼 굴다니, 당신 거짓말 솜씨는 정말 대단해."

미에는 빈정거리듯 웃으며 말했다.

"거짓말이라뇨! 전 그저 언제든 웃으며 지내고 싶을 뿐이에요."

곤란한 표정으로 답하는 니노미야에게 미에는 웃음을 띠면서도 눈빛은 니노미야를 관찰하고 있었다. 그 눈을 보고 니노미야는 역시 이 여자는 귀찮다고 새삼 느꼈다. 하지만 그렇다고 해서 미소를 무너 뜨리지는 않았다. 왜냐하면 미에는 니노미야가 고문(顧問)을 맡고 있 는 부동산 회사 사장의 딸인 데다가 자신의 교제 상대이기도 했기 때문이다.

미에는 흔히 말하는 재벌 2세이지만 전혀 그런 면이 느껴지지 않 는 여자였다. 배우를 꿈꾸는 그녀는 스무 살에 대학을 중퇴한 후, 스 물네 살인 지금까지 아르바이트로 생계를 꾸리며 시모키타자와의 싸구려 빌라에서 혼자 살고 있었다.

아버지는 그런 딸을 걱정했고, 어떤 남자든 한 명을 골라 서둘러 결혼시켜야겠다고 생각했다. 그런 그의 눈에 들어온 사람이 바로 니 노미야였다.

비록 입이 험한 여자이지만, 그녀와 결혼하면 부동산 회사의 차기 사장 후보가 될 수 있다. 당연히 니노미야로서는 거절할 이유가 없었 고, 미에는 미에대로 아버지의 간섭을 피하기 위해 니노미야와 허울 뿐인 교제를 받아들였다.

그런 이해관계로 얽힌 둘 사이가 최근 금이 가기 시작했다. 미에가 니노미야의 인간성을 의심하기 시작했기 때문이다. 그녀가 말하길, 니노미야는 누군가의 어떤 이야기에도 가짜 같은 미소로 마음에도 없는 말을 늘어놓을 뿐이다, 그런 니노미야는 마치 마음이 없는 것 같다고 했다. 혜안이었다. 미에는 그 뛰어난 감으로 니노미야의 본성 을 깨닫기 시작했다.

그런 미에에게 니노미야도 당연히 강한 경계심을 품었다. 가까운 인간은 가능한 한 죽이고 싶지 않지만, 괴물 마스크 다음은 미에를 죽여야 할지도 모른다. 차기 사장이라는 자리는 아깝지만, 경우에 따라서는 어쩔 수 없다. 니노미야는 의심의 눈길을 거두지 않는 미에를 가차 없이 죽여버릴까 지금도 생각하는 중이었다.

하지만 미에는 니노미야의 그런 생각을 눈치채지 못하고 침대에 붙어 있는 테이블 위에 검은 종이봉투를 올려놓으며 말했다.

"아, 맞다. 영화 DVD야. 입원 중에는 심심하잖아? 그래서 가져와 봤어."

"영화, 말인가요?"

봉투 안을 들여다보니, DVD가 여러 장 들어 있었다.

"당신, 영화 잘 안 보지? 이 기회에 보면 좋지 않을까 싶어서 말이야. 영화를 보면 당신도 사람의 마음을 조금은 배울 수 있을 테니까."

"하하, 그렇군요. 영화는 사람의 마음을 배우는 교재인 거군요. 고마워요."

현실에 사는 인간에게조차 공감하지 못하는 니노미야에게 있어서 누군가 만들어낸 영화 따위에는 일말의 흥미도 없었지만, 미에는 엄청난 영화광이었다.

그녀의 기분을 거스르지 않기 위해서라도 보는 시늉은 해야만 했다. 죽이기로 아직 마음을 정한 것도 아니고, 두세 편 정도 보고 어물쩍 넘겨볼까 생각했다.

니노미야는 마음에도 없는 감사 인사를 하고는 봉투에서 DVD를 하나씩 꺼내기 시작했다. 그러다가 한 장의 DVD에서 손이 멈췄다. 왜냐하면 케이스 겉면에 그려진 괴물의 모습이 니노미야를 공격한 괴물 마스크와 똑같았기 때문이었다.

"이건……."

몸이 굳은 니노미야가 손에 든 것을 미에가 들여다봤다.

"뭔데? 괴물 나무꾼이 어쨌는데?"

"괴물 나무꾼?"

앵무새처럼 말을 따라 한 니노미야에게 미에는 고개를 끄덕였다.

"그 영화 제목이야. 쓰여 있잖아. '괴물 나무꾼'이라고."

"아, 그렇네요. 이 괴물이 괴물 나무꾼인가요?"

"맞아. 도끼를 들고 있지? 이 괴물은 나무꾼이자 이야기의 주인공이야."

미에의 설명에 의하면 〈괴물 나무꾼〉은 외국 그림책을 바탕으로 17년 전에 영화화된 작품이라고 했다. 개봉 당시에는 광고도 많이 했다고 하는데, 영화에 관심이 없던 니노미야는 기억하지 못했다.

'설마 이런 식으로 그 괴물 마스크의 정체를 알게 될 줄이야. 그렇군, 도끼를 흉기로 삼은 것은 이 영화의 괴물 흉내를 내기 위해서였나.'

생각지도 못했던 정보에 니노미야는 자기도 모르게 미소를 잃고 말았다. 그러자 미에가 수상쩍게 여기며 물었다.

"왜 그래? 별일이네. 당신이 그런 표정을 짓다니. 괴물 나무꾼이 그렇게 무서웠어?"

"아니, 아무 생각 없이 보다가 이상한 얼굴이 튀어나와서 깜짝 놀랐달까. 제가 무서워하는 것처럼 보였나요?"

자신도 모르게 괴물 마스크에 대한 살의가 얼굴에 드러난 건 아닐까 걱정하던 니노미야는 미에의 말에 되묻고 말았다.

"응, 한순간이긴 했지만 얼굴이 공포로 굳어버렸어. 정말로 별일이네. 당신이 다른 사람들처럼 무언가를 무서워하다니."

다 아는 것처럼 말을 내뱉는 미에를 보고, 니노미야는 참지 못하고 웃음을 터뜨릴 뻔했다.

'내가 무서워했다고? 무슨 그런 바보 같은 말을! 그럴 리 없지 않은가.'

미에의 관찰력은 생각했던 것만큼 뛰어나지 않을지도 모른다고 판단한 니노미야는 속으로는 비웃으면서도 미에의 말을 부정하지는 않았다.

"무서운 게 있지요. 저도 사람인데 당연하잖아요."

"그건 그렇겠지만, 그래도 당신은……."

미에가 말하려는 참에 병실에 노크 소리가 들렸다. 답을 하자, 하얀 가운을 입은 얼굴이 갸름한 남자가 들어왔다. 담당의인 마시코였다.

"안녕하세요? 니노미야 씨, 상태는 좀 어떠신가요?"

미에에게도 인사하면서 다가오는 마시코에게 니노미야는 머리 우측의 거즈를 손으로 가리켰다.

"상태는 나쁘지 않지만, 여기가 조금 아픈 것 같아요."

"그런가요? 그럼 나중에 진통제를 좀 처방해드릴게요. 그리고 지금 머리 상태를 다시 한번 설명해드리고 싶은데, 괜찮으실까요?"

"그렇군요. 저기, 어떻게 하실래요?"

니노미야는 미에 쪽을 힐끗 쳐다봤다. 그녀는 그 뜻을 이해한 듯 일어서며 말했다.

"아무래도 난 슬슬 돌아가는 게 좋겠네."

"아니, 그런 건 아닌데요. 미에 씨는……."

"괜찮아. 이런 이야기를 들어도 되는 건 가족뿐일 테니까. 우리는 그런 사이가 아니잖아."

그 말만 남기고 미에는 돌아가버렸다. 말이나 태도는 거칠지만, 근본은 예의를 아는 사람이었다. 미에는 이런 종류의 매너를 신경 쓰는 편이었다.

그런 미에의 태도에 마시코는 미안해하며 물었다.

"괜찮으신가요? 어쩐지 제가 쫓아낸 것처럼 됐는데."

"괜찮아요. 아무 문제없어요."

미에에게는 뇌에 충격이 없었다고 말했지만, 사실은 아직 상태를 봐야 하는 단계인 것이다. 건강 상태는 자신에 대한 가장 기본적인 정보이기 때문에 그녀에게 들려주고 싶지 않았다.

"그보다 제 상태는 지금 어떤가요?"

니노미야가 말을 재촉하자, 마시코는 손에 든 태블릿으로 눈을 돌렸다.

"일단 열흘 정도 상태를 보고 아무 일도 없으면 퇴원해도 될 것 같아요. 다만 집으로 돌아가서도 절대로 안정을 취하셔야 하고, 한 달 후에 한 번 더 병원에 와 주세요. 그때 다시 CT를 찍어보고 상태를 확인할 테니까요. 그 후에 대해서는 그때 다시 이야기 나누면 될 것 같네요."

"열흘 만에 퇴원할 수 있다니 빠르네요. 두개골을 골절당했는데도 그렇게 빨리 퇴원해도 되는 건가요?"

태블릿에 비친 자신의 뇌 영상을 보면서 묻자, 마시코는 고개를 끄덕였다.

"두개골 골절만이라면 열흘 만에 퇴원하는 게 보통이에요. 니노미야 씨의 경우, 걱정되는 건 경막외 혈종인데요. 이쪽도 위험한 건 최초 여섯 시간 정도이고, 그때 특별한 이상이 발견되지 않으면 수술은 필요 없습니다. 잠시 상태를 지켜본 뒤라면 퇴원해도 문제없어요."

경막외 혈종에서 무서운 것은 혈종이 커져서 뇌를 압박하는 것이다. 따라서 출혈량이 적었던 니노미야의 경우는 그다지 심각하지는 않다는 말이었다.

"그럼, 이 정도로 그친 저는 운이 좋았다는 말이네요."

"그럴지도 모르죠. 두개골이 골절된 시점에서 이미 운은 좋지 않으신 것 같지만, 아무런 후유증도 없다면 불행 중 다행이라고 할 수는 있겠네요."

반대로 말하면 골절 부위가 조금만 더 갔으면 심각한 상태로 빠질 수도 있었다는 말이다. 니노미야는 미소를 보이면서도 내심으로는 괴물 마스크에 대한 분노를 새롭게 되새겼다.

그런 사실은 알지도 못하는 마시코는 신경 쓰지 않고 말을 이었다.

"다만, 지금 상태에서는 이상이 발견되지 않는다고 해도 뇌에 충격을 받았다는 점은 분명합니다. 장애 쪽도 걱정이지만, 뇌칩에 대한 영향도 신경 쓰이네요. 고장이 나지는 않았는지 검사를 받아보시는 게 좋겠어요."

"뇌칩이라고요?"

니노미야는 의미를 알 수 없어 고개를 갸웃거렸다.

"네. 그렇게 쉽게 부서지는 건 아니지만, 일단 확인은 해두는 게 좋을 거예요. 다만 저희 병원에서는 뇌칩은 다루지 않으니, 퇴원하신

후에 평소 다니시는 병원에서 검사를 받아보시는 게 좋겠네요."

"아니, 그게 무슨 말인가요? 무슨 말씀을 하시는지 잘 모르겠는데요. 제 머리에 뇌칩을 넣는 게 좋겠다는 말씀이신가요? 윤리적 문제로 이미 사용이 금지되어 있을 텐데, 지금 왜 그런 얘기를 하는 거죠?"

니노미야가 다시 묻자 마시코는 의아한 표정을 지었다.

뇌칩이란 뇌에 심는 마이크로칩으로, 신경 세포 사이에서 작용하는 전기 신호를 억제함으로써 사람의 감정이나 기억을 조작하는 의료 기구를 말한다.

"아니, 그게 아니고요. 이미 심겨 있는 뇌칩 말이에요. 저희 병원에서는 뇌칩에는 대응해드리지 못하니까 검사는 평소에 다니시는 병원에서 받으시라는 말씀인데요."

"잠깐만요. 뇌칩? 이미 심겨 있는 뇌칩이라니, 무슨 말씀이시죠? 제 뇌에 뇌칩 같은 건 없는데요."

니노미야가 전혀 짐작 가지 않는다는 얼굴을 하자, 마시코도 당황한 기색이 역력했다.

"설마 모르시나요? 니노미야 씨 머리에 뇌칩이 들어 있다는 걸요."

그 순간, 니노미야는 전신의 모든 털이 서는 듯한 느낌을 맛보았다. 이것이 앞서서 미에가 말한 공포라는 감정이라는 것을 이때의 니노미야는 아직 알지 못했다.

・・・

　병원 부지를 나서려는 순간, 강하게 불어온 찬바람에 미에는 얼굴을 돌렸다. 문득 니노미야가 있던 병동이 눈에 들어와서 발을 멈췄다.

　아까는 가볍게 흘려 넘겼지만, 잘 생각해보니 그가 무언가를 무서워하는 건 역시 조금 이상했다. 괴물 나무꾼의 사진을 보고 얼굴을 찡그렸던 니노미야를 떠올리고는 새삼 작게 고개를 갸웃거렸다.

　미에는 예전에 무섭다고 화제인 영화를 니노미야와 함께 보러 간 적이 있었다. 무서워하는 니노미야의 얼굴을 보고자 영화를 보는 도중 곁눈질로 확인했지만 그의 얼굴은 단 한 번도 공포에 잠기는 일이 없었다. 강한 척을 하는 것이라면 얼굴에 긴장감이 남지만, 니노미야는 오히려 매우 편안해 보일 정도였다. 그러고는 영화를 보고 나와서는 자신도 무서웠다고 시치미를 떼는 것 아닌가.

　'그러던 사람이 겨우 DVD의 표지를 보고 그렇게 무서워하다니……'

　함께 영화를 본 이후로 미에는 니노미야가 정말로 마음이라는 것이 없는 건 아닐까 의심했지만, 오늘의 니노미야는 아주 잠시뿐이긴 하지만 분명 얼굴을 굳혔었다. 미에는 그 점이 묘하게 마음에 걸렸다.

　'설마 머리를 다쳐서 성격이 달라진 건 아니겠지. 그럴 리가. 영화도 아니고. 그럴 리는 없을 거야.'

　말도 안 되는 상상이란 생각에 미에는 혼자 웃었다.

　무언가를 무서워하는 건 인간의 본능이다. 니노미야에 대한 자신의 예전 생각이 갑자기 바보처럼 느껴진 미에는 이내 병원 밖을 향해 걸음을 내디뎠다.

"이 주변의 하얀 그림자는 전부 그거예요. 형상으로만 봐도 뇌칩이 분명한데, 정말 모르셨나요?"

마시코는 CT 영상을 띄운 태블릿을 손에 들고 망설이듯 물었다. 뇌칩은 머리를 여는 수술을 하지 않으면 심을 수 없으니까 당연한 반응일 테다. 니노미야는 순간적으로 무언가 떠오른 것처럼 손뼉을 치며 말했다.

"어, 그거구나. 뇌칩이라니, 그걸 말한 거군요. 그거라면 알고 있어요."

"아, 역시 알고 계셨던 거죠?"

"죄송해요. 평소에는 다른 이름으로 부르다 보니 깜빡했네요."

"다른 이름? 아아, 혹시 바크 말인가요? BAC의 바크. 그렇게 부르기도 하죠."

BAC는 뇌칩의 제품명인 듯했다. 그런 이름이 있다는 걸 니노미야는 알지 못했지만, 의료 기구라면 다른 명칭이 있을 수 있다는 것쯤은 짐작이 갔다.

"그렇다면 평소 다니시는 병원에서 검사받으실 수 있겠네요. 고장은 나지 않았을 것 같긴 한데, 검사는 제대로 받으시길 바랍니다."

"알겠습니다. 퇴원하면 바로 검사를 받으러 갈게요."

평소 다니는 병원 따위 있을 리가 없지만, 니노미야는 웃음으로 얼버무렸다. 그리고 혼자 남은 병실에서 사무원에게 가져오게 한 노트북을 열고 곧장 확인했다.

인터넷 정보에 의하면 뇌칩은 원래 뇌 안을 정신없이 오가는 전기 신호를 읽어 들인 후 그것을 체외의 코드를 통해 손과 발에 전달함으로써 손발을 움직이지 못하던 환자도 다시금 몸을 자유롭게 움직이게 하거나 감각을 되살리기 위한 것이었다.

그러다가 이윽고 전기 신호를 강하게 바꾸거나 약하게 바꾸는 등의 정밀한 조절이 가능해지자 사람의 감정이나 기억을 제어하기 위한 목적으로 사용되기 시작했다고 한다. 화를 잘 내는 사람의 뇌 안에서 아드레날린을 방출하는 신경 세포의 전기 신호를 약하게 하고, 기억력이 쇠퇴한 사람의 경우 기억에 관한 신경 세포의 전기 신호를 강하게 하는 식이다. 그래서 뇌칩은 치매, 불안 장애, 마약의 금단 증상과 같은 감정과 기억에 관한 분야의 치료에 극적인 효과를 발휘했다고 한다.

하지만 그런 꿈같은 의료 기구였던 뇌칩이 지금은 세계 각국에서 사용이 금지되고 있다. 사람의 인격이 무시될 수 있다는 윤리적 문제를 뇌칩이 내포하고 있었기 때문이다.

분노를 참지 못하던 사람이 마치 다른 사람처럼 온화하게 변했다. 뇌칩이 임상에 사용되기 시작하자 그와 같은 사례가 많이 보고됐다.

처음에는 바라던 결과였으므로 오히려 치료의 성과로 판단되며 문제로 여겨지지 않았지만, 자폐증 환자는 물론 우울증 환자, 나아가 범죄자 등 마음에 문제가 있다고 여겨지던 사람에게 본인의 승낙을 받지 않은 채 제멋대로 뇌칩을 심는 사례가 보고되기 시작하자 세계는 단숨에 뇌칩을 위험하게 여기기 시작했다.

인권 단체나 해외의 유명 인사들은 뇌칩은 현대의 로보토미 수술(19세기 말에 주로 행해지던 인간의 두뇌에서 전두엽 부분을 제거하는 시술

법-옮긴이)이라며 떠들썩했고, 미디어 또한 기계를 통해 인간의 성격이나 기억에 손을 대는 것에 관한 윤리적인 문제점을 다루기 시작한 것이다.

그 결과, 세계 대부분의 국가에서 뇌칩 사용을 금지하게 됐다. 지금 시점에서 뇌칩을 사용하는 사람은 사용이 금지되기 전에 뇌칩이 심긴 경우뿐이었다.

'그렇군. 마시코는 나 또한 그런 사람 중 한 명이라고 생각했다는 건가. 일본에서 금지된 건 20여 년 전인데, 그러면 내가 아홉 살 무렵에는 이미 뇌칩이 심겼다는 말이 되는군.'

냉정하게 노트북 화면을 들여다보면서 니노미야는 머리의 거즈 부분을 만졌다. 정확하게는 그 아래에 있는 오른쪽 귀 앞부분에서 정수리를 거쳐 반원 형태로 이어져 왼쪽 귀 부근까지 뻗어 있는 상처를 만지고 있었다.

머리카락에 완전히 가려져 있어서 자신에게도 잘 보이지 않았기 때문에 어릴 적 심한 상처라도 입은 걸까 추측하고 있었다. 미용사에게는 수술의 흔적 아니냐고 몇 번인가 질문받은 적은 있지만, 지금 생각하면 그게 사실이었을지도 모른다. 즉, 이 상처야말로 뇌칩을 심었을 때 생긴 개두 수술의 흔적이었다는 말이다.

'그렇다고 하면, 누가, 언제, 뇌칩을 심은 건가? 대충은 짐작이 가는군.'

니노미야는 침대에 누워서 천장을 바라보며 괴물 마스크가 내뱉은 말과 과거 자신이 있던 아동 복지 시설을 떠올렸다.

"나는 괴물인가? 나를 낳아준 부모도 그렇게 생각한 걸까?"

아무리 떠올려보려 해도 기억에 없는 것을 보면 니노미야는 다른 추측은 할 수 없었다. 니노미야가 아직 세 살쯤이던 무렵에 그를 버린 진짜 부모 외에는 생각하기 힘들었다. 아마도 자신의 아이가 괴물이라는 것을 깨달은 부모가 뇌칩으로 성격을 교정해보려 했지만, 제대로 풀리지 않자 마지막에는 자신을 버리고 만 것이라고 니노미야는 생각했다.

그런 스토리가 머릿속에 떠오르자 니노미야는 무심코 웃음을 터뜨렸다.

'쓸데없는 짓을! 뇌칩 따위로 나를 바꿀 수 있다고 생각한 거야?'

뇌칩이 심긴 이유를 마음대로 판단한 니노미야는 몸을 일으켜 휴대 전화를 집어 들었다.

뇌칩이 신경 쓰이긴 하지만, 이유를 알았다고 치면 서두를 필요는 없다고 니노미야는 생각했다. 그보다 그 괴물 마스크를 어떻게든 하지 않으면 안 되겠다고 생각했다. 괴물 마스크에 대한 처리를 뒤로 미루면 경찰에게 선수를 뺏길 수도 있다. 하지만 지금 두개골이 골절된 상태라 니노미야는 도와줄 사람을 부르기로 마음먹었다.

'야베 건에 대한 보답을 여기서 받아내야겠군.'

휴대 전화를 귀에 대면서 니노미야는 상대방의 응답을 기다렸다. 잠시 후 들린 건, 이 세상에서 유일하다고 해도 좋을 만한 친구의 목소리였다.

란코가 1층 휴게 공간에서 창문을 내다보니 시나가와서 앞에는 보도진이 넘쳐나고 있었다.

사건에 관해서는 지난밤에 이미 텔레비전으로 보도됐다. 뇌가 사라졌다는 사실은 숨겼지만, 인터넷이나 주간지를 통해 얼마 되지 않아 세간에도 알려질 것이 분명했다. 란코는 마시던 커피 캔을 쓰레기통에 던졌다.

"자, 그럼 한번 가볼까!"

주먹을 불끈 쥐고 란코는 바로 옆에 있는 계단을 뛰어올랐다. 그녀가 향한 곳은 수사 회의가 열리는 강당이다. 강당 문을 열자 이미 180명의 수사관이 모여 있었다. 다들 기합이 잔뜩 들어간 것 같았다. 그 안에 란코가 찾는 사람이 있었다.

'시나가와 경찰서에 수사본부가 세워졌으니 분명히 이 안에 있을 거야.'

그렇게 생각하고 주변을 둘러봤지만 눈에 띄지 않았다. 란코는 어쩔 수 없이 그냥 자리에 앉았고, 곧이어 수사 회의가 시작됐다.

이미 확인된 것처럼 사건의 피해자는 29세 주부 이시카와 마스미이다. 최초 발견자는 38세 이시카와 토쿠로, 피해자의 남편이며 본인의 증언에 의하면 오사카 출장을 마치고 집에 돌아왔더니 문을 열자 이상한 냄새가 풍겼다고 한다. 코를 막으며 거실로 향하자, 거기에 마스미가 피투성이가 되어 쓰러져 있었다. 그걸 본 순간 그는 곧바로 주저앉고 말았다고 한다.

란코도 사진으로 사체를 봤는데 후두부라고 해야 할지, 머리카락

43

이 자라나는 주변 부분부터 반 정도가 달걀 껍데기처럼 깨져 있고 뇌 대부분이 없어진 상태였다. 정확하게는 뇌의 반 정도와, 마찬가지로 엉망진창으로 깨진 두개골, 그리고 두개골을 감싸던 피부의 대부분이 현장에서 사라진 것이다.

그럼에도 불구하고 두부 외에는 이렇다 할 외상은 없었다. 해부 소견에 의하면 흉기는 아마도 도끼인 듯하고, 뒤에서 머리를 내리찍었을 가능성이 크다고 했다.

그리고 혈흔은 사체가 있던 거실에서만 발견되었고, 현관문을 억지로 뜯어낸 흔적이 있다는 점에서 범인은 피해자가 집을 비웠을 때 집 안에 침입해서 거실에 숨어 있었던 것으로 보인다.

범인은 집에 온 피해자의 후두부를 향해 갑작스레 도끼를 휘둘러 피해자를 살해한 후, 그대로 몇 번이고 도끼를 더 휘둘러서 두개골을 파괴하고 뇌를 꺼낸 것이다. 뇌량(腦梁)뿐 아니라 두피와 모발, 두개골의 일부까지 사방에 튀어 있었던 것은 그만큼 난폭한 수법이었다는 증거일 것이다.

사망 추정 시간은 발견되기 사나흘 전이며, 아직 이렇다 할 목격자도 나타나지 않았다.

"숨어서 기다렸다가 죽였다니. 방해받지 않을 곳을 찾아 일부러 피해자의 집에서 범행을 저지른 것 같군."

회의 도중 옆에 앉은 벳쇼가 작은 목소리로 말했다. 란코도 이에 동의했다.

"그렇겠죠. 뇌를 꺼내는 작업을 아무 데서나 할 수는 없을 테니까요. 남편이 출장 가서 집을 비운 것도 우연이 아닐지도 모르겠네요.

수법이 거친 것 치고는 범인은 치밀하게 생각하고 행동한 것 같아요."

"응. 단서가 거의 남아 있지 않은 건 머리가 좋다는 증거겠지. 문제는 그런 녀석이 어째서 뇌를 가지고 갔느냐는 거야. 제길, 머리가 제대로 박힌 놈인지 미친놈인지 알기 어려운 범인이로군."

"뇌를 가져가는 데 타당한 이유라는 게 있을까요? 다만 뭔가 단서를 남겨줬다면 좋았을 텐데요."

그런 란코의 바람이 덧없게도, 감식반으로부터는 더 이상의 뚜렷한 보고 없이 회의가 끝나버렸다.

수사 방침에 따라 피해자 주변을 철저히 탐문하라는 지시를 받고 란코도 자리에서 일어났다. 그때 문득 누군가 어깨를 두드려서 돌아보자, 지쳐 보이는 40대 남자가 서 있었다.

"오랜만이야, 란코. 조금은 능숙해졌나?"

"이누이 씨! 역시, 이누이 씨도 수사에 참여하시는 거죠? 안 보여서 어디 가셨나 했네요."

"회의 직전까지 화장실에 가 있었거든. 어라, 그러고 보니 서두르다가 손을 못 씻었네. 미안, 깜빡했어."

이누이 노보루는 그렇게 말한 후, 란코의 어깨를 두드린 손으로 자신의 머리를 긁적이기 시작했다. 그런 이누이에게 란코는 쓴웃음을 보이면서도 이런 대화에서 그리움을 느꼈다.

이누이는 지금 시나가와서의 형사지만, 2년 전까지는 경시청 수사 1과에 소속되어 있었다. 그 후, 어떤 문제 때문에 관할서로 좌천됐지만, 이누이 이상으로 우수한 수사관을 란코는 알지 못한다.

"그러고 보니, 이번 수사에서 네 파트너가 나야. 잘 부탁하네, 수사 1과의 우수 수사관."

웃으며 말하는 이누이에게 란코는 이 이상은 없을 정도의 믿음직함을 느꼈다. 이누이가 함께한다니 란코는 이번 수사에 자신감이 생겼다.

: 니노미야 아키라 4일째

"습격당한 상황을 기억하지 못하는 건가요?"

괴물 마스크에 관해 이야기를 들으러 온 수사관들은 니노미야의 이야기에 실망한 기색이었다. 그들 입장에서 보면, 피해자가 병원으로 직행했기 때문에 사건이 벌어진 후 3일이 지나서야 겨우 듣게 된 피해자 진술이다. 그런데 니노미야는 그저 침대 위에서 미안함이 담긴 웃음만을 계속 내보일 뿐이었다.

"죄송합니다. 공격당한 것 자체는 희미하게 기억나지만, 구체적인 상황은 전혀 기억나지 않네요."

"아무것도요? 상대방의 모습이라거나 흉기라거나……."

젊은 수사관은 끈덕지게 물었다.

"아, 네……. 의사 선생님에 의하면 뭔가 딱딱한 것으로 얻어맞은 것 같다던데요."

"의사분 의견이 아니라, 니노미야 씨가 겪은 걸 여쭤보는 거예요. 아무리 사소한 거라도 좋으니까 뭔가 기억나는 게 정말 없나요?"

"그게……, 아까부터 떠올려보려고는 하는데, 죄송합니다. 정말로 아무 기억도 없어요."

사과하면서 니노미야는 머리의 거즈를 만지며 괴로운 표정을 지었다. 그러자 나이가 있는 수사관이 당황해서 젊은 수사관을 말리며 말했다.

"아, 무리는 하지 마세요. 크게 다치신 직후니까요."

경찰로서는 피해자가 사건 진술을 하다가 몸 상태가 나빠져서는 안 될 일이다. 하물며 니노미야는 변호사다. 니노미야가 노린 반응이었다.

사실 니노미야는 습격당했을 때의 일을 자세히 기억하고 있었지만, 그 내용을 경찰에게 말할 생각은 전혀 없었다. 괴물 마스크는 자신의 손으로 죽이고자 마음먹었으니, 경찰 수사가 진전되지 않도록 자신의 정보는 감추면서도 반대로 기억이 애매한 척 하면서 경찰이 어느 정도의 정보를 확보했는지를 캐묻고자 했다.

그 결과 경찰은 니노미야를 도운 여대생으로부터 범인이 괴물 같은 마스크를 쓰고 레인코트를 입었다는 것은 들었지만, 그것이 '괴물 나무꾼'의 마스크이며 흉기가 도끼라는 점까지는 아무래도 알아내지 못한 것 같았다.

아마도 여대생의 위치에서는 손도끼가 보이지 않았고, 그녀는 영화 〈괴물 나무꾼〉도 본 적 없는 것일 테다. 그 점이 니노미야로서는 다행이었다.

경찰은 머리 상처를 보고 흉기가 둔기라고 판단했다. 또 지갑이 빈 것도 니노미야가 지폐를 먹었기 때문이라고는 생각도 못했다. 니노미야의 위장 공작은 성공한 셈이었다. 경찰은 이 사건을 강도 상해 사건으로밖에 파악하고 있지 않았다.

'이 상태라면 경찰을 따돌리는 건 간단하겠어.'

마음속으로 만족스런 미소를 지은 니노미야는 몸 상태를 이유로 서둘러 피해자 진술을 마무리 지어달라고 부탁했다. 그러고 나서 혼자서 사건에 대해 생각하고 있자니, 문 저편에서 새로운 손님이 나타났다.

스기타니 쿠로였다. 전날 전화로 불러낸 니노미야의 친구로, 니노미야가 사이코패스 살인자라는 것을 아는 단 한 사람이었다.

사람 좋아 보이는 미소를 띤 그는 침대 위에 있는 니노미야를 보자마자 과장스럽게 놀란 척을 하며 다가왔다.

"우와, 정말로 입원해 있네. 세기의 살인마에게도 결국 천벌이 내린 건가?"

농을 치는 그를 보며 니노미야는 훗, 하고 웃었다.

"누가 살인마야? 네 실험에 비하면 나 정도는 귀여운 편이잖아."

"아하하. 뭐, 의학의 발전에는 희생이 따르는 법이니까. 이 세계에서는 흔한 일 아니겠어?"

어깨를 으쓱거리는 스기타니 또한 뇌와 정신 활동의 관계를 밝힌다는 명목으로 인간을 해체하는 사이코패스 살인자였다. 본인은 어디까지나 실험이라고 주장했지만, 의식을 남긴 채로 희생자의 뇌를 주무르는 모습은 그저 고문으로밖에 보이지 않았다. 살인마라고 불릴 만한 인물은 스기타니 쪽이었다.

"그래서 오늘은 무슨 일이야?"

인사도 하는 둥 마는 둥 본론으로 들어가려는 스기타니에게 니노미야는 괴물 마스크에 관해 설명했다.

스기타니와는 같은 고등학교에 다니며 알게 됐고, 졸업 후에도 서로 협력하는 관계로서 1년에 한두 번 만나는 사이였다.

이야기를 마치자 스기타니는 팔짱을 낀 채 이를 갈았다.

"'너희 괴물들은 죽어야만 하니까'라고 했다고? 그건 절대 경찰에게 알려져서는 안 되는 내용이네."

"응, 나를 괴물이라고 불렀다는 건 내가 해온 일을 알고 있다는 말일 테니까. 경찰에 잡힌다면 무슨 말을 떠들어댈지 알 수 없어. 확실히 입을 막아야 해."

"그래. 그러니까 나한테 그 괴물 마스크를 찾아오라는 거군."

"맞아. 괴물 마스크는 '너희'라고 했으니까. 분명 너랑 나를 말하는 걸 거야."

니노미야가 친구라고 부를 만한 사람은 스기타니뿐이니, 이 상황은 니노미야와 두 사람 모두에게 심각했다. 스기타니에게 있어서도 괴물 마스크는 무슨 일이 있어도 없어져야만 하는 존재인 것이다.

"그렇다면 손을 빌려주는 수밖에 없겠네."

스기타니는 니노미야의 협력 요청에 응하기로 했다.

"경찰보다 먼저 찾아야 한다니 쉽지 않겠어. 아무리 경찰들이 엉뚱한 방향으로 수사 중이라고 해도 나는 수사의 프로가 아니니까. 우리가 불리한 건 달라지지 않아."

"아니, 괜찮아. 우리에게는 경찰이 모르는 단서가 있으니까. 우선 체격과 목소리를 봐서 괴물 마스크는 성인 남자야. 다만 내가 아는 사람은 아니야. 처음 듣는 목소리였거든."

"호오, 그건 엄청난 단서군. 인류의 대부분을 용의자에서 제외할 수 있으니까. 남은 건 그저 수억 명 정도네."

"비꼬기에는 아직 일러. 진짜 단서가 남아 있거든. 실은 공격당하기 일주일 전쯤에 내가 야베 마사츠구를 죽였어. 괴물 마스크는 그 녀석의 동료가 아닐까 싶어."

스기타니는 그 말을 듣고 의아한 표정을 지었다.

"야베 마사츠구? 어디선가 들어본 적이 있는 이름인데."

"그거야, 네 동료니까. 최근에 너희 병원 의사인 야베 마사츠구가 실종되지 않았어? 그 녀석, 내가 죽였거든."

"어라! 야베가 실종된 게 아키라가 벌인 짓이었어?"

스기타니는 그의 아버지가 원장으로 있는 스기타니 병원에서 뇌신경외과의로 일했다. 그곳은 얼마 전 니노미야가 죽인 야베 마사츠구의 직장이기도 했다. 즉 야베가 약점을 잡으려고 했던 상대가 바로 이 스기타니인 것이다.

"나를 미행했거든. 고문한 뒤에 죽여버렸지. 그도 그럴 것이 너와 관련된 사람들을 조사하려고 내 뒤를 캐고 있었거든."

"정말로? 그런 거라면 폐를 끼쳐서 미안하게 됐네. 그렇지만 죽인 걸 나한테도 알려는 줬어야지. 나랑 관련된 일이니까."

스기타니는 과장된 몸짓으로 불만을 터뜨렸다.

"미안해. 너희 병원에 의사 하나 없어졌다고 크게 불편할 것 없잖아. 서두를 필요는 없다고 생각했거든."

"아니, 그런 문제가 아니잖아. 내게 연락은 해줬어야지. 아키라는 종종 그렇게 부주의하게 행동하더라. 애초에 미행당했다고 바로 죽인다는 건 너무 즉흥적인 행동 아니야?"

"할 수 있을 때 행동하는 게 내 방침이니까. 근데 지금은 그것보다 괴물 마스크가 더 중요하잖아?"

계속해서 불평을 터뜨릴 것처럼 보여서 니노미야는 무리해서 화제를 돌렸다. 스기타니는 불만에 가득 차 보였지만, 니노미야의 의도대로 이야기를 되돌렸다.

"그건 그렇지. 그래서, 뭐더라? 괴물 마스크는 야베의 동료인 것 같단 말이지?"

"응, 야베를 죽이고 나서 괴물 마스크가 오기까지 일주일이 걸렸다는 건 우연 치고는 너무 짧기도 하고, 야베의 동료라면 나와 네가 친구라는 점을 알고 있더라도 이상하지 않으니까."

괴물 마스크가 야베의 동료라면, 야베가 니노미야를 미행했던 것도 알았을 테다. 그렇다면 야베의 실종이 니노미야와 관련됐다고 의심할 수도 있고, 그 복수를 도모한다고 해도 이상하지 않다. 괴물 마스크의 습격은 야베에 대한 복수일 가능성이 컸다. 니노미야의 생각에 스기타니도 동의했다.

"그렇군. 아키라가 아는 사람이 아니라면 내 주변 인물일 수 있지. 그런데 야베의 동료라면 괴물 마스크도 우리 병원 사람일지도 모르겠네."

"뭐, 미행 동기가 병원의 후계자 싸움인 거라면 동료도 십중팔구 병원 관계자겠지. 짐작 가는 사람은 없어?"

니노미야의 물음에 스기타니는 고개를 저었다.

"흠, 딱히⋯⋯. 그렇게까지 친하지 않았으니까 야베의 인간관계까지는 잘 모르겠어. 아무 얼굴도 안 떠오르네."

"그렇다면 한번 캐내봐. 경우에 따라서는 의사가 아닐 수도 있어. 아버지라거나 친구라거나, 그런 개인적인 관계도 조사해야 해. 물론 너도 타깃일 테니까 충분히 경계하면서 말이야."

"뭐, 그건 상관없지만……."

"응? 뭐가 마음에 안 드는 게 있어?"

그다지 내키지 않아 보이는 스기타니에게 니노미야가 물었다.

"아니, 마음에 안 든다기보다 말이야. 애초에 괴물 마스크가 정말로 야베의 동료일까 싶어서."

"무슨 뜻이야? 괴물 마스크와 야베는 관계가 없다고 말하고 싶은 거야?"

"음, 의심스러운 건 사실이야. 다만 조금 냉정하게 생각해보면, 야베가 고문을 당하고도 동료에 대해 털어놓지 않았다는 게 아무래도 마음에 걸려. 내 기억으로는 야베가 그렇게 강단 있어 보이지 않았거든. 실제로 아키라 또한 야베가 거짓말하는 것 같지는 않았던 거잖아."

니노미야의 머릿속에 목숨을 구걸하던 야베의 모습이 되살아났다. 분명 그렇게 겁을 내는 눈으로 거짓말을 했을 것 같지는 않다.

"그래도 타이밍 면에서 보면 야베의 복수라고 생각하는 것이 가장 자연스럽지 않아?"

"만약 아키라가 그동안 사람을 딱 한 명만 죽였다면 그럴지도 모르지. 하지만 올해만 몇 명을 죽였어? 너한테 복수하려는 사람이 과연 한 명뿐이겠어?"

니노미야는 기억을 더듬었다.

"아마도 야베까지 포함하면 열둘인가. 올해는 조금 많네."

"그렇게 많이? 그렇다면 타이밍이고 뭐고 없잖아. 아키라는 언제 습격당해도 이상하지 않고, 이참에 말하자면 나랑 아키라의 관계를 알고 있다는 이야기도 딱히 별다른 근거는 될 수 없기도 하고. 우리가 비밀이라고 할 정도로 몰래 만나는 것도 아니고 고등학교도 같은 곳을 나왔으니까."

이처럼 확신이 담긴 말에 니노미야는 신음했다. 스기타니의 말에도 일리가 있다고 생각됐기 때문이다.

"듣고 보니 네가 말한 대로일지도 몰라. 그래도 그렇게 되면 범인 후보가 없어져 버려. 뭔가 달리 짐작 가는 데라도 있는 거야?"

"아니. 구체적인 이름은 전혀 떠오르지 않아. 그러니까 일단 야베 주변을 조사해볼게. 만약에 정말로 우리 주변을 캐고 다니는 파리 새끼가 있다면 으깨주지 않으면 안 되니까 말이야."

"맞아. 그럼 야베에 대해서는 잘 부탁해. 다만, 부디 상대를 죽이지는 마."

"알겠어. 마무리는 직접 하겠다는 거지? 나는 그 전에 조금 데리고 놀 수 있으면 돼. 죽지 않을 정도로 괴롭히는 건 내 특기니까."

스기타니는 그 말만을 남기고 병실을 나갔다. 니노미야로서는 뇌칩에 관해서도 이야기를 나누고 싶었지만 그를 붙잡지는 않았다. 스기타니가 사람의 뇌를 만지며 기뻐하는 인간이라는 점을 생각하면, 뇌칩에 대해 이야기하는 것은 현명하지 못하다는 생각이 들었기 때문이었다.

'뭐, 지금은 뇌칩보다 괴물 마스크가 우선이기도 하고.'

니노미야는 홀로 남은 병실에서 침대에 누웠다. 그때 문득 미에가 가져온 DVD가 눈에 들어왔다. 니노미야는 무심코 쓴웃음을 흘렸다.

'아니, 우선해야 할 일은 그것 말고도 있었네. 시간이 있을 때 해치워야겠군.'

영화를 좋아하는 귀한 아가씨를 위해 니노미야는 〈괴물 나무꾼〉과 다른 몇 장의 DVD를 손에 들었다.

: 토시로 란코 **4일째**

2년 정도 전의 일이었다. 당시 기동 수사대에서 근무하던 란코는 어떤 추락사의 초동 수사를 하게 됐다.

사망자는 켄모치 사키라는 26세의 회사원이다. 처음에는 그저 집으로 오르는 계단을 잘못 디뎌서 떨어진 사고사인 것처럼 보였다. 하지만 얼마 되지 않아 살인이 아니냐는 의혹이 떠올랐다.

왜냐하면 사키는 5천만 엔이나 되는 보험금을 남겼고, 그 수령인인 남편 켄모치 타케시에게는 이전에도 전처가 추락사해 고액의 보험금을 남긴 이력이 있기 때문이었다.

그 사실 때문에 보험금 살인이라는 의심이 짙어졌다. 하지만 아무리 조사해도 남편이 아내를 죽였다는 증거를 찾지 못해서 수사본부에는 침체된 분위기가 가득했다. 하지만 그 상황에서도 홀로 기염을 토하는 수사관이 있었다. 그것이 당시 수사1과에 있던 이누이였다.

"아무런 증거도 남기지 않았다는 건 있을 수 없어. 포기하는 건 아직 일러."

　동료들과의 술자리에서 이누이가 토하듯 내뱉은 말에는 굳은 의지가 담겨 있었다. 그는 냉정한 사람인 것처럼 보이지만 피해자에게 쉽게 감정을 이입하곤 했다. 그런 그는 사키의 아버지 와타나베 노부오에게도 친절했다.

　"사키는 그 남자에게 온 정성을 쏟았어. 그런데도 그놈은 그렇게 간단히 짓밟고……. 절대로 용서 못 해."

　노부오는 몸을 떨며 눈물을 흘렸다고 한다. 그의 말대로 피해자는 제대로 일하려 들지 않는 켄모치를 혼자 돈을 벌어 바지런히도 부양해왔다고 했다.

　노부오의 원통함은 란코에게도 아플 정도로 전해졌다. 분명 이누이도 같은 기분이라 수사를 결코 포기할 수 없었을 것이다.

　하지만 현실은 노력한다고　달라지는 것이 아니다. 노력한 보람도 없이 사건은 결국 사고로 처리되고 말았다.

　형사를 해나가기 위해서는 이런 일에도 타협을 짓지 않으면 안 될 때가 있다. 하지만 이누이는 이 사건을 제대로 파헤치지 못한 자신을 받아들이지 못했다. 그는 수사가 종결된 후에도 비번인 날에는 켄모치가 가는 곳마다 모습을 드러냈다.

　그러다 사건이 벌어지고 말았다. 피해자의 생일이었던 그날, 피해자의 아버지인 와타나베 노부오가 켄모치의 집을 찾았다. 적어도 딸의 묘에 가서 사죄해달라고 청하기 위해서였다. 외출하려던 찰나에 붙잡힌 켄모치는 끈질기게 달려드는 노부오를 밀어내고 결국에는 말도 안 되는 폭언을 쏟아냈다.

"겨우 5천만 엔짜리 여자를 위해 뻔뻔하기도 하군. 반대로 의심받을 만한 방식으로 죽어서 미안하다고 애비인 당신이 사과해야 하는 거 아니야?"

그 말을 들은 순간, 노부오는 켄모치를 때리려 했다고 한다. 하마터면 피해자 유족에 의한 상해 사건으로 발전할 뻔한 장면이었지만, 거기에 마침 상태를 살피러 왔던 이누이가 나타나 그런 사태는 피할 수 있었다. 하지만 상황은 그걸로 끝이 아니었다. 둘 사이에 끼어들었던 이누이가 노부오의 멱살을 붙잡은 켄모치를 후려치고 말았다. 당연히 이누이에게는 상응하는 처분이 떨어졌다. 분명 켄모치의 언동이 심했지만, 용의자로 의심받았을 뿐인 일반인을 때린 일은 용서받을 수 없었다. 이누이는 책임을 지고 수사1과를 떠나야 했다.

본래 보다 중한 처분을 받을 수 있었지만 맞은 후에 몸 상태가 안 좋아졌다고 떠들어대던 켄모치가 갑자기 소송을 철회해서, 이누이의 일격은 켄모치와 노부오의 싸움을 중재하는 와중에 우연히 부딪힌 것으로 처리되게 됐다.

이누이가 켄모치를 때린 것은 자신을 돕기 위해서였다고 노부오가 경찰에게 몇 번이고 호소했다는 이야기를 란코는 건너 건너 들었다. 만약에 그 때문에 소송이 철회됐다면 그것은 노부오가 켄모치에 대한 앙갚음에 조금이나마 성공했다는 말이기도 했다. 하지만 이에 절대 납득하지 못한 이누이는 수사1과를 떠나며 말했다.

"그 정도로 피해자 아버지의 마음이 전부 풀릴 리가 없어. 아직, 모든 악의 근원인 켄모치는 방치된 채니까 말이야."

이누이가 수사1과를 떠나던 날 그가 보인 얼굴을 란코는 지금도 잊지 못한다. 이누이는 지금도 가끔 켄모치가 사는 곳을 살펴보러 간다는 소문이 돌았고, 그것을 비난하는 목소리도 있었지만 란코에게 있어서 그런 이누이의 모습은 이상적인 형사 그 자체였다. 그 마음을 부정할 수 없었다.

"제가 생각해봤는데, 역시 피해자는 범인에게 꽤 큰 원한을 샀던 거 같아요."

란코는 동경하는 선배에게 이시카와 마스미에 대한 생각을 솔직하게 말했다.

수사 초기에는 마스미가 어느 정도 유복한 집안의 평범한 주부라고 여겨졌다. 하지만 알고 보니 그녀는 다른 사람들로부터 원한을 사고 있었다.

남편인 토쿠로에게는 원래 다른 약혼자가 있었음에도 마스미가 무리하게 다가가서 그 자리를 꿰찼다. 그뿐 아니라 과거에도 친구의 남자 친구를 몇 명이고 뺏은 적이 있었고, 호스티스를 하던 시절에도 다른 호스티스의 손님을 빼앗는 행위를 반복했다고 한다. 당시의 친구가 말하길, 마스미는 절대로 친구로 삼아서는 안 되는 유형이라고 했다.

"범인이 뇌를 가지고 사라졌다고 처음 들었을 때는 도대체 무엇 때문인가 싶었는데, 그것도 그저 피해자가 엄청나게 큰 원한을 샀기 때문 아닐까요."

피해자의 뇌가 사라졌다는 사실은 예상대로 주간지 등에 의해 이미 보도되었고, 일부 잡지에서는 범인을 '뇌도둑'이라고 부르기도 했다. 그 정도로 충격적인 수법이라는 말일 테다. 물론, 충격을 받은 건 란코를 비롯한 수사관들도 마찬가지였지만, 뇌를 가지고 갔다는 행위 그 자체에 특별한 의미는 없을지도 모른다고 란코는 생각하기 시작했다.

하지만 그런 란코에게 이누이는 떨떠름한 표정을 지었다.

"글쎄, 분명 두개골을 파괴한 것을 보면 격한 분노를 떠올리게 하지만, 그렇다고 해서 원한만으로 뇌를 가지고 간다고는 생각하기 어렵지 않을까? 그 자리에서 깨버리기만 한 거라면 몰라도 말이야."

"그건 그럴지도 모르지만요. 그렇다면 따로 뇌를 가지고 갈 만한 이유가 뭐가 있을까요?"

"음, 그걸 알면 이렇게 고생 안 하겠지. 다만 증거를 남기지 않았다는 점만 봐도 범인은 이성적으로 생각하는 머리를 지니고 있어. 그렇다면 뇌를 가지고 간 것에도 의외로 합리적인 이유가 있을지 몰라. 범행 현장이 피해자의 집인 것도 처음부터 뇌를 꺼낼 장소를 고려한 것처럼 보이고 말이야."

범행을 저지르며 피가 상당히 튀었을 텐데도 범인에 관한 목격 정보가 없다는 점은 분명 갈아입을 옷을 준비했다는 말이 된다. 그 점만 봐도 계획성을 엿볼 수 있다고 이누이는 덧붙였다.

"다만 계획적이라고 하면 하나 신경 쓰이는 점이 있어. 살해 흉기가 도끼였다는 점이야. 사람을 죽이려면 무겁고 다루기 힘든 도끼보다 가볍고 쓰기 쉬운 나이프류가 좋았을 테니까."

"그러고 보면 분명 도끼는 쓰기 쉬운 흉기는 아니죠. 그렇다면 도끼를 쓰는 것도 범인 나름의 의미가 있다는 말일까요?"

"아마 그렇겠지. 그리고 또 이상한 점은 뇌를 너무 함부로 다뤘어.

보통 무언가를 가지고 갈 목적이 있다면 그 대상을 소중하게 다뤄야 하잖아. 그런데 이 범인은 피해자의 뇌를 엉망진창으로 만들었단 말이지. 모순적이라고. 내가 신경 쓰이는 점은 바로 그거야. 산산조각이 난 뇌가 범인에게 어떤 가치가 있을까? 이 사건의 열쇠는 그 의문 너머에 있을지도 몰라."

란코는 뇌를 가지고 가는 이유에 대해 흑마술의 의식이나 카니발리즘 같은 것을 추측했다. 하지만, 둘 중 어느 경우라 하더라도 범인이 뇌를 함부로 다루지는 않을 것이다. 산산조각 난 뇌라면 공물로서도 식재료로서도 가치가 없다. 그런데도 이 범인은 뇌가 망가지는 것은 전혀 신경 쓰지 않은 듯 두개골을 도끼로 파괴했다. 그것은 현장에 뇌의 파편이 흩뿌려져 있다는 점만 봐도 틀림없었다.

이후 담당 구역의 탐문 수사를 마친 란코와 이누이는 시나가와서에 돌아갔다. 그리고 밤에 열리는 수사 회의에 참석하기 위해 강당으로 향했다. 그곳에서 란코는 분위기가 묘하게 어수선한 것을 깨달았다.

"저기, 무슨 일인가요?"

선배인 히로세를 발견하고 란코가 물었다.

"토시로, 지금 돌아온 거야?"

"네, 방금요. 근데 무슨 일이에요?"

란코가 다시금 묻자, 히로세는 묘한 표정을 지었다.

"희생자가 또 나온 것 같아. 우에노에서도 뇌가 없는 사체가 발견됐대."

"아니, 또 뇌가 없다니!"

놀라는 란코를 보고 히로세가 고개를 끄덕였다.

"두 번째 피해자가 나온 거야. 이걸로 이 사건은 연쇄 살인 사건이 됐어."

: 니노미야 아키라 **16일째** ①

'이것도 꽤 재밌었어.'

텔레비전 화면에서 엔딩 크레디트가 흐르기 시작하자 니노미야는 자택 소파에 누운 채 한숨을 쉬었다.

비디오 플레이어 앞에는 미에가 가져왔던 서른 장의 DVD가 쌓여 있다. 지금 본 것이 그 마지막 한 장이었다. 리모컨의 정지 버튼을 누르며 니노미야는 목을 좌우로 꺾었다.

미에에게 영화를 본 감상을 말하기 위해 두세 장만 볼 생각이었는데 병원에서 〈괴물 나무꾼〉 DVD를 손에 든 이후 니노미야는 줄기차게 영화만 보고 있었다.

하루라도 빨리 괴물 마스크를 찾아내 처리해버리고 싶었지만 어차피 회복되지 않은 데다가 괴물 마스크에게 다시 공격당할지도 모르는 상태에서는 밖을 쏘다니기도 힘들었다. 그래서 어느덧 영화를 보며 지내는 시간이 많아져버렸다.

하지만 확실히 너무 많이 보고 말았다. 지금까지 살아오면서 영화를 재밌다고 생각한 적은 단 한 번도 없었는데, 어째서 갑자기 이렇게까지 빠지게 된 걸까. 니노미야는 스스로도 이상하다고 생각하면서 DVD를 정리하기 시작했다.

그때 집의 인터폰이 울렸다. 인터폰 화면에는 젊은 남자가 쭈뼛거리며 서 있었다.

"저기, 저 테즈카입니다. 마중 나왔어요."

사무원인 테즈카였다. 사고 전에 맡았던 일 대부분은 다른 변호사에게 넘겼지만, 그렇다 해도 남아 있는 일은 있다. 무엇보다 과거에 변론했던 소송 관계자 중에 혹시 괴물 마스크가 있는지 알아보기 위해 테즈카에게 업무 자료를 가져와달라고 부탁한 참이었다. 그런 김에 장을 보러 가는 길의 운전도 맡길 예정이었다.

시간은 저녁 7시, 현관문을 열자마자 테즈카는 고개를 숙였다.

"아, 안녕하세요? 니노미야 씨."

"와달라고 해서 미안해. 지금 준비할 테니까 잠깐만 기다려줘."

"네. 근데 그 전에, 그게……."

"응? 뭐 할 말 있어?"

테즈카는 왜인지 차분해 보이지 않았다.

"그게 실은……. 오늘 여기 오기 전에 갑자기 연락을 받아서요. 아무 말도 전하지 않아도 된다고 해서 그대로 같이 왔는데……."

"응? 무슨 얘기를 하는 거야?"

"그러니까, 이런 겁니다."

테즈카가 한 발 옆으로 물러서자 뒤에서 한 여성이 나타났다. 니노미야는 눈을 크게 떴다.

"미에 씨?"

반사적으로 테즈카를 바라봤지만, 그는 그저 고개를 저을 뿐이었다. 미에가 눈을 굴리며 노려봤다.

"왜? 뭐 불만 있어?"

"아, 아니요. 설마요. 그냥 오시는 줄 몰라서."

"테즈카한테 당신이 퇴원했다는 소식을 들은 아빠가 같이 다녀오라고 해서 온 것뿐이야. 빌려줬던 DVD도 돌려받아야 하고."

"음, 그렇군요."

"그러니까 DVD가 어디 있는지 빨리 알려줘. 어차피 거의 안 봤을 거잖아. 어디에 있어?"

"거실에 정리해놨어요. 마침 보고 있던 참이라서요."

"보고 있었다고? 흐음, 거짓말 같은데……. 뭐, 좋아. 그보다 나 들어가도 되는 거야?"

미에의 눈썹이 꿈틀거렸다.

"물론이죠. 들어오세요."

니노미야가 안으로 안내하자 미에는 곧장 신발을 벗고 거실로 향했다. 테즈카와 함께 그 뒤를 따르자, 미에는 거실을 한 바퀴 둘러본 후 텔레비전 쪽에서 시선을 멈췄다. 정확하게는 비디오 플레이어의 투입구에 튀어나와 있는 DVD를 보았다.

"정말로 영화를 보고 있었어?"

미에가 의외라는 듯 물었다.

"네, 그게 마지막 한 장이에요. 다른 건 전부 봤어요."

"전부? 진짜로? 영화 좋아하지 않았잖아. 왜 갑자기?"

"그게, 저도 잘 모르겠지만 나이가 들면서 갑자기 영화가 좋아졌나 봐요. 미에 씨가 골라준 영화가 좋았던 걸지도 모르고요."

"뭐야, 그게. 역시 거짓말 같은데. 정말이라면 어떤 영화가 제일 좋았는지 말해봐."

미에는 의심으로 가득 찬 눈빛을 보냈다. 니노미야는 잠시 생각한 후 답했다.

"가장 좋았던 건 고르기 어려운데……. 지금 떠오르는 건 〈더 울프 오브 월스트리트〉요. 돈이 전부라는 세계관이 유쾌하기도 했고, 바보 같고 제멋대로인 주인공이 성공해가는 모습이 통쾌했거든요."

〈더 울프 오브 월스트리트〉는 월가의 투자 회사에서 일하는 남자가 사기나 다를 바 없는 방법으로 성공한 후 결국 체포되기까지를 그린 영화다.

"분명 당신이 좋아할 만한 내용의 영화긴 하지. 다른 건 뭐가 좋았어?"

미에는 쌀쌀맞게 말했다.

"다른 건……."

니노미야는 미에가 묻는 대로 답을 계속했다. 모처럼 서른 편이나 되는 영화를 봤으니까 그걸 살리지 않을 이유가 없다. 막힘없이 술술 말하는 니노미야를 보고 미에는 놀란 듯했다.

"정말로 다 본 것 같네. 솔직히 말해서 두세 편 정도 보고 적당히 얼버무릴 거로 생각했는데."

"설마요. 미에 씨가 권해주는 거라면 전부 봐야죠. 당연하잖아요."

"그 말이야말로 거짓말 같은데. 그래도 영화를 좋아하게 됐다는 건 조금 믿어도 될 것 같네. 그렇지 않으면 서른 편이나 볼 수 없을 테니까."

"네, 정말 좋아하게 된 것 같아요."

"그래서 다음에 볼 영화는 정했어?"

미에는 니노미야의 말을 무시하고 말했다.

"아니요. 이제 겨우 다 본 거라서요. 영화는 잘 모르기도 하고."

"그것도 그렇겠네. 그럼 누군가가 제대로 골라줘야겠지."

"그건 무슨 말……."

"좋아. 나도 오늘 따라 나가야겠어. 그 김에 영화 대여점에도 들르자. 거기서 내가 새로운 DVD를 골라줄게."

"미에 씨도 같이 간다고요?"

니노미야는 무심코 테즈카와 얼굴을 마주 봤다. 설마 미에가 함께 간다고 나설 줄은 생각지도 못했다. 하지만 딱히 거절할 이유도 없었다.

니노미야는 머리의 거즈를 가리기 위해 니트 모자를 쓰고 두 사람과 함께 집을 나섰다.

: 토시로 란코 `7일째`

두 번째 피해자는 이와타 사부로라는 스물아홉 살의 건달이었다. 상해와 강간으로 체포된 적이 있고, 직업은 없었다. 애인인 야마자키 히로코의 아파트에서 기생충 같은 생활을 하던 중에 누군가에게 도끼로 머리를 내리찍혀 살해되었다. 범행 시각은 사체가 발견되기 전날 밤으로, 간호사인 야마자키가 일하러 나가 있던 시간이었다. 파칭코에 갔다 돌아오는 것을 방에서 숨어서 기다리던 범인이 공격한 것으로 보였다. 첫 번째 피해자인 이시카와 마스미와 거의 같은 수법이었다. 이 점은 둘을 살해한 범인이 동일인이라는 것을 나타냈다.

두 피해자의 관계를 알아낸다면 범인의 윤곽도 어느 정도 드러날 것이라고 란코를 비롯한 수사관들은 생각했다. 하지만 일은 그렇게 간단하지 않았다.

"죄송합니다. 이 남자를 본 적 정말로 없으세요?"

점잔 빼듯 깔끔하게 장식된 거실에서 란코는 첫 번째 피해자와 알고 지냈다던 주부에게 질문하는 중이었다. 경박한 미소를 띤 채 브이 사인을 하는 이와타의 사진을 보여주었지만, 그 주부는 고개를 좌우로 흔들 뿐이었다.

"몇 번이고 물어보셔도 본 적이 없다고 밖에는……. 혹시라도 마스미 씨가 이렇게 화려한 느낌의 남자와 함께 있었다고 하면 기억 안 날 리가 없을 것 같아요."

이와타는 염색한 갈색 머리에 컬러풀한 옷을 좋아했던 반면 이시카와 마스미는 호스티스였던 과거를 숨기려는 듯 고상한 모습이었다. 이 두 명이 함께 있었다면 분명 잊을 수 없었을 것이다.

"또 헛발질이네요. 이 정도로 아무것도 나오지 않는다는 건 정말로 아무 접점이 없는 거 아닐까요?"

주부의 집을 나서며 란코가 이누이에게 물었다.

란코와 이누이는 피해자 사이의 연결 고리를 찾고자 이시카와의 집 근처에서 탐문을 다니는 중이었다. 하지만 이와타를 아는 사람은 커녕 그를 봤다는 사람조차 찾을 수가 없었다. 두 사람은 전혀 서로를 알지 못하는 사람인 듯 보였다.

"애초에 둘의 생활권이 전혀 겹치지 않고, 친구를 고르는 유형도 완전히 달라 보이니까요. 이시카와는 주로 셀럽들과 사귀었는데, 이와타는 불량배뿐이잖아요. 나이는 비슷하긴 해도 접점이 전혀 없어 보여요."

"뭐, 그건 그렇지. 그래도 이시카와는 예전에 호스티스였으니까 그때 무언가 접점이 있지 않을까?"

"아뇨. 그게 그쪽으로도 전혀 이어져 있지 않다는 것 같아요."

호스티스 시절에 관해서는 벳쇼를 비롯한 다른 수사관들이 철저하게 뒤지고 있었다. 하지만 아무런 단서도 나오지 않았다. 그 말을 듣고 이누이는 복잡한 표정을 지었다.

"그렇군. 그쪽으로도 끈이 없다는 거군. 그렇다면 찾아야 할 것은 접점이 아니라 공통점일지도 모르겠네."

"엇! 저 지금 둘은 그야말로 다른 유형이라고 이야기하던 참인데요."

"유형이 다르다고 해도 뭔가 공통점이 있을지 모르지. 지금까지 수사는 둘의 접점에만 주목했잖아. 새로운 시점으로 조사해보면 보이는 게 있을지도 몰라. 일은 해보지 않으면 모르는 거니까."

"뭐, 그렇죠. 그건 맞는 말이긴 한데……."

솔직히 이때의 란코는 이누이의 생각에 동의하지 않았다.

하지만 그 후 이누이의 제안에 따라 다시 조사해보자 피해자 두 명은 모두 아동 복지 시설 출신이며, 거기다 시설 앞에 누군가가 버려두고 간 아이였다는 점이 밝혀졌다.

: 니노미야 아키라 16일째 ②

"미에 씨가 오늘은 왠지 즐거워 보이네요."

영화 대여점 안에서 진지한 얼굴로 돌아다니는 미에를 보면서 테즈카가 중얼거렸다. 그의 팔에 걸려 있는 장바구니에는 이미 스무 장이상의 DVD가 들어 있었다. 전부 미에가 고른 것이었다. 니노미야는 미에를 힐끔 쳐다봤다.

"내 눈에도 미에 씨가 들떠 있는 것처럼 보여. 다른 사람에게 자신이 좋아하는 영화를 권하는 게 좋은가 봐."

"마니아들은 자신의 취미를 다른 사람에게 권하는 걸 좋아하니까요. 미에 씨도 상당한 영화 마니아인가 봐요. 그러니까 니노미야 씨를 상대로도 저렇게 기쁘게 영화를 고를 수 있겠죠……. 앗, 죄송합니다. 실례되는 말을 했네요."

테즈카는 입가를 누르며 사과했다. 미에가 니노미야에 대해 아무런 감정이 없다는 것을 아는 것이다. 니노미야는 아무렇지도 않은 듯말했다.

"신경 안 써도 돼. 영화를 저렇게 좋아한다는 걸 알았으니, 앞으로그 점을 공략할 수 있을지도 모르고 말이야."

"하하, 그렇군요. 근데 아무리 그래도 지나친 것 같아요. 슬슬 미에 씨를 데리고 와야겠어요."

미에가 들고 있는 장바구니에도 DVD가 열 장 정도 있지만 미에는 진지한 얼굴로 선반을 보고 있었다. 그 모습을 보며 니노미야도 웃었다. 그러고 보면 대여 기간인 일주일 동안 서른 편을 보라는 건 지나치다.

'미에가 영화를 좋아하는 건 알았지만 설마 이 정도일 줄이야. 정말로 영화를 통해 공략할 수 있을지도 모르겠군. 죽이는 건 조금 더 미뤄도 좋겠어.'

그런 생각을 할 때였다. 갑자기 히스테릭한 여자의 목소리가 울려 퍼졌다.

"잠깐, 뭐 하는 거니? 뛰지 말라고 했잖아!"

마치 자신에게 말을 건네는 것 같아서 니노미야가 돌아보자, 가게 안쪽에서 울음을 터뜨리는 작은 남자아이와 아이의 엄마 같아 보이는 여자가 눈에 들어왔다. 가게 안의 시선이 그 모자에게 모여들었다.

"엄마가 말했지! 뛰어다니다가 아이스크림 떨어뜨린다고. 왜 말을 안 듣는 거야!"

"아니, 그게……."

"그게, 가 아니잖아! 그 옷, 세탁비가 얼마나 드는지 아는 거야!"

아이 엄마는 눈물을 닦으려는 남자아이의 손을 붙들고는 집요하게 계속 혼을 냈다. 그 모습이 어째선지 신경이 쓰여서 니노미야는 그쪽을 계속 주시했다.

그때였다.

"뛰어다니지 말라고 했잖아!"

니노미야의 머릿속에 짧은 머리의 40대 여성이 니트 모자를 쓴 작은 남자아이의 뺨을 때리는 모습이 스쳐 지나갔다. 얼굴은 뿌예서 잘 알 수 없었지만, 장소는 어딘가의 서양식 방이었다. 니노미야는 머리에 손을 가져다 댔다.

'뭐지, 지금 이 모습은? 영화에서 본 건가?'

기억나지 않는 영상이 떠오른 것에 당황했지만, 니노미야는 이를 곧장 부정했다. 꼭 실제로 본 광경처럼 느껴져서였다.

'맞다. 이것은 분명 내 기억이다. 그러면 도대체 어디서 본 거지?'

"왜 그래? 머리 아파?"

어느샌가 미에가 옆에 다가와 있었다. 니노미야는 생각을 멈추고 웃음으로 답했다.

"괜찮아요. 머리가 울리는 목소리여서."

"목소리? 아아."

미에는 모자 쪽으로 시선을 향했다.

"저런 히스테릭한 어머니는 나도 보면 불쾌해져. 아무리 잘못된 행동을 했다고 해도, 다른 사람들 앞에서 저렇게 혼내지 않아도 될 텐데 말이야."

"네, 누가 봐서 기분 좋은 광경은 아니네요."

미에에게 이끌리듯 니노미야도 다시 모자에게 시선을 돌렸다. 그러자 조금 전 머릿속에 플래시백된 광경이 다시 눈앞에 나타났다. 앞의 모자의 모습과 겹쳐지자 니노미야는 몸 안에서 무언가 울컥 솟아오르는 걸 느꼈다. 그것은 분노였다.

'뭐지? 왜 내가 열이 받았지? 저 여자가 조금 시끄러웠을 뿐인데?'

스스로 이해하려 할수록 여자의 높은 목소리가 니노미야의 신경을 건드렸다.

"스트레스가 쌓여 있는 건지도 모르겠지만 저렇게 화를 내는 건 안 좋아 보이네. 그래도 그렇다고 해서 다른 집 일에 멋대로 끼어들 수도 없고 말이야. 아이에게 손을 대는 거라면 또 모르지만⋯⋯. 어라, 왜 그래?"

니노미야는 천천히 미에 쪽을 봤다.

"뭐가요?"

"아니, 지금 엄청 딱딱한 얼굴을 하고 있어서. 어디 아픈 거야?"

"딱히 어디 아픈 곳은 없는데요."

"정말로? 그래도 상태가 그다지 좋아 보이지 않으니 슬슬 돌아가자. 지금 테즈카가 계산하고 있으니까."

웬일로 걱정해주는 미에에게 니노미야는 선선히 고개를 끄덕였다. 하지만 그의 발은 움직이지 않았다. 시선은 다시금 엄마와 아이 쪽으로 못 박힌 상태였다.

"왜 그래? 안 갈 거야?"

미에가 의아한 목소리로 말을 건 그 순간, 가게 안에 날카로운 소리가 울려 퍼졌다. 아이 엄마가 아이의 뺨을 때린 것이다.

"어디서 자꾸 변명하는 거야! 왜 엄마가 말하는 대로 못 하는 건데! 엄마가 항상 말하잖아!"

"그게……."

"어디서 말대답이야!"

아이는 결국 울음을 터뜨렸고, 아이 엄마는 다시금 아이의 뺨을 때렸다.

그 순간 니노미야는 모자를 향해 걸음을 내디뎠다. 등 뒤에서 말리는 미에의 목소리가 들렸지만 그의 발은 멈추지 않았다. 어느새 니노미야는 아이 엄마 옆에 서서 그녀의 손을 붙들고 있었다.

"어이, 그 정도면 충분한 것 같은데."

갑작스레 일어난 일에 이쪽을 돌아본 여자는 얼굴을 찡그렸다.

"뭐, 뭐예요. 당신?"

"그저 지나가는 사람이야. 뭐가 됐든 좋으니까 이제 그만 두지. 아이는 때릴수록 더 울어댈 뿐이니까."

"그, 그런 건 당신과 관계없잖아요. 빨리 이 손 놔요!"

여자는 적의를 드러냈다. 하지만 니노미야는 손을 놓지 않고 말했다.

"내 말 안 들려? 이 팔, 부러뜨려줄까?"

"다, 당신. 무슨 말을…… 아야!"

눈물을 머금기 시작한 여자를 보고 니노미야는 손에 더욱 힘을 줬다. 용서할 생각 따위 없었다. 여차하면 정말로 팔을 부러뜨릴 생각이었다. 하지만 그때 놀란 미에가 옆으로 달려왔다.

"당신 지금 뭐 하는 거야? 빨리 그 손 놔."

그 목소리를 듣고 니노미야는 갑자기 정신이 되돌아와 곧장 여자의 팔을 놓았다.

'뭐지? 내가 지금 무슨 짓을 하는 거지?'

자신이 한 행동을 깨닫고 니노미야는 멍해졌다. 주변의 시선이 이쪽으로 향하고 있었다. 그것은 니노미야가 한 행동을 여실히 대변하는 듯했다.

'설마 내가 이렇게 많은 사람 앞에서 진심으로 이 여자의 팔을 부러뜨리려고 했던 건가?'

스스로도 믿기 어려웠지만 그렇게 생각할 수밖에 없었다. 얼핏 보니 미에 또한 의심스러운 얼굴로 자신을 바라보고 있었다.

"도대체 왜 그래?"

그 답을 알고 싶은 건 오히려 니노미야 쪽이었다.

: 토시로 란코 ▮19일째▮

세 번째 피해자는 도쿄도 마치다시에서 발견됐다. 이름은 미츠타 요시오, 31세 프리랜서 카메라맨으로, 상당히 무리한 취재를 하는 남자로 알려져 있었다. 그는 살고 있던 빌라의 집주인에게 발견되었다. 이상한 냄새가 풍긴다는 옆집 사람의 불평을 듣고 문을 열어 본 결과 안에서 부패한 사체가 발견된 것이다. 사망한 지는 발견 시점에서 나흘 이상 된 것으로 보였다. 지금까지와 마찬가지로 사체의 두부에서 뇌가 사라진 상태였고, 다른 피해자와의 접점도 지금으로서는 발견되지 않았다. 하지만 미츠타 또한 아동 복지 시설 앞에 버려진 아이였다는 점이 밝혀졌다.

사체가 발견되고 이틀이 지났다. 아침 수사 회의를 앞두고 란코 옆에 앉아 있던 벳쇼가 갈라진 목소리로 내뱉었다.

"아무래도 어렸을 때 버려진 아이를 대상으로 한 범행인 것은 분명한 것 같군."

"세 명 모두 그러니까요. 모두 나이가 서른 전후인 것도 우연은 아닌 것 같고요. 문제는 그 정보만으로 어떻게 수사를 해야 할지죠."

"그러니까 그게 문제야."

벳쇼는 한숨이라도 내뱉듯 말했다.

"같은 시설 출신이었다면 그나마 수사 방향이 설 텐데."

이시카와는 도쿄도 아다치구, 이와타는 도쿄도 다치가와시, 미츠타는 가나가와현 사가미하라시, 세 명이 버려진 지역은 모두 달랐다. 버려졌을 때의 나이는 세 살에서 다섯 살로 비슷하지만, 그 외의 다른 접점은 보이지 않는다.

그뿐 아니라 이시카와 미츠타는 고등학교를 졸업할 때까지 시설에 있었고 이와타는 시설에 간 후 반년도 지나지 않아 새로운 부모를 찾게 됐다. 그의 양부모는 몇 년 전에 사고로 사망했고, 주변 사람들 누구도 이와타가 양자였다는 사실을 듣지 못했기 때문에 수사본부에서도 확인이 늦어지고 말았다.

"만약에 서른 전후, 어려서 버려진 아이라는 조건만으로 죽이고 있는 거라면 범인은 이른바 시리얼 킬러라는 말이 돼. 그딴 녀석을 어떻게 찾아내야 할까."

일반적인 사건의 경우, 피해자의 주변을 캐다 보면 자연스레 용의자도 떠오르게 마련이지만, 이번처럼 범인과 피해자의 관계가 희박한 사건에서는 그것은 기대할 수 없다.

벳쇼의 불평에 란코는 답했다.

"아동 복지 시설 출신자에 대해 자세히 알 수 있는 사람을 조사해 보는 수밖에 없지 않을까요? 어려서 버려진 아이를 리스트업하는 것은 보통 사람은 할 수 없을 테니까요."

"그건 알고 있지만 실제로 그 조사가 제대로 안 되고 있잖아."

전국 각지의 복지 관련 부서 사람들을 조사했지만, 지금 시점에서 의심스러운 인물은 한 명도 찾아낼 수 없었다.

"혹시 범인은 피해자가 어딘가에서 말하던 것을 들었을지도 몰라. 그렇다고 하면 두 손 두 발 들 수밖에 없지. 아예 FBI에서 프로파일러라도 불러오는 게 빠르지 않을까?"

벳쇼는 될 대로 되라는 식으로 말했다.

"아니, 그렇게 우연히 조건에 맞는 사람을 세 명이나 찾지는 못할 것 같은데요. 역시 범인은 어딘가에서 정보를 얻어서……."

"프로파일러가 할 수 있다면 의외로 빨리 단서를 찾을지도 몰라."

그때 히로세가 대화에 끼어들었다. 벳쇼는 멍하게 되물었다.

"엇, 정말로 오는 거야? FBI."

"아니, FBI는 아니라 과학 경찰 연구소의 프로파일링팀이야. 이번 조사에 참여한다던데."

란코도 그 프로파일링팀에 대해 들은 기억을 떠올리며 말했다.

"아아, 그러고 보니 그런 팀이 있다고 들은 적 있어요. 그래도 일본에서는 데이터가 적어서 실전 투입은 아직 이르다고 하던 것 같은데요."

"나도 그렇게 들었었어. 그래도 이번에는 사건이 사건이니까 위에서는 지푸라기라도 잡고 싶은 건지도 모르지."

"지푸라기라니, 그런 게 도움이 될까."

벳쇼가 눈썹을 찌푸리자 히로세는 어깨를 으쓱했다.

"나한테 물어도 소용없어. 다만 시리얼 킬러에 관해서라면 우리보다는 훨씬 자세히 알지 않을까? 어, 호랑이도 제 말하면 나타난다더니……."

히로세가 손으로 가리키는 쪽을 보니 강당에 들어오는 관리관들 사이에 모르는 얼굴이 세 명 섞여 있었다. 그들은 관리직 치고는 상당히 어려 보였고, 조금 긴장한 모습으로 자리에 앉았다. 다만 맨 먼저 들어온 안경을 낀 남자만이 온화한 미소를 띤 채로 관리관에게 재촉받아 자리에서 일어섰다.

"처음 뵙겠습니다. 과학 경찰 연구소 프로파일링팀 팀장 쿠리타입니다. 도내에서 일어난 일련의 사건의 경우, 피해자들 사이에 접점이 발견되지 않는 점에서 원한 관계가 아니라 살인 자체를 목적으로 한 살인, 즉 시리얼 킬러에 의한 범행이라는 혐의가 있습니다. 그 때문에 저희도 여러분을 지원하고자 수사에 참여하게 되었습니다. 일본의 시리얼 킬러에 대해서는 아직 연구 중이긴 하지만, 과거의 데이터나 지식을 통해 지적할 수 있는 점은 있으리라 생각하니 잘 부탁드립니다."

인삿말을 마친 쿠리타는 고개를 숙였다. 분명 그들이 수사를 주도하겠다고 할 줄 알았던 란코로서는 조금 김이 샜다. 강당 전체의 분위기도 조금 느슨해진 것처럼 느껴졌다. 그러는 사이 쿠리타는 미소를 띤 채로 분석 결과를 발표하기 시작했다.

"우선 피해자들 사이에 직접적인 관계가 보이지 않는다는 점에서 범인은 살인 자체를 목적으로 한 시리얼 킬러라고 가정하고자 합니다. 그렇게 전제하면 우선 주목해야 할 것은 피해자의 나이가 모두 서른 전후라는 점과 어렸을 때 아동 복지 시설에 버려진 적이 있다는 점입니다. 그 두 점에서 범인은 버려진 아이였던 서른 전후의 사람에 대한 무언가 강한 감정을 지니고 있거나 혹은 본인 또한 버려진 아이이자 서른 전후의 인물이리라 추측할 수 있습니다. 또한 뇌를 가져갔다는 특징적인 수법을 보면 범인은 뇌에 대한 강한 집착이 있다고 여겨집니다."

"질문해도 되나요?"

말이 끊긴 틈에 히로세가 손을 들고 질문을 던졌다.

"어릴 때 버려진 사람에 대한 강한 감정이 있다고 말씀하셨는데, 그건 즉 그런 사람에 대한 강한 원한이라는 의미인가요?"

"지금으로서는 단언할 수 없습니다. 원한일지도 모르고, 혹은 버려진 아이였던 인물을 죽이는 것에서 쾌락을 얻고 있을 가능성도 있습니다. 그 쾌락을 위해 범행을 반복하는 것일지도 모릅니다."

"그러니까 쾌락 살인범이라는 건가요?"

"맞습니다. 그런 범인 중에는 후에 범행 당시를 떠올리기 위해 사체의 일부를 기념품으로 가지고 가는 자가 있습니다. 이번에 뇌가 사라진 것도 그것 때문일지도 모르고요."

쾌락 살인범, 뇌를 황홀한 표정으로 바라보며 사타구니를 주무르는 남자를 상상한 란코는 토할 것 같은 기분이 들었다.

"다만 일반적인 쾌락 살인범은 기념품을 깨끗한 상태로 가져가려고 합니다. 구체적으로는 성기나 유방을 나이프로 깔끔하게 잘라가는 등의 방식인데, 이번 범인은 도끼로 두부를 파괴해서 뇌까지 크게 손상을 입었습니다. 그 점에서 뇌가 살인의 기념품이라고 판정하기는 어렵기 때문에 범인이 쾌락 살인범이라고 단언할 수는 없습니다."

"쾌락 살인범인지 알 수 없다……?"

히로세가 다시 한 번 확인했다.

"맞습니다. 하지만 만약 쾌락 살인범이 아니라면 왜 뇌를 가지고 갔는지가 문제입니다. 기념품이 아님에도 뇌를 가지고 간다는 것은 시리얼 킬러로서도 기묘한 일이니까요. 거기에는 무언가 특별한 의미가 있다고 추측할 수 있습니다. 또한 기묘하다고 하면 피해자의 유형이 각기 다른 점도 신경이 쓰입니다. 보통 시리얼 킬러의 피해자는 범인의 취향에 맞는 유형이라거나 누군가를 대신하는 의미에서 비슷한 유형이 선택되는 경우가 많지만, 이번 피해자들은 서른 전후, 버려진 아이였다는 점 외에는 외견은 물론 성별조차도 다릅니다. 그 점에서 버려진 아이였다는 점은 범인에게 있어 취향이나 누군가를 대신한다는 것과는 다른 의미가 있을지도 모르겠습니다. 아마도 뇌와 마찬가지로 버려진 아이라는 점도 범인에게는 특별한 의미가 있는 거겠죠. 그 두 가지 모두가 범인의 인생에 있어서 중요한 키워드일 것 같습니다. 따라서 수사를 할 때는 그 점을 주의해주시기 바랍니다."

결국 버려진 아이와 뇌가 사건의 열쇠라는 점을 다시 확인할 수 있을 뿐이었다. 프로파일링 분석도 별다른 결과를 내놓지 못하자 란코는 크게 실망했다. 그때 쿠리타가 범인상에 대해 말하기 시작했다.

"충동적으로 보이지만 범행은 질서적입니다. 범행에 가장 적합한 장소나 타이밍을 고르고 있다는 점에서 사전에 상당히 많은 조사를 했음을 엿볼 수 있습니다. 그런 한편, 실행할 때는 숨어서 대상을 기다린다는 인내가 필요한 수단을 쓰고 있고 증거도 남기지 않았습니다. 그런 점에서 보면 범인은 지능이 높고 실로 이성적으로 행동한다고 할 수 있습니다. 아마도 사회 경험이 있는 30대 이상일 테고, 살해 장소가 도쿄로 한정되어 있다는 점에서 범인의 주소 혹은 일하는 곳이 도쿄에 있을 것 같습니다. 완력이 필요한 범행 방법을 보면 성별은 남성이고 피해자에 대해 시간을 들여 조사하고 있다는 점, 나아가 대략 일주일에 한 번이라는 꽤 빠른 페이스로 범행을 이어가고 있다는 점에서 시간에 여유가 있는 일을 하고 있거나 혹은 무직으로 추측됩니다. 다만 무직인 경우, 아동 복지 시설 앞에 버려졌던 인물을 세 명이나 리스트업할 수 있다는 점에서 이전에 아동 복지 시설 출신자 정보에 접근할 수 있을 법한 일을 했거나 그런 인물에게 접촉할 수 있는 입장이었을 가능성이 있습니다."

"범인은 복지 관련 일을 그만둔 인간이란 말인가요? 그렇다면 이미 조사하고 있지만, 지금 시점에서 의심스러운 인물을 찾지 못했습니다."

히로세가 말했다.

"네, 그렇다고 들었습니다. 그렇다면 범인 자신이 정보에 접근할 수 있는 것이 아니라, 그런 인물에게 접촉할 수 있는 사람일 가능성이 크지 않을까 싶습니다. 그 경우, 그 정보를 제공한 인물은 이미 살해당했을 가능성이 있습니다."

"뭐라고요? 피해자가 또 있다는 건가요?"

쿠리타의 발언에 수사관들 사이에서 놀라는 소리가 들렸다. 그러던 중 히로세가 다시금 지적했다.

"아니, 해당하는 사람 중에는 살해당한 사람도 없었습니다만."

"그렇다면 실종자는 어떤가요? 행방을 알 수 없는 분은 없나요? 혹시 있다면 사체가 아직 발견되지 않았을 뿐이라는 가능성이 있습니다. 이시카와 마스미 이전의 살해에서는 사체를 숨겼다고 보고 있으니까요."

"이시카와 마스미 이전? 마치 그 밖에도 수많은 살인을 했다는 것처럼 들리는데요."

뱃쇼가 험악한 얼굴로 말을 꺼냈다.

"네, 맞습니다. 피해자는 세 명 말고도 여러 명이 더 있을 거라고 저희는 보고 있습니다. 이유는 최초의 살인이라고 생각되던 이시카와의 살해에서부터 이미 범인의 솜씨가 너무 좋기 때문입니다. 통상 아무리 머리가 좋은 범인이라 하더라도 처음으로 사람을 죽일 때는 실수를 범하기 마련입니다. 그런데 이 범인에게는 실수가 없습니다. 그 점에서 이 범인은 틀림없이 이시카와 이전에도 몇 번의 살인 경험이 있을 겁니다."

쿠리타의 견해에 웅성거림이 일었다. 놀란 것은 란코도 마찬가지였지만, 그런 한편 어딘가 이해가 가기도 했다.

'범인이 숙련된 살인자라……. 그래서 지금까지 꼬리도 잡지 못한 건가.'

란코가 마음속으로 중얼거리는데 히로세가 의문을 또 내던졌다.

"잠깐만요. 아까 이시카와 이전의 사체는 숨겼다고 하셨죠? 그렇다는 건 이 범인은 처음에는 사체를 숨겼음에도 이시카와 이후로는 그것을 그만뒀다는 말인가요? 왜 그런 행동을 하는 거죠?"

"그건 알 수 없습니다. 다만 가능성으로서는 범인이 사체를 움직일 수 없을 만큼 다쳤거나, 사체를 운반할 자동차를 사용할 수 없게 됐거나, 사체를 숨길 장소를 사용할 수 없게 됐거나, 혹은 숨기는 것 자체가 귀찮아졌다는 등의 이유를 생각할 수 있겠네요."

"귀찮아졌다는 이유로 그만두기도 하는 건가요?"

수사관 중 누군가가 물었다.

"그럴 수도 있습니다. 연쇄 살인범이 범행을 거듭하다 보면 임시변

통으로 일을 대충대충 처리하게 되는 경우가 자주 발생하기도 합니다. 그건 뛰어난 범죄자라고 해도 다르지 않아요. 또한 사체를 옮기거나 숨기거나 하는 건 그만큼 큰 노력이 필요하기도 하고 위험하기도 하죠. 효율을 따져서 귀찮은 작업이라 생각해서 사체 처리를 생략할 수도 있습니다. 특히 이번 범인은 빠른 속도로 사람들을 죽이고 있으니까요. 숨길 장소를 찾는 것만으로도 꽤 고생하겠죠."

"그렇다고 하면 도대체 그 밖에 몇 명이나 살해당했다는 말인가요?"

"그것도 알 수 없습니다. 다만 범인의 이 빠른 페이스를 볼 때, 그만큼 많은 사람을 죽이고자 하는 건 아닐까 싶습니다. 죽이는 사람이 많을수록 붙잡힐 가능성도 커집니다. 그래서 범인은 서둘러 사람들을 죽이고 있는 것 아닐까요."

만약 그 말대로라면 도대체 얼마큼의 사체가 눈앞에 쌓이게 되는 건가 생각하며 란코는 한기를 느꼈다.

: 니노미야 아키라 20일째

야마노라는 남자를 처음 본 것은 수개월 전이었다. 편의점에서 장을 보던 중, 고양이가 그려진 티셔츠를 입은 나른해 보이는 남자가 다섯 살 정도의 여자아이를 데리고 있는 것을 보았다. 야마노와 그의 딸 네네였다.

야마노와 네네는 얼핏 보면 어디에든 있는 평범한 부녀처럼 보였지만, 사람을 고문한 적 있는 니노미야는 첫눈에 네네가 야마노로부터

가정 폭력을 당하고 있다는 사실을 깨달았다. 빨갛게 부어오른 볼, 소매 끝으로 보이는 파란 멍, 무엇보다 부친을 보는 잔뜩 겁에 질린 눈빛이 니노미야를 바라보는 고문 상대의 눈과 완전히 같았기 때문이다.

그렇다고 해서 니노미야는 네네를 도와줄 생각은 없었다. 단지 아이 아빠가 니노미야의 집 주변에서 경찰이 출동할 말한 소동을 일으킬 사람처럼 보였기 때문에 일단 그의 이름과 주소만 확인해두었을 뿐이었다. 네네가 어떻게 되든 니노미야로서는 상관없기 때문이다.

'저 아이가 무슨 일을 겪든 나와는 상관없는 일이다. 그런데 나는 왜 지금 야마노를 죽이려 하고 있지?'

술에 취해 달빛을 받으며 하천 옆을 터덜터덜 걷는 야마노의 뒤를 쫓으면서 니노미야는 자신에게 질문을 던졌다.

괴물 마스크가 다시 습격해올 가능성을 생각한다면, 지금은 혼자서 밖을 돌아다닐 때가 아니다. 그건 알고 있지만, 이틀 전 오랜만에 마주친 네네가 지금도 학대당하고 있다는 사실을 알게 된 이후, 계속 그 아이의 얼굴이 눈앞에 떠올랐다. 그리고 그때마다 야마노를 죽이고 싶다는 충동에 휘말렸다. 어째서 이렇게 된 건지는 알 수 없다. 하지만 야마노에 대한 살의를 품었을 때, 영화 대여점에서 본 것과 같은 플래시백이 일어났다.

"뛰어다니지 말라고 했잖아!"

여전히 얼굴은 잘 알 수 없었지만 마흔이 넘은 여자가 남자아이를 때리는 광경이다.

'이건 무슨 기억일까? 나를 버린 친부모의 기억인 건가?'

계속 생각해봐도 답은 나오지 않았다. 하지만 눈을 감으면 기억

속의 남자아이가 네네와 겹쳐진다는 점에서 이 기억이 영화 대여점에 있던 아이 엄마나 야마노에 대한 살의의 원천이라는 점은 분명해 보였다.

술에 취한 야마노라면 아주 살짝만 밀어도 강에 떨어뜨릴 수 있을 것이다. 12월의 밤에 취해서 강에 떨어지면 익사 혹은 동사할 것이 거의 확실해 보였다. 걸쭉한 살의에 휩싸인 와중에도 니노미야의 머리는 냉정하게 계산을 시작했다.

미행을 시작하고 5분 정도 만에 기다리던 시간이 찾아왔다. 야마노가 별안간 강변을 따라 놓인 울타리에 부딪혀서 몸의 균형을 잃은 것이었다. 가만히 내버려둬도 떨어지겠다는 생각이 들 정도로 야마노는 비틀거렸다. 절호의 기회였다. 니노미야는 야마노에게 달려가 휘청거리는 그의 등을 뒤에서 떠밀었다. 야마노는 아무 말도 못 하고 울타리 너머로 떨어졌고, 곧 풍덩 소리가 울렸다. 그 이후에는 딱히 아무런 소리도 들리지 않았다. 야마노가 발버둥 치는 소리도 들리지 않았고, 근처의 누군가가 소란을 피우지도 않았다.

살해의 성공을 확신한 니노미야는 자연스러운 발걸음으로 그 자리에서 벗어났다. 그리고 거리를 충분히 벌린 후에는 얼굴을 가리고 달리기 시작했다.

등을 떠민 것만으로 깔끔히 죽였다. 얼굴을 보이지 않았기 때문에 만에 하나 야마노가 살아 있다고 해도 범행이 드러날 리는 없다. 그야말로 완벽한 범죄였다. 무척이나 유쾌한 기분이었다. 니노미야는 큰 소리로 웃고 싶어졌다.

하지만 그것도 잠시뿐이었다. 금방 제정신을 되찾은 니노미야는 발을 멈췄다. 아까부터 품고 있던 의문이 새삼 머릿속에 떠오른 것이다.

'내가 지금 도대체 무슨 짓을 한 거지?'

니노미야에게 야마노를 죽일 이유는 없다. 어째서 야마노를 죽였는지. 니노미야는 자신의 행동을 이해할 수 없었다.

'설마, 도끼에 맞아서 머리가 이상해진 건 아니겠지?'

그런 의혹이 떠올랐을 때, 문득 마시코의 말이 되살아났다.

"뇌칩에 대한 영향도 신경 쓰이네요. 고장이 나지는 않았는지 검사를 받아보시는 게 좋겠어요."

그 순간, 니노미야는 어떤 가능성을 깨달았다.

'이상해진 것은 내 머리가 아니라 뇌칩이 아닐까?'

뇌칩은 감정의 제어에 이용된다. 그렇다면 뇌칩의 고장으로 그 제어가 제대로 이뤄지지 않게 되는 것도 충분히 생각할 수 있는 일이었다.

수수께끼 같은 플래시백에 더해 갑작스러운 살의, 그뿐 아니라 갑자기 영화를 좋아하게 된 것도 모두 기억이나 감정과 관련된 변화였다. 그러니까 모두 뇌칩의 고장으로 설명이 되는 일이었다.

니노미야는 크게 숨을 내쉬었다.

'그런가. 뇌칩이 고장 난 탓인가. 그렇다면 역시 모든 것은 그 망할 괴물 마스크 탓이라는 거잖아. 그 새끼, 절대로 간단히는 죽이지 않을 거야.'

분노로 온몸이 뜨거워지는 것을 느끼며 니노미야는 다시 걷기 시작했다.

야마노의 살해 장소에서 곧장 집으로 돌아가기가 꺼려져 일단 집과 다른 방향에 있는 신사 근처까지 갔다. 하지만 주변은 어두웠고 지나다니는 사람도 적었기 때문에 지금은 그다지 오래 머무르고 싶은 장소는 아니었다.

괴물 마스크는 반드시 죽일 생각이지만 몸 상태가 완전하지 않은 상태에서는 오히려 다시 습격당할 가능성이 크다. 그 사건 이후 경비원이 배치된 아파트로 빨리 돌아가야만 했다.

'반격 준비가 갖추어질 때까지 집에서 기다리자.'

니노미야는 발걸음을 빨리하면서 혹시나 하는 마음에 뒤를 돌아봤다. 그 순간 자신도 모르게 발을 멈췄다. 어느샌가 등 뒤로 쫓아온 검은 그림자를 깨달았기 때문이었다.

그림자는 레인코트처럼 보이는 옷을 입고 등 뒤로 무언가를 숨기고 있었다. 후드를 쓴 데다가 몸을 웅크리고 있어서 얼굴은 잘 보이지 않았지만 분명 기억에 남아 있는 실루엣이었다.

니노미야는 주춤거리며 뒷걸음질했다. 그러자 그 그림자는 니노미야를 향해 돌격해왔다. 후드에 숨겼던 얼굴도 드러났다.

'젠장. 진짜로 나타났잖아!'

괴물 마스크였다. 뒤로 숨겨뒀던 손도끼를 꺼내 들고 니노미야에게 다가왔다. 둘의 거리는 5미터도 채 안 됐다. 니노미야는 곧장 도망쳤지만, 또 도끼를 던지지는 않을까 하는 걱정에 제대로 달릴 수가 없었다.

'또다시 머리를 공격당하면 이번에야말로 죽는다.'

니노미야는 신사의 계단이 눈에 들어오자 그쪽으로 죽을힘을 다

해 뛰었다. 아무리 작다고는 해도 무거운 도끼를 자신보다 높은 위치에 있는 상대방에게 던지기란 쉽지 않다. 더욱이 움직이는 상대를 향해서라면 더욱 그럴 테다. 니노미야는 지그재그로 움직이면서 계단을 뛰어넘었다.

그렇게 괴물 마스크를 떼어놓는 데 성공했다. 도끼를 들고 있는 데다가, 마스크에 가려 발밑을 살피기 어려운 녀석은 예상보다도 계단 오르기가 더 힘들어 보였다.

"다시 한번 말해주지. 그런 걸 쓰고 있어서다, 바보 새끼야!"

계단을 다 올라간 니노미야는 그대로 신전 쪽으로 향했다. 괴물 마스크도 곧 계단을 모두 올라왔지만, 니노미야는 상관하지 않고 신전을 발로 차며 외쳤다.

"여기에는 경보 장치가 달려 있지. 이제 곧 경찰이 들이닥칠 거야."

사실은 니노미야도 그런 것이 있는지 알지 못했지만, 지난번에도 여대생을 상대로 곧장 도망친 괴물 마스크였으니 이런 허풍도 통할 것 같았다. 그 생각이 들어맞은 듯 괴물 마스크는 몇 초간 니노니야를 노려본 후 곧장 몸을 돌려 도망쳤다.

남겨진 니노미야는 안도의 숨을 내쉬었다. 하지만 그 머릿속에서는 여전히 조금 전의 괴물 마스크가 떠나지 않았다.

"죽여주마."

목소리는 들리지 않았지만, 마치 괴물 마스크가 그렇게 말한 것처럼 느껴졌다.

두 번이나 맞닥뜨렸다는 것은 역시 묻지마 살인이나 강도는 아니라는 뜻이었다. 괴물 마스크는 바로 니노미야를 죽이고자 찾아온 것이다.

불온한 달빛을 받으며 니노미야는 양쪽 입꼬리를 들어 올렸다.

'재밌군. 할 수 있으면 한번 해봐. 나야말로 네놈을 죽여주지!'

: 토시로 란코 28일째

밤 11시, 란코는 네리마에 있는 작은 호박밭에 서 있었다. 호박밭이라고 해도 11월 중반을 넘어선 지금 밭에 호박은 없다. 있는 건 뇌가 없는 남자의 사체였다.

"이걸로 다섯 명째네요."

란코는 흙이 잔뜩 묻은 사체가 옮겨지는 것을 바라보면서 복잡한 표정을 지었다.

뇌가 없는 사체는 일주일 전에도 발견됐다. 네 번째 피해자는 31세의 요리 연구가 스즈키 쇼코이다. 그녀는 나름대로 이름이 알려진 요리 연구가로, 자신이 운영하는 요리 교실에서 머리가 깨진 채 학생에게 발견됐다. 혼자서 작업하던 중에 뒤에서 공격당한 것으로 보였다. 흉기는 역시 도끼였다.

그리고 이번 피해자는 30세의 은행원 코바야시 미츠히코이다. 은행의 대출 담당으로 거래처인 공장을 나선 이후 소식이 끊겼고, 몇 시간 후 이곳에서 사체로 발견됐다. 혈흔 등으로 확인컨대 공장에서 돌아가던 길에, 도끼로 살해당하고 바로 앞에 있던 호박밭으로 옮겨져 다른 피해자들처럼 머리가 산산조각 난 것으로 보였다.

이걸로 피해자는 총 다섯 명이 되었다. 네 번째, 다섯 번째 피해자도 어려서 버려졌다는 사실이 바로 확인됐다.

벳쇼는 턱을 쓰다듬으며 말했다.

"이번에는 범행이 전체적으로 조잡한 것 같지 않아? 범행 장소도 처음으로 야외이기도 하고."

"그렇네요. 바깥에서 뇌를 꺼내다니, 너무 대담하네요."

란코는 벳쇼에게 동조했지만 히로세는 의문을 품었다.

"아니, 그렇다고 단언할 수는 없어. 코바야시에게는 가족이 있잖아. 지금까지처럼 피해자의 집에서 죽일 수는 없었겠지. 그래서 살해 장소로 이곳을 고른 거야. 여기는 분명 야외이긴 해도 밤에는 깜깜하고 다니는 사람도 없는 것 같으니."

그러고 보면 감식반의 조명 때문에 밭 주변은 밝았지만, 조금 벗어나면 주변이 새까맸다. 가로등과 민가도 많지 않아서 거의 아무것도 보이지 않았다.

"그건 그런 것 같네요. 여기는 뇌를 꺼낼 만한 장소로 그다지 나쁘지 않아 보이네요. 은행원이라 항상 바쁘게 일하는 상대라면 노릴 만한 기회가 많지도 않을 테고요."

"죽일 수 있을 때 죽였다는 건가. 뭐, 그럴지도 몰라."

벳쇼도 의견을 더했다.

"스즈키도 보안 시설이 갖춰진 아파트에 살다 보니, 상대적으로 보안이 허술한 요리 교실 쪽에서 당한 것 같고. 죽인 장소가 바깥이라고 해서 조잡하다고 하긴 어렵죠. 저기, 쿠리타 씨는 어떻게 생각해요?"

벳쇼는 입을 다문 채 서 있는 프로파일러를 향해 의견을 물었다.

마치 평범한 수사관 중 한 명처럼 대하는 것은 쿠리타 본인이 그렇게 행동하고 있었기 때문이었다. 수사진에 제대로 녹아든 쿠리타는 느긋하게 입을 열었다.

"그렇네요. 이번 살해 방법은 분명 지금까지와는 조금 다르긴 해도, 그것만으로 범행이 조잡해졌다고 보긴 어렵겠네요. 다만 범인이 야외에서의 범행을 피하고 있던 것도 사실입니다. 그런데 어째서 범인은 코바야시를 타깃에서 제외하지 않았을까요? 저는 그 점이 의문이네요."

"다른 죽이기 쉬운 상대가 있지 않았겠냐는 말씀인가요?"

란코의 물음에 쿠리타가 답했다.

"네, 범인은 아동 복지 시설 출신자의 리스트를 손에 넣은 상태일 테니까, 그런 선택지도 있지 않았을까요? 가령 그런 선택지가 없다고 해도 자제심이 있는 범인이라면 죽이는 것을 그만두거나 기회를 엿보며 기다릴 수도 있었을 테니까요. 그런데 범인은 그렇게 하지 않았죠. 저는 거기에서 범인의 심리가 보이는 것 같아요."

"그건 어떤 심리인가요?"

히로세가 묻자 쿠리타는 즉시 답했다.

"피해자에 대한 집착입니다. 범인은 마치 강간범처럼 좋아하는 유형의 인간이라면 누구라도 좋다고 생각하는 것이 아니라, 피해자 한 명 한 명에 집착하는 것처럼 보여요. 그래서 위험을 감수하고서라도 코바야시 살해를 강행한 거겠죠."

이번에는 란코가 다시 물었다.

"혹시 조건에 맞는 인간은 한 명이라도 놓칠 생각이 없다는 말인가요?"

쿠리타는 고개를 크게 끄덕였다.

"문제는 범인이 피해자들에게 그렇게까지 집착하는 이유가 무엇인가 하는 점이죠. 범인의 동기에 대해 다시 생각해볼 필요가 있을지도 모르겠네요."

: 니노미야 아키라 21일째

"오랜만에 혼자 외출한 사이에 습격당했다는 건 계속 지켜보고 있었다는 걸까?"

니노미야가 지난밤 괴물 마스크에게 습격당했다고 말하자 스기타니는 그런 의견을 내놓았다.

꼬치구이집에서는 왁자지껄 시끄러운 소리에 대화가 힘들지만 그래서 오히려 안심하고 이야기를 나눌 수 있다. 니노미야는 양념이 묻은 꼬치를 입에 가득 욱여넣고는 고개를 천천히 끄덕였다.

"그렇지 않을까? 우연 치고는 너무 타이밍이 좋아. 괴물 마스크는 나를 감시하면서 죽일 기회를 계속 살피고 있던 거겠지."

"즉 요약하자면 아키라는 보안이 철저한 아파트에 숨어서 괴물 마스크의 습격을 피하고 있었는데, 야마노라는 남자를 죽이려고 혼자서 밖에 나갔다가 반대로 자신이 죽을 뻔했다는 거잖아. 역시 사람을 그렇게 그냥 즉흥적으로 죽여서는 안 된다니까."

스기타니의 비아냥거림에 니노미야는 얼굴을 찡그렸다.

야마노는 예상대로 오늘 아침, 강에서 차갑게 식은 채 발견되었다.

하지만 그 탓에 니노미야에게 틈이 발생한 것도 사실이었다. 반론할 수 없는 니노미야에게 스기타니는 말을 이었다.

"뭐, 즉흥적이 아니었다 해도 근처에서 누군가를 죽이는 건 위험한 일이잖아. 그렇지 않아도 너는 이미 누군가에게 노려지기도 했고 말이야. 경찰이 두 사건을 연결해서 생각하게 되면 꽤 귀찮아질 거야."

"그것도 알고 있어. 이번에는 내가 진짜 경솔했어."

"아니. 반성하라는 얘기가 아니야. 난 야마노 건이 정말로 사고로 처리되었는지를 묻고 싶은 거야."

자칭 신중파인 스기타니에게 니노미야는 진저리를 내며 대답했다.

"그건 바로 어제 일이니까 아직 단언은 못 하지만, 우리 아파트 경비원한테 이야기를 들어보니 사고로 여겨지는 것 같아. 살인의 '살' 자도 나오지 않았어."

"그럼 신사 쪽은? 신전을 발로 찼다며."

"그쪽은 애초에 들리는 얘기도 없었어. 그러니 야마노 이상으로 아무 말도 못 하지만, 그 둘을 관계 지어 생각하는 놈은 없겠지. 괜찮지 않을까?"

"그래도 가까운 곳에서 너무 많은 사건이 일어나고 있잖아. 역시 집 안에서 잠자코 있었어야 했어. 혼자서 밖으로 나선 순간 습격당했다는 것은 반대로 말하면 집 안은 안전하다는 말이잖아. 그런 점을 잘 이해해야 해. 애당초 너란 녀석은……."

"네가 말하고 싶은 건 잘 알겠어. 그것보다 전화로 한 이야기는 정말이야? 괴물 마스크의 정체를 알았다는 거."

스기타니의 설교가 길어질 것 같아 니노미야는 말을 자르고 본론으로 들어갔다. 오늘 밤 스기타니와 만난 것은 습격 건을 보고하기 위해서가 아니다. 괴물 마스크에 관해 스기타니로부터 보고받기 위해서였다. 니노미야의 요구에 스기타니의 말이 잠시 끊겼다.

"아, 벌써 그 얘기를 하자고?"

"아니라면 도대체 언제 말할 셈인데? 각오하는 게 좋아. 나는 즉흥적으로 사람을 죽이는 인간이니까."

"하하. 그렇다면 어쩔 수 없네. 지금 바로 말할 수밖에. 아키라를 습격한 괴물 마스크는 분명 이 녀석일 거야."

아무 일도 아닌 것마냥 스기타니는 자신의 휴대 전화를 니노미야의 앞으로 들이밀었다. 그 액정 화면에는 하얀 가운을 입고 음험해 보이는 남자가 찍혀 있었다. 니노미야의 눈빛이 날카로워졌다.

"이 녀석인가? 가운을 입고 있다는 건…… 역시 너희 병원 사람?"

"예스! 이름은 스기타니 켄고이고, 서른다섯 살이야. 못생기긴 했지만 그래도 내 사촌이야."

니노미야가 휴대 전화에서 고개를 들었다.

"사촌? 괴물 마스크가 네 사촌이었어? 하지만 왜 네 사촌이 나를 죽이려고 한 거지?"

"글쎄, 그건 본인에게 물어보지 않으면 알 수 없지. 다만 내 사촌이라는 건 당연히 켄고도 차기 원장 후보라는 거고, 야베는 그런 켄고가 아끼던 후배였으니까 동기가 있다면 그것들과 관련된 것 아닐까?"

"그렇군. 라이벌의 약점을 찾기 위해 야베에게 미행을 지시한 자가 네 사촌이라는 말이네. 그렇다면 나를 습격한 건 후배를 죽인 것에 대한 복수일 테고."

"아니면 자신도 살해당할지 모른다고 걱정해서거나. 나는 둘의 관계가 어느 정도였는지까지는 모르지만 켄고는 기본적으로 속이 좁은 데다가 본인의 안위 말고는 생각하지 않아. 그러니까 후자가 가능성이 클 것 같아."

"본인을 위해서란 말이지. 그러고 보니 아직 물어보질 못했는데, 지금 너희 병원은 원장 선거 중이야?"

"아니. 우리 아버지는 아직 건재해."

"그럼 이 녀석은 왜 나까지 조사하려고 한 거지? 설마 우리에 관해서 무언가 알고 있는 건가?"

"아니. 만약 그런 거라면 야베를 쓸 필요도 없잖아. 단순히 켄고가 큰 그릇이 못 될 뿐이야. 이 녀석은 별다른 실력도 없으면서 잘난 척 거들먹거려서 사람들이 싫어하거든. 그래서 인기, 실력, 외모 삼박자를 겸비한 내 약점을 붙잡고 싶어서 항상 숨어서 꼼지락거리고 있단 말이지. 정말 짜증 나는 녀석이야. 사촌이 아니었다면 진작에 죽였을 텐데."

혈연이라서 죽이지 않았다는 것이 아니라 가까운 주변 사람이어서 그럴 수 없었다는 의미다. 니노미야는 물론 스키타니도 남의 눈에 띄고 싶지 않아서 자신의 주변 사람은 가능하면 죽이지 않았다. 물론 상대가 이쪽의 비밀을 알게 된다면 이야기는 달라질 테지만.

"질투 때문인 거야? 그런 거라면 나를 미행하라고 지시할 수도 있었겠네. 하지만 그것만으로는 아직 확실하지 않은 거 아니야? 너는 왜 이 녀석이 괴물 마스크라고 생각한 거야?"

"그건 야베의 동료 중에서 가능성이 가장 큰 것이 켄고이기 때문이야. 괴물 마스크가 야베의 동료라고 말한 건 아키라잖아."

"그렇긴 한데, 근거가 그것뿐이야?"

"불만이야?"

"그래, 불만이라고 하자. 그런데 단순히 야베와의 관계성만이라면 나한테 얘기를 들었던 시점에도 알 수 있던 것 아니야? 지금까지 시간이 걸린 건 더 확실한 증거를 찾기 위해서가 아니었어?"

"오호, 역시 날카롭네. 그럼 어쩔 수 없지. 잠깐 핸드폰 좀 다시 줘 봐. 또 하나의 근거를 보여줄게."

스기타니는 휴대 전화를 받아들더니 무언가를 찾아 다시 니노미야에게 들이밀었다.

"봐봐. 이게 또 하나의 근거야."

"뭔데?"

휴대 전화 화면에는 어딘가의 정원에서 바비큐 파티가 열린 광경이 찍혀 있었다. 이번에는 사진이 아니라 동영상이었다. 꽤 규모가 큰 듯 사람도 상당히 많았지만, 특별히 수상해 보이는 부분은 없었다. 고개를 갸웃거리는 니노미야에게 스기타니가 말했다.

"이건 몇 년 전 우리 병원에서 주최한 파티야. 참가자 대부분이 병원 관계자지. 나랑 켄고도 참가했어."

"그게 어쨌는데? 바비큐를 하는 거랑 네 사촌이 나를 죽이려는 거랑 무슨 관계가 있어?"

"보다 보면 알 거야. 금방 나올 테니."

스기타니가 그렇게 말하자마자 프레임이 갑자기 회전하더니 액정에 괴물 마스크가 비쳤다. 니노미야는 자신도 모르게 눈을 크게 떴다.

"이 자식!"

"하하. 놀랐어? 아키라가 본 마스크가 이거 맞지?"

웃는 스기타니에게 니노미야는 휴대 전화 화면을 가리켰다.

"이 녀석 누구야? 이게 네 사촌이야?"

"아니. 마스크를 쓰고 있는 건 야베야. 하지만 마스크의 주인은 켄고야. 켄고가 야베에게 자신의 마스크를 쓰게 한 다음에 모두를 놀래주라고 시킨 거지. 재미를 북돋을 생각이었겠지만, 스스로 하지는 않는 점이 켄고다운 면이랄까."

"이 녀석은 야베인 거군."

마스크 너머로는 내켜서 하는 건지 어떤지는 알 수 없었다. 하지만 켄고와 야베의 관계성은 조금 보이는 듯 싶었다. 화면에 비친 스기타니의 사촌은 야베를 손가락질하면서 바보처럼 웃고 있었다.

"켄고는 취미로 영화의 굿즈를 모으고 있거든. 그걸 이렇게 엉뚱하게 쓰거나 하면서 과시하고 있지. 괴물 마스크가 영화에서 유래된 거라고 듣고 혹시나 하고 떠올린 거야."

"영화 팬이었다는 거군. 그렇다면 저 마스크는 스토리를 이해한 상태로 쓰고 있는 건가?"

"음. 그건 잘 모르겠어. 괴물 마스크는 자신이 괴물임에도 '괴물을 죽인다'라고 말하고 다니잖아? 그렇다면 제대로 이해하고 있는 건지 의심스러워."

"네 사촌은 그렇게 대충대충인 놈이야?"

"대충대충이라기보다는 생각이 얕다고 해야 할까. 뭐가 됐든 어설 프게 할 뿐이지. 그러니 아마 본래의 자신이라면 사람을 죽일 수 없으니까 괴물 나무꾼 코스프레라도 해야겠다고 생각한 것 아닐까? 뭐, 켄고가 정말로 괴물 마스크가 맞다면 하는 얘기지만."

니노미야의 미간에 주름이 생겼다.

"무슨 말이야? 넌 이 녀석이 괴물 마스크라고 생각 안 하는 거야?"

"글쎄. 첫 번째 후보인 건 분명해. 야베와도 관계가 있고, 마스크도 가지고 있으니까. 가능성이 있다고 하면 켄고 외에는 없어. 다만 그렇긴 해도 켄고는 얼빠진 놈이라서 말이야. 어떤 상황에 빠졌다고 해도 사람을 죽일 배짱은 없지 않을까 싶어. 그러니까 이 녀석이 괴물 마스크라니, 나로서는 믿기 어려워."

"스기타니는 괴물 마스크가 야베의 동료가 아닐 수도 있다고 생각하는 것 아니야? 조사하는 데 시간이 걸린 건 그렇게 의심하고 있어서야?"

스기타니는 어깨를 으쓱했다.

"전에도 말했지만 야베에게는 고문을 견디면서까지 동료를 지킬 근성 따위 없어. 동료가 있다고 말하지 않은 건 실제로 없기 때문이라고 생각하는 게 더 와닿아. 아키라도 그렇게 생각하지 않았어? 참고로 마스크는 인터넷에서도 살 수 있어."

니노미야는 고개를 끄덕였다.

"둘을 아는 네가 말하는 거라면 이 녀석은 정말 괴물 마스크가 아닐지도 모르겠네. 그렇다면 이 녀석에게 이야기를 듣는 건 그만두는 게 좋을까?"

"아니, 이야기는 들어봐야지. 아니라면 아닌 거고, 어쨌든 용의자를 줄여야 하니까."

"그래도 네 친척인데, 괜찮겠어?"

야베에 이어서 주변 사람을 또 죽여도 괜찮은지의 의미였다.

"뭐, 켄고는 어차피 언젠가 없애야 했을 거야. 그렇다면 지금 죽여
도 되지 않을까 싶어."

"그래? 네가 괜찮다면 나로서는 딱히 주저할 필요는 없지만."

그렇게 답했을 때 문득 니노미야의 눈에 작은 남자아이가 넘어져
서 울음을 터뜨리는 휴대 전화 속 장면이 들어왔다. 동영상의 뒷부
분이었다. 그 남자아이에게 켄고와 그의 아내로 보이는 여자가 놀라
서 달려왔다. 분명 미소를 자아내게 하는 가족의 한 장면이라 할 수
있겠지만, 니노미야는 왜인지 그것이 마음에 걸렸다. 어느새 니노미
야는 휴대 전화를 스기타니 쪽으로 향한 채 묻고 있었다.

"이 동영상의 남자아이는 켄고의 아이야?"

"어? 응, 맞아. 이름이 카즈야라고 했었나. 옆에 있는 게 아내고.
그래도 그 동영상은 벌써 3년도 더 된 거야."

"그렇다면 아이는 벌써 초등학생쯤 됐겠네. 동영상만 보면 가족
사이는 좋아 보이는군."

"그럴 거야. 켄고는 저래 봬도 의외로 가족을 소중히 여기는 유형
이라고 들었거든. 잘은 몰라도. 근데 그게 뭐 어쨌는데?"

"아니, 그냥 한번 물어본 거야."

니노미야는 냉담하게 답하고는 자신도 모르게 쑥 내밀고 있던 몸
을 되돌려서는 켄고의 살해 계획에 관해 이야기하기 시작했다.

: 토시로 란코 **33일째**

"혹시 피해자들은 모두 누군가에게 원한을 산 건 아닐까요?"

코바야시 사건을 탐문하다 들른 식당에서 라면을 먹던 이누이에게 란코가 불쑥 물었다. 이누이는 젓가락을 쥔 채 가만히 란코를 바라봤다.

"그게, 저번에 말했었잖아요. 뇌를 가지고 간 건 이시카와 마스미가 원한을 샀기 때문은 아닐까 하고요. 그때는 뇌를 가지고 가는 이유로서는 자연스럽지 않다고 말씀하시긴 했지만, 조사해봤더니 이시카와 말고 다른 피해자들도 평판이 좋지 않으니까요. 그러면 피해자들 모두가 누군가에게 원한을 사고 있었고, 범인이 그 누군가를 대신해 복수하는 거라고는 생각할 수 없을까요?"

첫 번째 피해자인 이시카와는 다른 사람이 가진 것을 빼앗고 싶어 하는 성격이고, 두 번째인 이와타는 전과자, 세 번째인 미츠타와 네 번째인 스즈키는 취재 대상이나 학생에게 협박 비슷한 행위를 했던 과거가 새롭게 드러났고, 다섯 번째인 코바야시도 융자 중단을 판단할 때 일말의 인정도 없는 냉혈한이라고 소문이 나 있었다. 즉 모두가 누군가에게 원한을 사기 쉬운 사람이었던 것이다.

"흠, 그렇다면 코바야시를 타깃에서 제외하지 못한 이유도 설명할 수 있겠군. 다만⋯⋯, 어째서 피해자는 복지 시설 출신자만 있는 거지?"

"네?"

"의뢰받은 타깃이 우연히 모두 시설 출신자라는 건 있을 리 없어. 범인은 타깃을 시설 출신자로 한정해서 모집이라도 한 건가? 내가 볼 때는 그다지 현실적인 이야기 같지 않아."

분명 그런 까다로운 조건에 맞춰서 다섯 명이나 되는 살해 의뢰가 올 것이라고는 생각하기 어려웠다. 인터넷을 사용한다고 해도 무리일 테고, 그런 모집이 행해졌다면 이미 드러났을 것이다. 반론할 수 없는 지적에 란코는 기가 꺾여 어깨를 축 늘어뜨렸다.

"뭐, 저도 무리한 이야기라고 생각하긴 했어요. 애초에 시설 출신이라는 걸 감추고 있던 피해자도 있었으니까요."

"그것까지 생각해놓고 왜 그런 얘기를 하지? 시간이 없는 것 같아서 그래?"

이누이가 위로하는 듯한 말투로 묻자, 란코는 힘주어 고개를 끄덕였다.

"코바야시가 살해당하고 나서 벌써 닷새가 지났어요. 서두르지 않으면 다음 피해자가 나올 거예요."

지난번에도 범행 사이의 기간이 일주일이었다. 즉 빠르면 모레쯤 다음 범행이 일어날 것이다.

란코는 식당 텔레비전을 힐끔 바라봤다.

「연쇄 엽기 살인! 뇌도둑은 왜 뇌를 훔쳤나?」

와이드쇼의 자막에는 세간의 흥미를 불러일으킬 것 같은 문구가 찍혀 있었다. 뇌도둑이라는 건 주간지나 인터넷에서 퍼지던 범인의 별명이었지만, 얼마 전부터 텔레비전 방송에서도 일반적으로 사용하게 됐다. 이제는 탐문하러 다닐 때 만난 시민들도 범인을 뇌도둑이라고 부르기 시작했고. 수사관 중에서도 그렇게 부르는 것이 옮아버린 자도 있었다.

란코는 텔레비전에 시선을 둔 채로 입을 열었다.

"이제 거의 엔터테인먼트 수준이네요. 무섭다고 말하면서도 즐기고 있는 것으로밖에 안 보여요."

"그렇긴 해. 분명 다음 피해자가 나오면 그것도 그냥 하나의 흥밋거리로 세간을 들썩이게 하겠지. 이 사회자뿐만 아니라 매스컴 전체가 말이야. 가능하면 그 전에 어떻게든 범인을 잡고 싶은데."

"물론이에요. 아직 시간은 있어요. 저는 포기 안 해요."

란코는 조용하게 투지를 불태우며 말했다.

하지만 그로부터 일주일이 지나도 수사본부는 범인 체포에 이르기는커녕 새로운 단서조차 발견하지 못했다. 수사는 완전히 막혀버린 상태였다. 하지만 그럼에도 란코는 낙담하고 있을 수만은 없었다. 왜냐하면 여섯 번째 피해자가 아직 나오지 않았기 때문이었다.

뇌도둑의 범행은 코바야시의 살해를 마지막으로 어째선지 갑자기 멈춰버리고 말았다.

: 니노미야 아키라 24일째

주택가에서 조금 떨어진 곳에 높은 담으로 둘러싸인 그 서양식 저택을 주변에서는 유령의 집이라고 불렀다. 단순히 위치와 외관 분위기 때문에 그렇게 불린 것이지만, 실제로 유령이 나와도 이상하지 않았다. 왜냐하면 그 저택 땅 밑에는 이미 열 명 이상의 사람이 니노미야에 의해 살해당한 채 묻혀 있었기 때문이다.

"다시 한번 묻지. 마스크를 쓰고 나를 습격한 게 너 맞지?"

사면이 흡음재로 싸인 것 말고는 거의 아무것도 없는 방에서 니노미야는 켄고의 얼굴을 들여다보면서 물었다. 고문을 시작하고 나서 이미 30분 이상 지났다. 의자에 묶인 켄고는 숨이 끊어질 듯한 목소리로 답했다.

"몰라. 난 정말로 아무것도 모른다고."

"그래도 야베는 네가 귀여워하던 후배잖아. 야베의 복수를 위해 나를 죽이려고 한 거 아니야?"

"그러니까 나는 모르는 일이라고. 몇 번을 말해야 해? 야베도 그렇고, 아무것도 몰라."

"여전히 시치미를 떼는군. 그렇다면 하나 더 꺾어볼까."

필사적으로 저항하는 켄고를 무시하고 니노미야는 그의 오른손 집게손가락을 꺾었다. 이걸로 손가락이 아홉 개째 부러졌다. 신음하는 켄고를 지켜보면서 이번에는 오른손 엄지손가락을 잡았다.

"이제 슬슬 사실을 털어놓는 게 어때? 다음에 하는 말도 진실이 아니라면 이 손가락도 부러뜨려주지. 나를 습격한 게 너 맞지?"

그 물음에 켄고는 비지땀을 흘리며 애원하는 표정을 보였다. 그러자 니노미야는 열 번째 손가락을 꺾었다. 켄고의 절규가 울려 퍼졌다.

"하하. 이걸로 열 손가락 모두 쓸모없어졌군. 곤란하네. 이제 더는 부러뜨릴 게 없잖아."

방구석에서 방관하던 스기타니가 웃음을 터뜨리자, 니노미야는 옆에 놓인 가방에 손을 넣어 나이프를 꺼내 들었다.

"걱정 안 해도 돼. 다음은 이걸 쓸 거야. 피로 더러워지니까 그다지 좋아하지는 않지만."

그것을 보고 스기타니는 휘파람을 불었고 켄고는 오열을 터뜨렸다.

"왜, 아무 짓도 안 했는데 이런 일을 당해야 하는 거야? 내가 도대체 뭘 어쨌다고!"

"나를 죽이려고 했잖아. 그래서 지금 나한테 죽게 생긴 거지."

"나는 아무것도 하지 않았다니까! 너희가 착각하는 거야."

켄고는 갑자기 격앙되어 외쳤다. 하지만 금방 고개를 숙였다.

"정말로 착각이야. 나는 아무것도 안 했어. 아무 짓도 안 했다고."

그 모습을 보고 니노미야는 스기타니와 눈을 마주쳤다. 켄고가 거짓말을 하는 것으론 보이지 않았다. 표정을 보니 스기타니도 같은 결론을 낸 것 같았다.

'켄고는 괴물 마스크가 아닌가 보군.'

스기타니가 어깨를 으쓱이는 것을 확인하고 나서 니노미야는 켄고의 정면에 섰다.

"아무래도 너는 정말로 아닌 것 같네. 의심해서 미안했어."

"어? 미, 믿어주는 건가요?"

"응. 믿어줄게. 너는 괴물 마스크가 아니야."

"고, 고마워요. 고맙습니다. 믿어주셔서 고맙습니다."

켄고는 의자에 묶인 채 몇 번이고 고개를 숙였다. 자신을 믿어준 것에 감격한 것 같았다. 니노미야는 그것을 손으로 제지했다.

"괜찮아. 네가 솔직한 사람이라는 걸 알아서 나도 기뻐. 그렇게 솔직하니까 분명 천국에 갈 수 있을 거야."

"천국?"

켄고의 얼굴이 멍해졌다. 니노미야는 천천히 고개를 끄덕였다.

"이대로 너를 돌려보내면 경찰에 신고할 거 아니야. 그러니까 여기서 죽어줘야겠어."

"뭐! 왜? 쿠로!"

켄고는 사촌인 스기타니를 부르며 도움을 구했다. 하지만 스기타니는 슬쩍 웃으며 어깨를 으쓱거릴 뿐이었다.

"미안하지만 나도 아키라에게 동의해. 켄고는 여기서 죽어야 해."

"왜, 왜 내가? 어째서?"

켄고는 이제 격렬하게 저항할 기력도 없는 듯, 그저 '왜? 어째서?'라는 말만 반복할 뿐이었다. 그 모습을 보고 니노미야는 자신도 모르게 웃음을 터뜨렸다.

'죽기 직전의 인간은 어째서 이렇게 웃긴 걸까. 왜 그렇게 울어대는 걸까.'

"네가 죽는 건 그냥 네 운명인 거야. 이유 따위 없어."

니노미야는 켄고의 어깨를 잡고 나이프를 겨눴다. 보통이라면 여기서 또 한 번 몸부림치며 반항하지만, 켄고는 이미 완전히 정신이 나간 것 같았다. 그는 초점이 맞지 않는 눈으로 멍하니 중얼거렸다.

"카즈야……."

아들의 이름이었다. 죽음이 눈앞에 닥쳤을 때 누군가의 이름을 입에 담는 것은 자주 있는 일이지만, 그걸 들은 순간 니노미야의 손이 멈췄다. 나이프를 든 손이 공중에서 가만히 멈춰버리고 만 것이다.

'뭐지? 무슨 일이 일어난 거지?'

손이 말을 듣지 않자 니노미야는 패닉에 빠졌다. 머릿속으로는 바비큐 파티의 동영상이 떠올랐다. 넘어져 우는 카즈야, 아들을 일으켜주는 켄고와 그의 아내의 모습이었다. 켄고를 찌르려고 시도할 때마다 그 가족의 모습이 머릿속에 떠올라 나이프를 든 손이 바르르 떨렸다.

방 한쪽 구석에서 방관하던 스기타니도 이상함을 깨달았다.

"아키라. 왜 그래?"

"모르겠어. 왠지 손이 움직이지 않아."

"손이? 무슨 말이야?"

"그러니까, 나도 잘 모르겠어. 어쨌든 손이 안 움직인다고! 칼을 찌를 수가 없어."

결국에는 나이프를 쥐고 있을 수도 없게 되어 시트 위로 떨어뜨렸다. 니노미야는 머리를 감싸 쥐고 몸을 웅크렸다.

"잠깐, 아키라! 왜 그래?"

스기타니가 곧장 달려왔다. 그와 동시에 조금 전까지 기운 없이 고개를 숙이고 있던 켄고가 갑자기 히죽이며 웃기 시작했다.

"꼴좋군. 천벌이야! 천벌이 내린 거야!"

"정신 차려, 아키라. 지금 어떤 상태야?"

"손이, 오른손이, 움직이지 않아."

"히히, 나를 찌르려고 해서 그렇게 된 거야. 꼴좋다, 꼴좋아!"

스기타니는 니노미야의 오른손에서 머리 쪽으로 시선을 옮겼다.

"큰일이군. 뇌에 출혈이 생긴 걸지도 몰라."

"뇌? 으으, 그때 다친 후유증 탓인가……."

니노미야가 괴로워하며 말하자, 켄고는 더 유쾌하게 웃어댔다.

"뇌에 출혈이라니! 역시 천벌을 받은 거라고."

"정말로 출혈이 생긴 거라면 어설프게 움직이면 위험해. 그대로 있어."

"나를 죽이려고 한 벌로, 네가 죽는 거야. 히히. 꼴좋아. 꼴좋ㅡ"

"시끄러워, 켄고. 조용히 좀 해."

스기타니가 켄고의 몸에 나이프를 찔러 넣었다. 그러자 켄고는 몸을 움찔하는가 싶더니, 다음 순간 툭 하고 고개를 떨구고 움직이지 않았다.

그런 켄고의 모습을 보며 니노미야는 의식이 멀어지는 것을 느꼈다. 익숙했던 이런 광경이, 어째선지 이때의 니노미야로서는 견딜 수가 없었다.

: 토시로 란코 62일째

란코는 첫 번째 피해자인 이시카와의 집에 몇 번째인가 방문하고 돌아오는 길이었다. 문득 크리스마스 조명이 화려하게 장식된 집이 눈에 들어와 란코는 자신도 모르게 발을 멈추고 말았다.

마지막 피해자가 발견되고 이미 한 달 이상이 지났다. 세간은 이미 크리스마스 분위기에 돌입했음에도 수사에는 큰 진전이 없었다. 그 사실에 란코는 크게 한숨을 내쉬었다.

"무슨 일 있어? 탐문만 하러 다녀서 피곤해서 그래?"

앞에서 걷던 이누이가 돌아보자 란코는 곧바로 등을 쭉 폈다.

"아뇨, 피곤하진 않아요. 다만 이렇게 진전이 없으니, 우리가 뭔가 놓치고 있는 건 아닌가 하는 생각이 들어서요. 뇌도둑은 왜 범행을 멈췄을까요?"

그 사이에 세간에서 불리던 뇌도둑이란 호칭이 란코에게도 옮아 버렸다. 앞선 수사 회의의 장면이 란코의 머릿속에 재생됐다.

"범행이 멈춘 이유로 우선 생각할 수 있는 것은 범행의 종결입니다. 범인이 죽이고자 했던 타깃을 모두 죽였으니, 범행을 그만둔 경우죠."

프로파일러인 쿠리타는 언제나처럼 온화하게 웃으며 이야기를 꺼냈다. 히로세가 손을 들었다.

"그렇다면 이제 이 이상 피해자는 나오지 않는다는 건가요?"

"그럴 가능성도 있죠. 하지만 다른 이유도 생각할 수 있습니다. 예를 들면 범인이 범행을 계속할 수 없을 정도로 다쳤거나 병에 걸렸을 수도 있습니다. 죽었거나 체포당했을 수도 있고요."

"잠시만요. 다른 건 그렇다고 쳐도, 체포당했다는 건 뭔가요? 체포를 아직 못 해서 이렇게 수사하는 거잖아요?"

벳쇼가 대화에 끼어들었다.

"별건으로 체포당했다는 의미입니다. 약물 소지나 절도 등 일련의 사건과는 관계없는 일로 체포당하더라도 범행은 할 수 없으니까요."

"그렇군요. 사람을 죽이는 녀석이라면 그런 짓을 저지를 수도 있겠네요."

"네, 그러니까 앞으로의 수사에서는 피해자의 주변에 어디 다치거나 병에 걸리거나…… 그런 사람은 없는지 확인할 필요가 있습니다.

피해자 모두와 관계 있는 인물은 발견되지 않은 상태지만, 그 중 한 명이라도 범인과 이어져 있는 일은 충분히 있을 수 있으니 모두 확인해둡시다."

"우선 피해자 주변부터 뒤져보란 말인가요?"

"네, 다만 범행이 멈춘 이유는 지금 예로 든 것 말고도 있을 수 있습니다. 그 점을 충분히 염두에 두고 탐문해주세요. 피해자 주변에서 일신에 변화가 있었던 사람을 특히 신경 써주세요."

란코를 비롯한 수사관들은 쿠리타의 지시에 따랐지만 아무리 뒤져봐도 해당하는 인물은 없었다.

"뇌도둑의 범행은 이제 끝났다고 봐도 되지 않을까요?"

더 이상 희생자가 나오지 않았지만 단서도 더는 손에 들어오지 않았다. 그 딜레마에 란코가 고민하며 이누이에게 말했다.

"과연 어떨까? 나는 범행은 끝나지 않은 것 같은 느낌이 들어."

"왜 그렇게 생각하세요?"

"뭐, 딱히 확신이 있는 건 아니지만 말이야. 처음 피해자 세 명은 자택에서 살해당했고, 네 번째 피해자도 요리 교실이라는 절호의 범행 장소가 있었지. 이게 범인에게 있어서 너무 조건이 좋잖아. 그게 우연이 아니라면 범인은 타깃 중에서 죽이기 쉬운 상대를 초반에 죽인 건 아닐까 싶거든."

타깃이 다섯 명뿐이었고, 죽이기 어려웠던 상대가 코바야시뿐이라고는 생각하기 어렵다. 쿠리타도 전에 죽여야 할 대상이 많아서 뇌도둑이 범행을 서두르고 있다고 말한 적이 있었다. 그렇다면 범행은 아직 종결되지 않았다고 볼 수도 있다.

"하지만 그렇다면 어째서 범행이 멈춰버린 걸까요?"

"거기까지는 나도 잘 모르겠어. 쿠리타가 말한 가설 중 하나가 맞는 거 아닐까? 예를 들어 크게 다쳤다거나."

이누이는 사납게 웃어 보였다. 란코도 따라 웃었다.

"그렇다면 영원히 사람을 죽이지 못할 정도로 크게 다친 거면 좋겠네요."

"그것도 범행을 저지르려다 타깃의 반격으로 다친 거면 더 좋고 말이야."

"네, 그게 이상적이에요. 그렇긴 한데. 현실적으로는 그럴 리가 없겠죠. 만약에 피해자가 습격당한 후에 반격했다면 신고했을 테니까요."

란코는 진지한 얼굴로 돌아왔다.

"그렇겠지. 도끼로 공격당했다는 신고가 있었다면 수사본부에서 알았을 테니……."

거기까지 말한 후에 이누이가 갑자기 멈춰 섰다.

"이누이 씨?"

란코가 말을 걸었지만 이누이는 혼자 중얼거렸다.

"잠깐만, 실패? 그랬을 수도 있겠는데……."

"네? 지금 뭐라고 하셨어요?"

란코가 묻자 이누이는 갑자기 힘이 담긴 시선으로 란코를 바라봤다. 란코는 흠칫 놀랐다.

"네? 뭐예요? 뭐가 떠오르셨어요?"

"실패한 거야. 범인은 타깃을 죽이는 것에 실패했어. 그래서 다음 범행으로 이어가지 못한 거지."

"무슨 의미인가요, 실패라니? 실패했다면 그 타깃이 신고했겠죠."

"의식이 있다면 그랬겠지. 그런데 그 타깃이 지금도 의식을 잃은 상태라면 어떨까? 만약에 의식이 없는 채로 입원이라도 한 상태라면 말이야. 거기다 범인의 얼굴이 노출됐다면 범인은 피해자가 의식을 되찾기 전에 타깃을 죽여야 하잖아. 하지만 병원에서 뇌를 꺼내는 건 불가능하지. 그 딜레마가 범행을 멈추게 한 거라고는 생각할 수 없을까?"

"병원에서 뇌를······."

란코는 팔짱을 끼고 생각에 잠겼다.

"그건 분명 어렵겠지만, 도끼로 습격당한 거라면 그 상처를 본 병원에서라도 역시 신고하지 않았을까요?"

"도끼로 습격당했다고 해서 반드시 도끼에 다치리라고는 볼 수 없으니까. 예를 들어 습격을 피하다가 다칠 수도 있고, 넘어지면서 의식을 잃을 수도 있어. 그렇다면 단순한 폭행 사건으로 이어질 수도 있을 테니까."

조금 흥분한 듯한 이누이에게 란코는 당황해서 답했다.

"만약에 그 추측대로라면 범인에 대한 큰 단서를 얻을 수도 있겠네요."

"응, 그러니까 코바야시 사건 이후 도내에서 일어난 폭행 사건을 모두 조사해봐야겠어. 그 피해자 근처에서 범인은 서성거리고 있을 수 있어. 지금도 죽일 기회를 살피는 범인이 말이야."

란코와 이누이는 곧장 도내에서 벌어진 사건을 모두 조사하기 시작했다. 그 결과 어떤 강도 미수 사건을 맞닥뜨렸다.

피해자는 29세의 니노미야 아키라. 그는 의식 불명은 아니었지만,

탐문을 나선 형사에게 자신이 아동 복지 시설 출신이라는 사실을 말했다고 한다. 그 사실을 확인하자, 란코는 몸이 부르르 떨리는 것을 느꼈다.

: 니노미야 아키라 **25일째**

스기타니의 병원에서 눈을 뜬 니노미야는 침대 위에서 오른손을 쥐었다 폈다 해보았다. 손가락의 움직임에 딱히 이상한 점은 없었다. 손을 쥐면 힘도 들어가고 부들부들 떨리지도 않는다. 지금 오른손은 멀쩡한 것처럼 느껴졌다. 앞서서 병실에 온 간호사도 머리는 물론 몸의 어디에도 이상이 없어서 굳이 수술은 하지 않았다고 했다. 즉 니노미야의 몸은 두개골 골절 외에는 의학적으로도 건강 그 자체라는 것이다.

'그렇다면 켄고를 죽이려고 했을 때 왜 갑자기 오른손이 말을 듣지 않았을까?'

뇌칩은 사지 마비 환자에게도 사용됐지만, 그 경우에는 몸 밖으로 코드가 연결되어 있다. 니노미야의 머릿속 뇌칩과는 차이가 있다.

생각해봤지만 니노미야는 그 원인을 도무지 알 수 없었다. 다시 오른손을 움직여보는데, 잠시 후 스기타니가 태블릿을 들고 병실에 찾아왔다.

"미안, 미안. 많이 기다렸지? 켄고 뒤처리를 해야 해서 말이야. 그래도 안심해. 그쪽은 완벽하게……."

"스기타니, 내 몸은 어떻게 된 거야?"

거침없이 말을 꺼내던 스기타니를 막으며 니노미야가 물었다. 그런 니노미야에게 스기타니는 어깨를 으쓱했다.

"빨리 설명해달라는 거군. 알았어. 일단 아키라의 몸은 건강 그 자체야. 머리에 혈종이라도 생긴 건 아닐까 생각했지만, 몇 번이고 CT를 찍어봐도 출혈의 징후도 안 보였고 다른 부분에도 이상은 없었으니까."

"그렇다면 내 오른손이 왜 움직이지 않았던 거지? 문제가 없다면 그렇게 되지 않았을 거잖아?"

"아니, 몸에 문제가 없어도 안 움직일 수 있지. 예를 들어 이번이라면 켄고를 죽이는 것에 대해 정신적인 저항이 있었던 경우지. 죄악감이나 윤리적 갈등, 혹은 불쌍히 생각하는 마음을 말하는 거야. 아마도 그런 유의 감정이 아키라 안에 싹튼 것 아닐까?"

스기타니의 말은 마치 처음 듣는 외국어 같았다.

"뭐? 무슨 말을 하는 거야. 정신적인 저항이라니……. 내가 켄고를 죽이고 싶지 않다고 생각했다는 말이야?"

"실제로 나이프를 찌르려고 했을 때 오른손이 안 움직이게 된 거니까 그게 가장 자연스러운 해석 아닐까? 그리고 다시 떠올려보면, 아키라의 오른손은 머리를 감싸 쥐는 건 할 수 있었어. 만약에 뇌의 이상으로 손이 움직이지 않게 된 거라면 그건 이상하지. 증상이 행동을 자의적으로 고를 리 없으니까. 즉 아키라는 오른손을 움직이지 못한 게 아니라 켄고를 다치게 하고 싶지 않았던 거야."

"무슨 바보 같은 소리를. 난 그때 실제로 켄고의 손가락을 부러뜨렸는데?"

"도중까지는 그랬지. 그런데 켄고가 아이의 이름을 꺼낸 순간, 너는 손을 댈 수 없게 됐어. 그것도 내가 정신적 저항이라고 생각한 이유 중 하나야. 분명 그 말을 듣고 아키라는 켄고에게 감정 이입을 해버려서 켄고를 찌르지 못하게 된 거야."

"아니, 잠깐만. 내가 누군가에게 감정 이입하는 사람이 아니라는 것은 네가 제일 잘 알잖아."

"응, 잘 알지. 분명 너는 그런 인간이 아니야. 그래도 그것은 이전까지의 아키라고, 지금의 아키라에게는 들어맞지 않을 수도 있어. 예를 들어 두개골이 골절됐을 때의 충격으로 뇌칩이 고장 났다거나 한다면."

스기타니의 말에 니노미야는 몸을 쑥 내밀었다. 하지만 스기타니는 신경 쓰지 않고 말을 이었다.

"뇌칩에 대해서는 내게 미리 말해주었으면 좋았을 텐데. 그랬다면 뇌내출혈인가 하고 소란 피우지 않았을 거 아니야. CT를 보고 엄청나게 놀랐어. 아키라가 뇌칩을 사용하고 있었다니."

"미안, 관련 있다고 생각을 못 해서."

스기타니에게 뇌칩에 관해 그다지 알리고 싶지 않았던 니노미야는 말끝을 흐렸다.

"그보다 어제의 그건 정말로 뇌칩 탓이야? 내 뇌칩은 정말로 고장 난 거야?"

"아마도. 아키라의 뇌칩은 아마도 감정을 컨트롤하기 위한 것 같고, 칩의 위치와 지금의 증상을 볼 때 고장 난 게 틀림없는 것 같아."

"그래. 역시 감정을 제어하는 장치였나."

그 발언에 스기타니는 고개를 갸웃거렸다.

"본인 몸에 있는 건데 몰랐어? 그러고 보니 고장 난 걸 모르고 있는 것도 이상하네. 보통 머리에 충격을 받았다면 주치의한테 보여주러 갈 텐데."

니노미야는 지금이 말할 타이밍임을 깨달았다. 더 이상 말하지 않고 버텨봐야 소용없다고 생각한 니노미야는 뇌칩에 관한 모든 사실을 털어놓았다. 괴물 마스크에게 습격당하기까지 머릿속에 뇌칩이 있다는 사실을 몰랐고, 칩이 심긴 것은 아동 복지 시설에 버려지기 전인 것 같다고 말해주었다.

이야기를 다 듣고 스기타니는 깊게 신음했다.

"아키라에게 그런 사정이 있었다니 전혀 몰랐어."

"그거야 나 자신도 몰랐으니까."

"그건 그렇네. 그래서 지금 본인의 상태를 전혀 모르는 건가."

"응, 그러니까 알려줘. 지금 내 머리에서 무슨 일이 일어나고 있는 거야?"

"일단 이걸 보는 게 좋겠어."

스기타니는 가지고 온 태블릿을 내밀었다. 거기에는 니노미야의 뇌 CT 영상이 찍혀 있었다.

"봐봐, 왼쪽 아래. 이곳은 눈 뒤쪽인데, 여기에서 한가운데까지 하얀 그림자로 가득 차 있지? 이것이 전부 뇌칩이야. 왼쪽 부근은 윤리나 공감과 관련된 부분이거든. 아키라가 켄고를 찌르지 못했던 것도 이 부근의 뇌칩이 망가진 탓일 거야. 공감 능력이나 윤리관이 되살아난 탓에 켄고에게 감정 이입하기도 하고, 죽이면 안 된다는 갈등이 생겨나는 등 그런 마음의 작용 때문에 아키라의 오른손이 안 움직이게 된 듯해."

"뇌칩이라는 것이 그런 부분까지 컨트롤할 수 있는 거야?"

"글쎄. 뇌칩의 사용이 금지된 이후에는 실험 데이터를 보는 것조차도 좀처럼 쉽지 않아서 말이야. 특히 일본은 뇌칩에 관해 엄격하니까. 일단 이론적으로는 가능할 테지만, 이건 실제 데이터를 보지 않으면 뭐라 말을 못 하겠네."

"연구 자체도 금지된 거군."

"그뿐 아니라, 세 살 정도의 아이에게 뇌칩을 심는 수술은 당시에도 인정되지 않았어."

니노미야의 얼굴이 어두워졌다.

"뭐? 내 머리에 뇌칩이 심긴 건 늦어도 세 살 이전일 텐데!"

"그러니까 아키라가 복지 시설에 들어가기 전에 뇌칩이 심겼다는 건 사실 엄청나게 이상한 이야기야. 그게 사실이라면 넌 불법 수술을 받았다는 말이 돼. 허가되지 않은 수술 정도가 아니라, 실험 목적의 인체 실험에 이용된 것 같아."

"인체 실험?"

소설에나 나올 법한 이야기 아닌가. 니노미야는 자신의 귀를 의심했다.

"그렇게 놀라는 것도 무리는 아니지. 그래도 그렇게 생각하면 두개골 골절 충격으로 칩이 고장 난다는 것도 이해가 돼. 본래 국가의 심사를 통과한 정규 제품이라면 그럴 리가 없겠지만, 비합법적으로 만들어진 거라면 오히려 잘도 30년 가까이 고장 안 나고 버텼구나 싶으

113

니까. 그보다 문제는 아키라의 뇌칩은 치료가 목적이라고는 생각하기 어려워. 그게, 잘 생각해 봐. 아키라에게는 이상한 거긴 해도, 본래 사람을 죽이는 것에 저항을 느끼는 건 인간으로서 당연한 반응이야. 그런데 아키라의 경우, 뇌칩이 고장 난 결과 그렇게 느끼게 됐지. 이건 뭔가 원인과 결과가 뒤죽박죽이잖아."

"그건 무슨 뜻이야?"

혼란에 빠진 니노미야가 되물었다.

"아키라의 뇌칩은 치료를 위한 게 아니라, 이상을 불러일으키기 위해 심었다는 말이야. 그런 사용법은 어떤 실험을 위해서라고밖에 생각되지 않아."

"무슨 그런. 그렇다면 내가 정말로 인체 실험을 당했다는 거야? 그렇다면 도대체 누가 무엇을 위해 그런 거지?"

"그건 말이지. 아마도……."

"아마도? 뭐야? 뭔가 생각나는 게 있는 거야?"

니노미야가 몸을 들이대며 문자 스기타니는 말을 돌렸다.

"아니, 아무것도 아니야. 그보다, 이번 같은 증상이 또 일어날 가능성이 있어. 그것이 싫다면 뇌칩을 새로운 것으로 교체해야만 해."

"그래도 내 머리에 있는 게 정규 제품이 아니라면 같은 것을 다시 구할 수는 없을 거 아냐. 수리할 수는 없을까?"

"하려고만 한다면 할 수 있겠지만, 그러려면 결국 뇌에서 칩을 꺼내야 하잖아. 그렇다면 불량품을 수리하는 것보다 그냥 정규 제품을 넣는 게 낫지 않을까?"

"그래. 그럼 교체하는 게 좋겠군."

"말은 쉽지. 네 뇌칩은 아이 때 심긴 거니까 이제 와서 꺼낸다면 위험하다는 건 알아둬. 그리고 CT 영상으로 뇌칩의 위치는 알았더라도 어떤 의도로 설치된 건지까지는 모르니까, 수술하려면 뇌칩을 심었을 때의 기록이 필요해."

뇌의 신경 회로는 사람마다 달라서 뇌칩의 설치 방식이나 설정도 사람마다 다르다고 스기타니는 설명했다.

"하지만 나는 어디에 사는 누가 이런 짓을 했는지조차 모르는데, 어떻게 하면 좋지?"

"그건 뭐, 어떻게든 해서 아키라에게 시술한 인간을 찾아내는 수밖에 없지 않겠어? 혹은 꺼내는 것을 포기하든가."

"그 두 가지 선택지밖에 없는 거야? 농담이지?"

"아니, 진심이야. 그래도 그렇게 비관할 일도 아니야. 뇌칩을 교체하지 않는다고 죽는 것은 아니니까."

"저번의 야마노 때처럼 다시 충동적으로 사람을 죽이고 싶어지면 어떻게 하지?"

"그건 문제긴 해. 그래도 현실적으로 달리 택할 방법도 없잖아. 무엇보다 지금은 괴물 마스크를 정리하는 게 우선이니까. 잊은 건 아니겠지?"

확인하듯 묻는 말을 듣고 니노미야는 입을 다물었다. 지금은 분명 괴물 마스크를 해치우는 일이 최우선이었다. 놈은 이쪽이 범죄자라는 사실을 알고 있을 가능성이 컸다. 그래서 경찰보다 먼저 잡아야만 한다고 생각했다.

"그건 맞아. 우선 괴물 마스크의 입을 막지 않으면 안 돼."

"미안하지만 뇌칩에 대해서는 뒤로 미루자. 부디 순번을 잊지 말 아줘."

그렇게 다짐을 받고서야 스기타니는 병실에서 나갔다. 하지만 홀로 남겨진 니노미야는 침대에 누워서 괴물 마스크가 아니라 자신의 몸에 일어난 일에 대해 생각하기 시작했다.

'공감 능력이라니……'

뇌칩의 고장으로 윤리관과 공감 능력이 되살아난 것이 맞는 듯, 공감 능력에 대해서는 분명 짚이는 일이 많았었다.

영화를 좋아하게 된 것은 등장인물에 공감할 수 있게 되어서, 영화 대여점에 있던 아이 엄마나 야마노에 대한 분노는 각각 아이에게 공감했기 때문에, 켄고를 죽이지 못한 것도 남겨질 아이에 공감했기 때문이라고 생각할 수 있었다.

'하지만 어째서? 잘 알지도 못하는 아이들에게 왜 내가 공감하게 된 거지?'

그 원인은 플래시백의 기억에서 찾을 수 있을 것 같았다. 마흔이 넘어 보이는 여자에게 남자아이가 얻어맞던 그 광경이 뇌칩에 의해 지워진 학대의 기억이라면, 아이가 얻어맞는 것에 대한 분노는 자신이 그렇게 당하던 것에 대한 분노라고 해석할 수 있었다.

'나는 그 여자에게 얻어맞고 있던 거야.'

니노미야는 몸속 깊은 곳에서 샘솟는 분노를 느꼈다.

'그렇다면 만약에 난 앞으로 아이가 얻어맞는 모습을 볼 때마다 살의를 품게 될 거야. 이런 귀찮은 일이 또 있을까. 역시 뇌칩은 꼭 바꿔야겠군. 그러기 위해서라도 나를 수술한 녀석은 반드시 찾아야

만 해.'

그렇게 마음속으로 다짐하고 며칠이 지났다. 퇴원한 니노미야가 아직 자유롭게 움직이지 못하고 집에서 답답해하고 있을 때, 현관 벨이 울렸다. 문을 열자 거기에는 수염을 제대로 깎지 않고 내버려둔 남자와 털털해 보이는 젊은 여자가 서 있었다. 둘은 주머니에서 검은 수첩 같은 것을 꺼내더니 말했다.

"안녕하세요? 방문을 약속드린 수사1과의 토시로입니다. 이쪽은 이누이 씨고요. 전에 당하셨던 강도 사건에 관해 말씀해주실 수 있으신가요?"

: 토시로 란코 `64일째 ①`

세간이 크리스마스이브로 들썩이는 가운데, 란코는 이누이와 함께 니노미야 아키라는 남자가 사는 아파트를 방문했다.

니노미야는 약 한 달 전에 벌어진 강도 사건의 피해자다. 시기적으로는 뇌도둑의 살해 페이스와 일치했다. 더불어 아동 복지 시설 출신인 데다가 29세라는 나이도 뇌도둑의 피해자상과 명확히 들어맞았다. 하지만 그렇다고 해서 모든 조건이 채워진 것만도 아니었다.

그 부분을 확인하기 위해 란코와 이누이는 니노미야의 집을 방문하기 전에 그가 습격당했다는 지하 주차장에 들렀다.

"여기는 경비원이 상주하는군요. 역시 보안에 힘을 쏟는 아파트인가 봐요?"

니노미야가 쓰러져 있었다는 한쪽 구석을 바라보면서 란코는 안내를 담당한 경비원에게 물었다. 아주 힘이 세 보이는 젊은 남자였다. 그는 곤란한 듯한 표정을 지었다.

"잘 모르겠어요. 저희들은 사건 후에 파견됐거든요. 고용 기간도 일시적이고."

"그 말은 사건이 발생했을 때 여기 경비원이 없었다는 건가요?"

"네, 있었다면 그런 사건이 발생하지 않았겠죠. 여기는 고급 아파트지만, 경비원은커녕 감시 카메라조차도 없었어요."

"그러면 사는 사람들이 불만을 터뜨리거나 하지 않나요?"

란코가 친근한 말투로 묻자, 경비원도 자신의 입장을 잊고 마구 떠들어댔다.

"다른 사람에게 보여서는 안 되는 것이라도 있는지, 부자들은 카메라를 싫어하는 사람도 많은가 보더라고요. 그래도 그 대신 집에 설치된 보안 장치는 최신 제품이라서 집 안에 들어가기만 하면 안전한 듯하지만요."

이누이가 고개를 끄덕였다.

"이 주차장, 평소에 사람이 잘 다니는 곳인가요?"

"아뇨, 주민만 사용하니까 평소에는 사람이 별로 없어요."

"그렇군요. 주차장은 비교적 습격하기 좋은 장소였다고 할 수 있겠네요."

질문을 마치자 경비원은 자기 일을 하러 돌아갔다. 그의 모습이 보이지 않게 되자, 란코는 입을 열었다.

"만약에 니노미야를 습격한 것이 뇌도둑이라면 자택에 침입하기가 어려워서 죽이기 좋은 주차장에 숨어서 기다렸다는 말이 되겠네요. 스즈키나 코바야시 때와 비슷해요. 그런데 아무리 그래도 여기에서 머리를 열 수 있었을지는 모르겠지만요."

"머리를 깨버리는 건 니노미야의 차 안에서도 가능했을 테니까 문제없지 않을까? 의문인 건 오히려 니노미야가 2주 정도 전에 퇴원했음에도 아직껏 두 번째 습격이 없었던 부분이지. 그리고 니노미야는 의식도 잃지 않았고 범인의 얼굴을 보지도 못했어. 이래서는 범행을 멈춘 이유를 알 수 없군."

뇌도둑은 범행 대상에게 얼굴이 발각되었고 그의 입을 막는 것이 우선이라 아직 다음 범행으로 옮겨가지 않았다는 것이 이누이의 추측이었다.

"이상한 건 그뿐만이 아니야. 니노미야는 돈을 빼앗기기도 했고, 흉기도 도끼가 아니라 둔기야. 둘 다 뇌도둑의 수법과는 다르지. 우리가 헛다리를 짚은 것 같은데."

"그래도 도끼로 습격했다고 해서 반드시 도끼 때문에 다쳤다고 볼 수는 없다고 이누이 씨도 말했었잖아요."

"그건 우연히 어딘가에 머리를 부딪친 경우의 이야기니까. 흉기 자체가 다른 거라면 역시 뇌도둑의 수법은 아니야. 돈을 훔쳐 간 것을 생각하면 강도 사건이라는 수사관의 판단이 정확하다고 봐야 하지 않을까."

"그래도 그 외의 점이 꽤 일치하잖아요. 특히 아동 복지 시설 출신이라는 점은 무시할 수 없죠."

"그건 나도 알고 있어. 그래서 일단 확인하러 온 거니까. 일단 나도 방심할 생각은 없어."

이야기를 마친 둘은 엘리베이터를 타고 니노미야의 집으로 향했다. 사전에 약속을 잡아둔 덕분에 문은 곧장 열렸다. 안에서 스마트한 외모면서도 어딘지 야성미를 갖춘 남자가 모습을 드러냈다.

"기다리고 있었습니다. 들어오세요."

니노미야는 산뜻한 미소를 지으며 란코와 이누이를 맞이해 거실로 안내했다. 그렇지 않아도 넓은 공간은 심플한 장식 때문인지 쓸데없이 더 넓게 느껴졌다. 란코와 이누이는 권하는 대로 소파에 앉았다. 신경 쓰지 않아도 된다고 말했지만 니노미야는 부엌에서 커피를 끓여왔다. 그런 그의 머리 우측에는 커다란 거즈가 붙어 있었다.

"크게 다치셨죠. 그 후에 몸 상태는 좀 어떠세요?"

커피를 받아들며 란코가 묻자, 니노미야는 건너편 소파에 앉으며 답했다.

"덕분에 모처럼의 크리스마스이브를 혼자서 보내게 됐네요. 제 생각에는 이미 다 나은 것 같은데, 의사가 조금 더 안정을 취하는 것이 좋다고 해서요. 시간이 너무 남아도네요."

"그러시군요. 그래서 영화 삼매경에 빠지신 거군요. 영화 보는 게 취미이신가 봐요."

거실 한쪽에 DVD 케이스가 잔뜩 쌓여 있었다. 다른 곳은 잘 정리되어 있는데 DVD 케이스만 아무렇게나 방치되어 있었다. 니노미야는 부끄러운 듯 머리를 긁적였다.

"취미랄까, 입원 중에 빠져버렸어요. 덕분에 아직 정리할 공간이 없네요."

"좋은 취미를 찾으셨네요. 주로 어떤 작품을 보시나요?"

"뭐, 이것저것요. 그건 그렇고, 오늘은 어떤 용건 때문에 오셨나요? 혹시 저를 습격한 강도를 잡았나요?"

니노미야는 급하게 본론으로 들어왔다. DVD가 쌓인 곳을 바라보던 란코는 서둘러 니노미야 쪽으로 시선을 돌렸다.

"아니요. 죄송합니다. 사건은 아직 수사 중이에요. 이번에는 새롭게 여쭤볼 것이 있어서 찾아왔어요."

"그런가요? 평소 오시던 형사분과 달라서 틀림없이 범인을 체포한 건가 생각하고 말았네요."

그때까지 대화를 란코에게 맡기고 있던 이누이가 입을 열었다.

"정말로 죄송합니다. 전력으로 수사하고 있긴 한데."

"아니에요. 뭐, 묻지마 강도 따위, 그렇게 쉽게는 못 잡겠죠. 괜찮습니다. 열심히 힘써주고 계신다는 건 알고 있으니까요."

"그렇게 말씀해주시니 다행입니다. 물론 범인은 반드시 잡을 겁니다."

"잘 부탁드려요. 강도가 멀쩡히 돌아다니면 저는 안심하고 밖을 다닐 수 없으니까요."

"니노미야 씨처럼 돈을 많이 버시는 분은 더욱 그러시겠어요."

"하하. 그야말로 그 말대로입니다."

니노미야는 소리 내어 웃었다.

"그래서 묻고 싶은 건 뭔가요? 제가 답할 수 있는 거라면 뭐든 답해드리겠습니다만."

"협력해주셔서 감사합니다."

"다만, 아시리라 생각하지만, 사건에 대해서는 거의 기억을 못 해서요. 큰 힘이 되어드리지는 못할 수도 있겠네요."

니노미야가 그렇게 미리 양해를 구하자, 란코와 이누이는 질문을 시작했다. 우선은 강도에 관한 질문이 이어졌다. 그에 대해 니노미야는 앞서 말한 것처럼 "기억나지 않는다"라는 말만 연발했다. 자신은 이것저것 질문을 던져오면서도 스스로는 아무것도 답하지 않았다. 란코가 담당 수사관에게 들었던 대로의 전개였다.

"죄송합니다. 머리를 얻어맞은 탓인지 아무 기억도 안 나서요."

니노미야는 미안한 듯 사과했다. 란코는 약간 짜증이 났지만, 그것을 숨긴 채 "아니요. 그건 어쩔 수 없으니까요"라고 답했다. 란코와 이누이는 지금까지의 수사관들과는 다르게 강도 사건을 쫓고 있지 않았다. 진짜 질문은 지금부터였다.

"그럼, 다음으로 이 사진을 봐주시겠어요?"

란코는 테이블 위에 다섯 장의 사진을 늘어놓았다. 뇌가 사라진 피해자들의 생전 사진이었다.

"어떠세요? 이 중에 본 적 있는 사람이 있나요?"

"여기 저를 습격한 범인이 있어요?"

니노미야는 의심쩍어하면서 사진에 얼굴을 가까이 대고 살펴봤다.

"아니요. 그런 건 아닌데요."

니노미야는 고개를 들었다.

"어? 범인이 아니라고요? 그러면 누구죠?"

"우선, 그것을 모르는 채로 봐주실 수 없을까요?"

란코는 살짝 웃으며 부탁했지만, 니노미야는 마주 웃지 않았다. 그 대신에 무표정으로 답했다.

"이상하네요. 강도 사건의 피해자에게 용의자도 아닌 자의 사진을 보여준다니……. 저한테 지금 뭐 하시는 건가요?"

"아, 그건……."

변호사에게 추궁받은 란코가 곤란해하자 옆에서 이누이가 끼어들었다.

"그들이 누구인지에 대해서는 질문에 답해주신 다음에 말씀드리겠습니다. 아니면, 먼저 알지 않으면 곤란하신 사정이라도 있으신지요?"

"아뇨, 그런 건 없습니다. 그냥 조금 궁금해서요."

니노미야는 쌀쌀맞게 답하고는 다시 사진으로 눈을 돌렸다. 잠시 그대로 사진을 바라보는가 싶더니 문득 니노미야의 표정이 바뀌었다.

"어라? 이 다섯 명, 혹시 최근 뉴스에 나오는 사건의 피해자들 아닌가요? 왜 이 사람들 사진을 저한테? 아, 혹시……."

순간 귀신 같이 촉을 세운 니노미야는 란코와 이누이를 번갈아 바라봤다.

"설마, 날 습격한 놈이 이 사람들을 죽인 범인과 동일인이라고?"

갑자기 니노미야의 말투가 험악해지자 란코는 도움을 요청하듯 이누이를 바라봤다. 그러자 이누이는 살짝 한숨을 내쉬고 답했다.

"저희도 그걸 확인하고자 니노미야 씨를 찾아온 겁니다. 아직 의혹 단계이긴 하지만, 그럴 가능성도 있지 않을까……."

"무슨 말도 안 되는……. 뇌도둑이라고?"

이누이의 말이 끝나기도 전에 니노미야가 중얼거렸다.

"그 자식이 뇌도둑이었어?"

: 니노미야 아키라 **28일째 ①**

"무슨 말도 안 되는…… 뇌도둑이라고? 그 자식이 뇌도둑이었어?"

예상 외의 정보를 얻은 니노미야는 자신도 모르게 중얼거렸다. 이누이가 그 말을 흘려넘기지 않고 곧장 물었다.

"그 자식? 니노미야 씨는 범인을 그렇게 부르고 계신가요?"

자신을 습격한 범인을 그 자식이라고 부르는 사람은 흔치 않다. 니노미야는 순간적으로 얼버무렸다.

"아, 그게, 실은 평소 마음속으로 범인을 욕할 때 쓰는 말이라서. 그래서 저도 모르게……."

"그러시군요."

"네. 그런데 그보다, 저를 습격한 범인이 뇌도둑이라니……. 정말로 뇌도둑인가요?"

니노미야는 화제를 돌렸고, 그 질문에는 란코가 답했다.

"아니요. 그렇지 않을까 하는 의문이 제기된 것뿐이에요. 그래서 그것을 확인하는 의미에서도 질문에 답해주셨으면 하는데. 어떠세요? 이 다섯 명을 본 기억이 있으세요?"

니노미야는 다시 사진으로 눈을 돌렸다.

"아니요. 뉴스로 본 기억밖에 없어요."

거짓말은 아니었다. 이 다섯 명은 전혀 본 적이 없었다. 어째서 이 다섯 명과 함께 뇌도둑에게 노려지게 된 건지, 니노미야 쪽이 오히려 묻고 싶을 정도였다.

"그런가요. 그럼 이 사진은 어떤가요? 보신 적 있으신가요?"

이번에는 아이 사진이었다. 니노미야는 곧바로 알아챘다.

"이것도 혹시 좀 전의 다섯 명인가요?"

"네. 이건 시설에서 받은 피해자들의 아이 시절 사진입니다. 이 무렵의 얼굴이라면 보신 적이 있으신가요?"

'시설이라고?'

그 말에 니노미야는 곧장 감이 왔다. 그러고 보면 뉴스에서 피해자들은 전부 아동 복지 시설 출신이라고 보도하고 있었다.

"아니요. 이 사진을 봐도 잘 모르겠네요."

"조금 더 제대로 봐주시겠어요? 보셨다면 어린 시절이었을 텐데."

란코가 사진을 들이밀었지만, 니노미야는 고개를 저었다.

"죄송하지만 정말로 본 적이 없어요. 그것보다 방금 시설에서 사진을 받았다고 하셨는데, 사진의 다섯 명도 아동 복지 시설 출신인 건가요? 저도 마찬가지인데요."

어차피 알고 있을 테니까 복지 시설 출신이라는 점은 이쪽에서 말하기로 했다. 이누이와 란코는 눈을 맞춘 후, 마치 비밀 이야기라도 하듯 몸을 가까이 내밀었다.

"실은 다섯 명 모두가 그렇습니다. 거기다 그냥 아동 복지 시설 출신이 아니라, 모두가 시설 앞에 버려진 아이였어요. 실례인 줄 알고 여쭙는데, 니노미야 씨도 마찬가지 아니신가요?"

"네. 분명 저도 어려서 버려졌다고 들었어요. 그저 우연일 것 같기는 한데."

"그건 정말 신기한 우연이네요. 그런데 흉기가 둔기라고 하셨었는데, 실은 도끼 아닌가요?"

"도끼 말인가요? 도끼로 맞았다면 이미 이 세상 사람이 아니겠죠.

그러니까 아닐 것 같습니다만, 그렇게 물으시는 걸 보니 뇌도둑은 도끼를 흉기로 사용하나 보죠?"

니노미야는 내심 놀랐지만, 애써 침착하게 답했다.

"네. 가능하면 비밀로 해주셨으면 합니다만."

"물론 그 점은 잘 알고 있습니다. 하지만 그런 거라면 저를 습격한 범인은 뇌도둑이 아닐 것 같은데요. 범인은 도끼 같은 걸 사용하지도 않았고, 돈도 훔쳐갔으니까요. 뇌도둑이 도둑질도 하나요?"

"아니요. 그렇지는 않습니다."

"그럼 틀림없네요. 저를 습격한 범인이 뇌도둑은 아니에요. 시설 건은 단순한 우연이겠죠."

니노미야가 그렇게 결론짓자 이누이가 곤란한 표정을 지었다.

"분명 니노미야 씨가 말씀하시는 대로겠죠."

"그럴 겁니다."

"그렇다면 어디까지나 가설이긴 한데요. 만약에 니노미야 씨를 습격한 범인이 뇌도둑이라면 그 동기가 뭐라고 생각하시나요?"

이누이는 염치도 없이 그런 질문을 던졌다. 니노미야는 자신의 얼굴이 굳어지는 것이 느껴졌다.

"어? 괜찮으세요? 제 질문이 불편하신가요?"

"아니요. 딱히. 다만 형사님들은 어떻게든 제가 뇌도둑에게 습격당한 것으로 생각하고 싶은 건가 해서요."

"아니요. 결단코 그런 일은……."

"딱히 상관없지만요. 그래서 뭐라고 하셨죠? 동기가 뭔가, 하는 얘기였나요? 흠. 제 뇌를 빼앗을 이유라고 한다면, 그건 분명 제 뛰어난 뇌가 필요하기 때문 아닐까요. 제 뇌는 큰돈을 벌어들일 수 있는 특별한 뇌니까요."

이누이의 질문에 니노미야는 공격적인 미소를 띠고 답했다.

그로부터 몇 분 후, 두 형사의 탐문은 끝이 났다. 둘을 배웅하고 나서 혼자 남은 니노미야의 머릿속에 의문이 휘몰아쳤다.

'설마 괴물 마스크 자식이 뇌도둑이란 말이야? 하긴 도끼를 흉기로 쓰는 놈이 그리 흔하지는 않지. 그렇다면 왜 내가 뇌도둑 따위에게 노려지고 있는……'

거기까지 생각한 니노미야는 깜짝 놀랐다. 그러고 나서 천천히 머리를 만지자 그 안에 있는 작은 기계로 생각이 뻗쳤다.

'설마, 이건 우연인 걸까? 살해당한 다른 녀석들도 나와 마찬가지로 시설에 버려져 있었지. 그리고 다른 녀석들은 뇌를 빼앗겼고, 유일하게 죽임당하지 않은 내 머릿속에는 뇌칩이 들어 있어. 그렇다면 다른 녀석들의 뇌에도? 설마 뇌도둑이 뇌를 훔치고 있는 이유가……'

니노미야는 자신의 물음에 스스로 답을 냈다.

: 토시로 란코 `64일째 ②`

"니노미야에 대해 어떻게 생각하세요?"

탐문을 마치고 돌아가는 길에 란코가 묻자 이누이는 떨떠름한 표정을 지었다.

"솔직히 내가 가장 싫어하는 타입이야. 신사인 척하지만 사실은 타인을 깔보고 있었어."

란코가 웃었다.

"이누이 씨의 취향을 묻는 게 아니에요. 니노미야가 뇌도둑의 피해자라고 생각하시는지 묻는 거예요."

이누이는 흠 콧소리를 내더니 매정하게 답했다.

"글쎄. 강도에게 습격당했는데도 히죽대며 웃는 걸 보니 묘한 녀석이긴 했어. 하지만 뇌도둑의 피해자인지 물으면 그건 아닌 것 같아. 가장 중요한 수법이 뇌도둑과 다르니까."

"역시 그렇죠. 니노미야 본인이 흉기는 도끼가 아니라고 단언했으니까요. 더욱이 자신을 습격한 것이 뇌도둑이라고 듣고는 정말로 놀라기도 했고요."

"그건 분명 연기라고는 생각하기 어려웠지. 뇌도둑의 피해자라고 해서 자신이 타깃이 될 수도 있다는 걸 알고 있으라는 법은 없지만 말이야. 어쨌든 수법이 다른 것을 덮을 만큼의 근거는 보이지 않았으니까."

"그렇다면 역시 니노미야는 뇌도둑의 타깃이 아니었다는 말이네요. 이걸로 다시 원점으로 돌아가는 건가요. 모처럼 범인의 단서를 발견한 건가 싶었는데 말이죠."

란코는 힘없이 어깨를 떨구었다. 니노미야가 아동 복지 시설 출신이라고 들었을 때는 드디어 돌파구를 발견했다고 생각했기 때문에, 헛발질임을 깨달았을 때 느껴진 허탈함은 더욱 컸다. 하지만 노골적으로 침울해하는 란코에게 이누이가 말했다.

"아니. 아직 완전히 허탕을 친 거라고는 할 수 없어. 실은 니노미야와 대화하다가 문득 떠오른 게 있거든."

"떠오른 거라니. 뭔가요?"

고개를 든 란코에게 이누이는 자신의 머리를 가리켰다.

"특별한 뇌 말이야. 아까 니노미야는 자신의 뇌를 가리켜서 큰돈을 벌어들이는 특별한 뇌라고 했잖아. 혹시 피해자들의 뇌는 정말로 뭔가 보통의 뇌와는 다른 것 아닐까?"

그 후 란코와 이누이는 뇌에 대해 알아보기 위해 다섯 피해자의 의료 기록을 샅샅이 뒤져봤다. 그 결과, 첫 번째 피해자인 이시카와 마스미의 뇌에 뇌칩이 심겨 있었다는 것을 알게 됐다.

: 토시로 란코 **67일째**

"뇌칩이라고?"

보고를 받은 계장은 눈썹 끝을 치켜세웠다. 그 낮은 목소리에도 란코는 꿋꿋이 답했다.

"첫 번째 피해자인 이시카와는 과거에 뇌 CT를 찍은 적이 있는데, 그때 두부에 뇌칩이 찍힌 것이 당시 의료 기록에 남아 있었어요."

"그게 어쨌는데?"

"문제는 진찰받았을 때 이시카와가 보인 태도예요. 당시 일을 기억하던 간호사에 의하면, 이시카와는 자신의 머리에 뇌칩이 있다는 말을 듣고 엄청나게 놀랐다고 하더라고요. 자신의 머리에 그런 것이 들어 있을 리가 없다고 했대요. 하지만 그러고 나서 며칠 후에 다시 방문해서는 그때의 태도가 마치 거짓말이었다는 듯 '그러고 보니 옛날에 수술을 받은 적이 있었다'라고 정정했다고 하더라고요."

"무슨 말이지? 그거에 뭔가 의미가 있는 거야?"

이누이가 보충했다.

"그게, 엄청나게 큰 의미가 있습니다. 뇌칩을 심으려면 개두 수술이 필요하거든요. 그런 경험을 잊어버릴 사람은 한 명도 없겠죠."

이번에는 란코가 말을 이었다.

"거기다 그뿐만이 아니에요. 이시카와를 진찰한 의사는 그 일주일 후에 졸음 운전으로 사고사했어요."

"사고사?"

"네. 더욱이 다섯 번째 피해자인 코바야시 말인데요. 그의 주변에서도 비슷한 일이 벌어졌습니다. 계장님은 6년 전의 나카메구로 병원 살인 사건을 기억하시나요?"

"음. 아마 병원 안에서 의사 한 명과 간호사 두 명이 누군가에게 살해당한 사건이었던가. 범인은 아직 못 잡았고."

"맞습니다. 당시 코바야시는 그 병원 근처에 살았는데 사건 당일에도 병원을 방문했어요. 가족이 그것을 기억하고 있었습니다. 그리고 사건 보름 후에는 다른 마을로 이사 갔고요. 이것이 우연일까요?"

"어이, 무슨 말을 하고 싶은 거지? 설마 이시카와와 코바야시 둘 다 의사를 죽였다고 하고 싶은 거야?"

란코는 천천히 고개를 끄덕였다.

"동기는 자신의 머릿속 뇌칩을 다른 사람에게 알리고 싶지 않아서일 테고요. 그들이 가족에게도 뇌칩에 대해 말하지 않은 걸 보면, 감추려는 의사가 있었던 건 틀림없습니다. 코바야시의 경우에는 진료 기록부도 없어진 상태고요."

"진료 기록부가 없어졌다니? 당시는 전자 진료 기록부를 사용하지 않았나?"

"네, 전자 진료 기록부였지요. 그런데 적어도 10년은 남아 있어야 할 코바야시의 진료 기록이 어째선지 어디에도 존재하지 않아요. 아마도 코바야시가 피해자들을 협박해서 진료 기록을 지우게 한 건 아닐까요? 그 탓에 증거는 없어져버렸지만, 이시카와의 사례에 비춰서 생각하면 코바야시가 무슨 짓을 했는지 상상하기는 어렵지 않습니다."

거기까지 듣고 계장은 크게 한숨을 내쉬었다.

"이야기를 들어보면 분명 둘이 수상하긴 하군. 그런데 그래서 자네들은 결국 무슨 말을 하고 싶은 거지?"

"중요한 건 이시카와와 코바야시, 둘 다 자신의 뇌칩에 관해 모르고 있었다는 점입니다. 보통은 자신의 뇌에 칩이 심겨 있다는 것을 모를 리 없지만, 다섯 살 정도에 복지 시설에 버려진 그들이라면 그것도 충분히 생각할 수 있죠. 그리고 버려진 아이는 이시카와와 코바야시 둘뿐만이 아닙니다. 즉……."

"어이, 설마……."

"제가 말씀드리고 싶은 건 이번 피해자 모두의 뇌에 칩이 심겨 있던 건 아닐까 하는 점이에요. 아마도 뇌도둑이 훔치고 있던 것은 뇌가 아니라, 그 안에 있던 뇌칩이었던 것 아닐까요?"

란코의 말에 계장의 얼굴이 멍해졌다. 그는 정신이 반쯤 나간 표정으로 의자에 걸터앉더니 이누이에게 물었다.

"이누이도 같은 생각인가?"

"틀림없다고 생각합니다. 뇌가 아니라 뇌칩이 진짜 목적이라면 쿠리타가 말한 뇌도둑이 뇌를 엉망진창으로 만드는 부자연스러움도 납득이 갑니다. 뇌칩이 목적이라면 뇌 그 자체는 어떻게 되든 상관이 없을 테고, 무엇보다 개두 수술의 흔적도 없앨 수 있을 테니까요."

지금은 개두 수술을 할 때 벗겨낸 두개골을 고정하기 위해 티타늄 플레이트를 사용하지만, 20여 년 전에는 두개골에 1센티미터 정도의 구멍을 뚫고 실로 고정했다. 즉 피해자들의 머리에는 피부를 절개했을 때의 흉터와 함께 두개골에 구멍이 남아 있을 가능성이 컸다.

"지금 생각해보면, 범인이 가져간 뇌는 실제로 전체의 반 정도였으니까요. 뇌는 어디까지나 뇌칩이 목적이라는 점을 깨닫지 못하게 하고자 가져간 것 아닐까요. 그 어딘지 모르게 난폭해 보이는 살해 도구도 실제로는 가지고 갈 부위를 정성껏 도려내기 위함이었을지도 모릅니다."

"모든 것은 계산 하에 행해졌다는 거군. 하지만 그렇게 생각하면 뇌도둑은 꽤 귀찮은 살해 방법을 택했네. 그 정도까지 할 거라면, 목을 잘라내 버리는 것이 더 빠르지 않았을까?"

"수고스러움과 시간만을 생각하면 그럴지도 모르죠. 하지만 머리처럼 커다란 것을 범행할 때마다 가지고 다니면 눈에 너무 띄지 않을까요. 경찰은 물론, 시민의 눈도 있으니까요."

"자동차는? 자동차를 쓰면 눈에 띄지 않잖아."

"호박밭 사건으로 보면, 뇌도둑은 차를 사용하지 않는 것 같아요. 만약에 차가 있었다면 야외에서 뇌를 꺼내려고 들지는 않았을 테니까 말이죠."

계장은 납득한 듯 고개를 끄덕였다.

"그렇군. 그렇다고 하면 이번에는 어째서 피해자들의 머리에 뇌칩이 심겨 있었는지가 문제가 되는군. 그 부분에 대해서도 뭔가 알아본 게 있나?"

이번에는 란코가 답했다.

"네, 그것이야말로 이번 사건의 발단이었다고 생각합니다. 조사 중 의사에게 들었는데, 다섯 살 정도의 아이에게 뇌칩을 심는 수술은 말도 안 된다더라고요. 그럼에도 불구하고 피해자들에게 뇌칩이 심겨 있었다는 것은, 당시 아이였던 피해자들은 뇌칩에 관한 범죄에 휘말려 있었다는 말이 됩니다. 아니, 확실히 말하죠. 분명 피해자들은 인체 실험의 모르모트였을 겁니다."

그렇게 단언하자, 계장은 깊이 숨을 들이마셨다. 잠시 침묵한 후 그는 무겁게 입을 열었다.

"그런가. 이번 사건 뒤에 그런 게 숨겨져 있는 건가."

"그러니까 사건 해결을 위해서는 우선 그 인체 실험에 관해 조사해야 할 것 같아요. 아마도 20년 전쯤에 그 실험 대상을 구하고자 몇 건인가의 유괴 사건이 있었을 테니까 그런 점을 실마리로 삼아서……."

"아니, 그건 조사할 필요가 없을 것 같군."

계장이 손을 들며 말을 끊었다. 란코는 눈썹을 찌푸렸다.

"무슨 말씀이신가요?"

"20여 년 전의 사건이라면 이미 알고 있어. 정확하게는 26년 전이지. 그 무렵 일어난 뇌칩과 관련된 유괴 사건이라고 하면 하나밖에 없어."

"엇, 그게 뭔가요?"

놀란 란코와 이누이를 바라보며 계장은 말했다.

"시즈오카 연쇄 아동 유괴 살인 사건. 통칭 토우마 사건이라고 부르지. 뇌에 칩이 심겨 있었다면, 피해자들은 그때 토우마에게 유괴당한 아이들일 거야."

: 니노미야 아키라 28일째 ②

형사들이 돌아가자마자 니노미야는 스기타니 병원을 찾았다. 거기에서 뇌도둑에 관해 이야기하자, 스기타니는 말도 안 되는 이야기를 꺼냈다.

"토우마 사건이라고?"

니노미야가 놀라서 크게 말하자 스기타니가 고개를 끄덕였다.

"일본에서 뇌칩과 관련된 인체 실험이라고 하면 그것밖에 없으니까. 아키라의 머리에 뇌칩을 심은 자는 토우마 사건의 주범, 토우마 미도리가 틀림없을 거야."

"잠깐만. 토우마 사건이라면 알고 있는데. 그건 그냥 유괴 살인 사건 아니었어?"

토우마 사건이란 26년 전, 시즈오카에서 일어난 아동 유괴 살인 사건을 말한다. 범인은 뇌신경외과의인 토우마 미도리와 그녀의 남편이었다. 하지만 그 사건에서 뇌칩이 사용되었다는 이야기를 니노미야는 처음 들었다.

"보도 규제로 일반인에게는 알려지지 않았지만, 실은 토우마는 유괴한 아이들의 머리에 뇌칩을 심는 인체 실험을 했거든. 이건 뇌신경외과에서는 유명한 얘기야. 아키라에게서 뇌칩 이야기를 처음 들었을 때부터 사실 이미 감이 오긴 했었어."

그러고 보면 그때 스기타니는 무언가를 말하려고 했었다.

"누구 짓인지 알았단 말이군."

니노미야가 노려봤지만, 스기타니는 냉정하게 말했다.

"가르쳐주면 아키라는 괴물 마스크가 아니라 토우마 사건 쪽을 조사하려고 했을 테니까. 참고로 토우마의 저택에서는 수술을 견디지 못한 유아 열다섯 명의 사체와 네 명의 생존자가 발견됐어. 그런데 아마 생존자는 그 외에도 있었고 그 아이들은 아동 복지 시설에 버려져 있었던 거 같아. 수술 흔적이 안 보일 정도로 머리카락이 자라고 체력이 회복된 후에 말이지. 그것이 아키라를 포함한 뇌도둑의 피해자들이 아닐까?"

수술에서 살아남은 아이들은 그 후의 경과 관찰 대상이었다고 토우마가 자백했다고 한다. 그래서 경찰은 토우마가 자신의 보호 아래 아이들을 두고 관찰하려 했다는 의미로 해석한 것 같지만, 실제로는 아이들을 사회로 되돌려보내서 관찰할 예정이었던 건 아니었을까 하고 스기타니가 지적했다.

그러더니 스기타니는 니노미야 앞에 태블릿을 내밀었다.

"규제도 있었고 컴퓨터가 널리 퍼지지 않았던 무렵의 사건이니까 인터넷에도 별 정보는 없어. 그래도 얼굴 사진은 있으니까 한번 봐봐. 이 얼굴 기억 안 나?"

화면에 비친 것은 백발의 강인해 보이는 여자와 마른 남자의 얼굴이었다. 그들의 얼굴을 보니 니노미야는 조바심이 났다.

"이 녀석들이 토우마 미도리와 그 남편이야?"

하지만 본 적이 있느냐고 물으면 잘 알 수 없었다. 미도리 쪽은 머릿속에 플래시백된 여자와 닮은 것도 같았다.

"기억 안 나나 보네. 뇌칩은 기억 제어에도 사용되니까. 감쪽같이 기억이 지워진 것 같군."

"내 어릴 적 기억은 한 번에 모두 지워졌다는 말이야? 그 기억이 되돌아올 가능성은 있어?"

"뭐, 평범하게 생각하면 어렵지 않을까. 기억이라는 것은 신경 회로가 강하게 연결되는 게 중요한데, 떠올리는 횟수가 많을수록 강해지고 적어지면 약해지거든. 물론, 임팩트 같은 것도 기억에 영향을 미치니까 일률적으로는 말할 수 없긴 해도, 아키라의 경우 뇌칩 때문에 그 연결이 끊겼다고 생각하면……"

"절망적이라는 말이야?"

"그래도 아키라의 경우는 꽤 인상적이었는지 플래시백하는 기억도 있잖아. 기억은 뭔가 자극을 받으면 조금 정도는 더 떠오를 수도 있지."

"자극이라는 건 어떤 거야?"

"예를 들면, 아, 지금 하는 것처럼 플래시백에 나오는 인간의 얼굴을 본다거나 하는 거 말이야."

스기타니는 태블릿에 나온 토우마 미도리의 얼굴을 가리켰다. 니노미야는 그 얼굴을 자세히 들여다봤다.

"지금 시점에서는 그다지 효과가 없는 것 같아."

하지만 니노미야는 이 여자에게 얻어맞았다고 생각하자 뱃속부터 뜨거워지는 것 같았다.

"그래서 이 녀석들은 어떻게 됐어?"

"두 명 모두 몇 년 전인가에 사형이 집행됐지. 안타깝군. 복수하고 싶었어?"

"응. 살아 있었다면 항문에 마그마를 부어 넣어서라도 내 분노를 뼛속까지 느끼게 해주고 싶어."

"그건 한번 보고 싶은 광경이군."

웃는 스기타니의 옆에서 니노미야는 흐음 콧소리를 냈다.

"그런데 지금은 그보다 내가 무슨 실험을 당한 건지 알고 싶어. 어떤 실험인지 알아?"

스기타니는 어깨를 으쓱거렸다.

"아니, 나도 자세한 내용은 몰라. 다만, 무엇을 위한 실험이었는지는 알고 있어. 토우마가 한 실험이라는 것은, 곧⋯⋯."

: 토시로 란코 68일째 ①

경관의 안내를 받은 한 노인이 란코를 포함한 수사진이 기다리는 시나가와서에 들어섰다.

그의 이름은 키타지마, 과거 토우마 사건을 담당했던 형사였다. 나이는 일흔 전후로, 지팡이를 짚긴 하지만 발걸음에는 힘이 있었고 표정에서도 정한함이 넘쳤다. 란코는 제대로 이야기를 들을 수 있을 것 같다고 생각했다.

란코와 이누이의 보고로 인하여 수사본부는 토우마 사건을 다시 조사하게 됐다. 그래서 사건에 관한 자세한 이야기를 듣기 위해 당시 사건을 담당했던 키타지마에게 연락을 취한 것이었다. 그는 뇌도둑에 대해 듣자마자 곧장 도쿄로 달려와주기로 했다.

'역시, 사건에 대해 무언가 마음에 남아 있었던 것이 있는 것 같네.'

란코도 아이의 머리에 뇌칩을 심은 실험이라고 듣고 마음이 편치 않았다. 당시 수사를 하던 사람이라면 더욱 그럴 테다.

키타지마가 가까워지자 란코는 깊게 고개를 숙여 인사했다. 하지만 옆에 서 있던 이누이는 표정도 없이 "키타지마 씨……"라고 중얼거렸다. 그 목소리에 키타지마도 이누이를 힐끔 본 후 회의실 안으로 들어섰다. 란코는 자기도 모르게 물었다.

"이누이 씨, 아시는 분인가요?"

"아, 그게 전에 조금."

그렇게 답하는 이누이의 얼굴에는 그늘이 져 있었다. 뇌도둑이 토우마 사건과 관계가 있다는 것은 알고 난 후부터 이누이는 줄곧 이런 상태였고, 란코는 그것이 조금 마음에 걸렸다.

회의실로 들어선 키타지마는 계장의 건너편에 앉았다. 란코와 이누이가 회의실로 들어가자 그는 천천히 말을 시작했다.

"언젠가 이런 날이 오지는 않을까 생각했어. 하지만 실제로 일어난 걸 보니 믿기 어렵군. 정말로 토우마 사건과 관계 있는 건가?"

곧장 본론으로 들어간 키타지마에게 계장이 고개를 끄덕였다.

"거의 틀림없다고 생각합니다. 아이들의 머리에 뇌칩을 심은 자는 토우마 말고는 없을 테니까요."

"그렇겠지."

키타지마는 천장을 올려다보았다.

"역시, 심한 짓을 당한 아이들이 또 있었던 거군. 그래도 설마 도쿄의 아동 복지 시설에 버려져 있으리라고는……."

토우마는 체포당하기 직전에야 수술이 성공해서, 수술에서 살아남은 네 명만 구조되었고 나머지는 수술을 견디지 못해 죽고 말았다고 진술했다고 한다. 그럼에도 혹시나 하는 마음에 다른 피해 아동이 없는지 수사했지만, 세상에 사건의 전말을 구체적으로 밝힐 수 없기도 했기에 그럴 법한 아이를 찾지 못했다고 했다.

"어쩔 수 없죠. 조사할 곳은 복지 시설뿐만이 아니었고, 의심이 가는 아이 한 명 한 명 전부 CT를 찍어볼 수도 없었으니까요."

"그럴지도 모르지만 말이야. 당시에도 토우마에게는 다른 협력자가 있는 건 아니냐는 의혹이 있었거든. 3년이나 되는 시간 동안 유괴나 실험을 계속하려면 나름대로 큰돈이 필요했을 테니까. 그 돈을 내는 스폰서 같은 존재가 있고, 수술을 끝낸 아이들은 그 녀석이 어딘가에 가둬두고 있는 건 아니냐고 생각했었거든."

"토우마 부부에게 다른 동료가 있다는 의심을 하셨던 거군요."

"맞아. 그랬는데 설마 복지 시설에 버렸을 줄이야……."

키타지마는 어깨를 크게 떨궜다.

뇌도둑은 토우마 부부만이 알고 있는 복지 시설에 버려진 아이들에 대해 알고 있었다. 혹시 정말로 협력자가 존재한다면 그 인물이야말로 뇌도둑일 가능성이 크다. 매우 큰 수확이었다.

"키타지마 씨, 당시에 구하지 못한 아이들을 지금이라도 구합시다. 그를 위해 부디 힘을 빌려주세요."

계장이 고개를 숙이자 다른 사람들도 그를 뒤따랐다. 그러자 키타지마는 무겁게 고개를 숙였고, 당시의 사건에 대해 이야기를 꺼냈다.

처음에는 한 건의 행방불명 사건이었다고 한다. 백화점에서 쇼핑하던 부부가 자동차에 돌아와보니 홀로 남아서 책을 보고 있던 아들 타케시가 없어진 사건이었다.

부부는 곧장 경찰서에 신고했고 유괴의 가능성이 점쳐졌다. 하지만 증거나 목격자도 없었고 돈을 요구하는 연락이 따로 없는 상황이라 수사가 제대로 행해지지 않았다. 그런데 가족 외에 단 한 명, 그 사건을 신경 쓰던 자가 있었다. 키타지마의 후배인 오노라는 경찰관이었다.

오노는 사건이 발생하고 몇 달이 지난 후에도 타케시의 실종이 유괴 사건이 아닐까 의심하며 백화점이나 슈퍼마켓 등의 주차장에서 순찰을 계속했다.

그러던 어느 날 그가 평소처럼 주차장을 순찰하는데 약국에서 40대 후반으로 보이는 중년 남성이 세 살 정도의 아이를 차 안으로 꾀는 현장을 목격했다. 직감적으로 수상하다고 생각한 오노는 곧장 말을 걸었다. 그 결과 남자는 도망치고 말았지만 아이를 지켜낼 수 있었다. 그리고 그때 본 자동차의 번호판을 확인하여 토우마 부부를 찾아냈다.

시즈오카서는 약국에서 벌어진 유괴 미수 사건이 타케시 사건과 연관되어 있다고 여겼고, 토우마 부부를 연쇄 유괴범으로 보고 철저하게 조사했다.

그러자 토우마 부부 주변에서 수상한 목격 정보가 여럿 나왔다. 어디에서 왔는지 알 수 없는 아이들이 토우마 부부가 사는 저택에서 목격되었다는 것이었다.

상당히 큰 규모의 유괴 사건임을 깨달은 수사본부는 신중하게 증거를 모은 후, 결국 토우마의 저택에 들이닥쳤다. 반드시 아이들을 구해낸다는 결의를 품은 키타지마와 그의 동료들이 그곳에서 보게 된 것은 그런 결의마저도 흔들리게 할 정도로 무서운 광경이었다.

키타지마가 입을 열었다.

"정말로 지옥이었다네. 정원 뒤편에서 나온 열다섯 구의 사체도 그랬지만, 내가 충격을 받은 것은 타케시의 모습이었지. 타케시는 머리에 붕대를 감고 링거를 꽂은 상태로 침대에 누워 있었어. 본 순간, 애가 무슨 짓을 당했는지 바로 알 수 있었지. 토우마는 말했어. '뚜껑을 열고 안을 조금 만져주었다'고. 맞아. 그 여자는 아이의 두개골을 열고 안에 있는 뇌를 만졌다고 말한 거야. 나는 눈앞이 캄캄해졌지. 어느새 그 여자를 때리고 있었어."

키타지마가 거기에서 말을 끊자, 침묵이 방을 지배했다. 팽팽해진 공기 속에서 계장이 물었다.

"토우마가 하던 건 뇌칩을 심는 수술이었던 거죠?"

키타지마는 천천히 고개를 끄덕였다.

"맞아. 토우마는 뇌칩을 심기 위해 아이들의 두개골을 열었던 거야. 물론 그런 수술을 견디는 아이는 많지 않았고, 수술 도중에 죽어버린 아이들이 정원에 묻히게 된 거지. 정말로 심한 광경이었고, 그 사건을 계기로 경찰을 그만둔 사람도 많았다네. 오노도 그중 한 명이었고 말이야. 토우마의 행위 그 자체도 그렇지만 그 목적 또한 역겨운 것이었어."

"목적? 토우마는 도대체 무슨 목적으로 실험을 한 건가요?"

키타지마는 일단 눈을 감고 나서 말했다.

"사람을 사이코패스로 만드는 실험이야. 그 여자는 뇌칩으로 아이들을 사이코패스로 바꾸려 했던 거야."

: 니노미야 아키라 **28일째 ③**

"사이코패스로 만든다니……. 그런 게 가능한 거야?"

당혹스러워하는 니노미야에게 스기타니는 애매하게 답했다.

"공식적인 성공 사례가 있는 건 아니니까 확실하게는 말할 수 없어. 다만 사이코패스의 뇌가 지니는 특징을 재현하면 논리적으로는 가능하지 않을까? 적어도 토우마는 그렇게 생각한 것 같아."

"사이코패스의 뇌는 보통의 뇌와 다른 거야?"

"그에 관해서도 공식적인 답은 존재하지 않아. 사이코패스라는 것은 지금도 신경학에서 한창 연구 중이야. 최근 들어 그 원인을 조금은 알게 되었지만, 얼마 전까지만 해도 사이코패스는 반사회적인 인간이 왜 반사회적인지를 설명하기 위해 만들어낸 진단상의 개념에 불과했으니까. 그러니까 아직껏 사이코패스는 정의가 애매하긴 한데, 뭐, 원인의 대부분이 뇌의 신경 회로에 있다는 것은 거의 틀림없다고 여겨지고 있어. 그러니까 그 질문의 답은 아마도 예스겠지."

"그럼 내 뇌도 보통 사람의 뇌와는 다르다는 말이야?"

"물론이지. 사이코패스의 원인에 대한 가설 중 하나로, 뇌 구상속(갈고리다발, Unicnate fasciculus)에서 원인을 찾는 것이 있는데 말이야. 아키라는 그야말로 그게 일반인과는 다른 것 같거든. 장소로 치자면……"

스기타니가 태블릿을 조작하자 화면에 교과서에서 볼 수 있을 법한 사람 뇌의 측면 그림이 나왔다.

"봐봐, 여기. 눈 뒤쪽이 안와전두피질이고, 여기 목 위 한가운데를 편도체라고 하거든. 이 두 가지를 연결하는 부분이 구상속이야. 사이코패스는 이 구상속의 기능이 약한 게 아닐까 하는 학설이 있지. 즉 안와전두피질과 편도체가 제대로 연결되지 않는 것이 사이코패스가 되는 원인이 아닌가 이야기되고 있어."

"왜 그 두 곳의 연결이 약하면 사이코패스가 되는 건데?"

"그건 두 부위의 작용과 관계가 있지. 간단하게 설명하면 편도체는 인간의 감정과 욕망을 관장하는 부분이고 안와전두피질은 인간의 윤리 같은 것을 관장하는 부분이야. 이 둘은 말하자면 안와전두피질이 편도체를 감시하는 관계라고 볼 수 있어."

"윤리가 감정과 욕망을 감시하고 있다는 말이야?"

"맞아, 그 말대로야. 예를 들어 누군가와 어깨를 부딪쳤을 때, 편도체가 분노해서는 상대를 때리고 싶다고 생각하더라도 윤리를 담당하는 안와전두피질에서 '그만둬'라는 신호가 전달되니까 사람들은 상대방을 때리거나 하지 않지. 그런데 사이코패스의 경우, 연결로인 구상속에 듬성듬성 구멍이 나 있는 탓에 안와전두피질과 편도체의 연결이 약해서 아무런 죄악감이나 주저 없이 어깨를 부딪친 상대방을 때리거나 하게 되는 거야. 덧붙여서 말하면 안와전두피질과 편도체, 특히 전자는 인간의 공감 능력에 관한 부분이기도 하니까 그곳이 정상적으로 기능하지 않는 사이코패스에게는 공감 능력이 없다고 보면 되지."

타인의 마음을 알지 못하니까 타인을 배려하지 않고, 윤리의 규칙이 작동하지 않으므로 어떤 심한 짓도 주저 없이 실행한다고 스기타니가 더 설명해주었다. 스기타니의 설명에 니노미야는 복잡한 표정으로 고개를 끄덕였다.

"이론은 알겠어. 그런데 실제로 어떻게 사람을 사이코패스로 바꾸는 건데? 신경 회로라는 것을 그렇게 간단히 바꿀 수는 없을 거 아냐."

"거기가 바로 뇌칩이 등장할 차례지. 알다시피 뇌칩은 뇌 안의 전기 신호를 거의 중지시킬 수 있거든. 그러니까 그것을 구상속에 심으면 듬성듬성한 구상속을 재현할 수 있어."

원래대로라면 뇌칩을 통해서 뇌내 신호의 강약을 조작할 수는 없지만, 구조를 바꾼다면 신호를 완전히 중지시킬 수도 있다고 한다. 토우마는 그것을 시도한 것일지도 모른다고 스기타니는 설명했다.

"다만, 그렇다고는 해도 성인을 상대로 해서는 효과가 떨어질 거야. 성인은 그때까지 살아오면서 사고 패턴이라거나 행동 규범이 이미 완성되어 있으니까 뇌칩을 심는 것만으로 뇌내의 신호를 완벽하게 컨트롤하기 힘들지. 그래서 토우마는 신경 회로의 발달이 미숙한 아이들을 실험 대상으로 고른 것일 테고."

"그게 바로 나란 말인가? 그렇게 사이코패스의 신경 회로를 가지게 된 아이를 만들어서는 사회에 내보내고, 그 아이가 성장해서 정말로 사이코패스가 되는지 어떤지를 관찰하는 것, 그게 토우마의 실험이었다는 말이군."

'즉 내 인격은 토우마에 의해 만들어진 것이라는 말이군. 그렇다면 나라는 존재는 도대체 무엇인가?'

마음속에 샘솟는 불안에 니노미야는 처음으로 공포라는 감정을 자각했다.

: 토시로 란코 68일째 ②

"아이들을 사이코패스로 바꾸다니……."

키타지마의 말을 계장 뒤에서 듣고 있던 란코는 자신도 모르게 감정이 격해져 혼잣말을 내뱉고 말았다. 본인도 놀라 입가를 누른 란코를 보고 키타지마는 깊게 고개를 끄덕였다.

"괜찮네. 당연한 반응이지. 자신의 이론을 시험하기 위해 아이의 뇌를 제멋대로 건드는 일 따위 용서할 수 없으니까. 그건 광기로 가득 찬 실험이었지."

"저기, 구조한 아이들은 어떻게 되었나요? 뇌칩은 무사히 제거한 건가요?"

"안타깝게도, 그렇지 않아도 아이에게는 위험한 수술을 한 건데, 토우마는 꽤 깊은 곳에 칩을 심었다더군. 성인으로 성장한 후에 꺼내는 것조차 위험하다는 이야기였어."

"그럼 평생을 그 상태로⋯⋯."

"그렇게 되는 거지. 토우마의 실험은 아이에게 뇌칩을 심은 것으로 끝나는 것이 아니야. 그 후에도 그 아이가 정말로 사이코패스로 성장하는지 관찰할 예정이었다더군. 그도 그럴 것이 아이에게 시술한 처치가 한 명 한 명 모두 미묘하게 달랐어."

"한 명 한 명 달랐다고요?"

계장이 몸을 내밀자 키타지마도 그쪽을 바라봤다.

"뇌칩을 심은 장소를 다 다르게 했다는 말일세. 그렇게 여러 방법으로 시험함으로써 사이코패스의 원인이 되는 부분을 정확히 특정하려고 했던 것 같아. 본인은 그 실험의 성과로 사이코패스의 치료도 가능해질 거라고 지껄였지만 말이야."

신경학적으로 원인을 특정할 수 있으면 분명 치료도 가능해질 수 있다. 눈에 보이지 않는 정신의 문제가 아니라, 바꿀 수 있는 신경의 문제인 것이니까.

"사이코패스의 치료법을 발견하기 위해 사람을 사이코패스로 바꾸다니, 너무 끔찍한 이야기네요. 적어도 사이코패스를 보통의 인간으로 돌리는 실험을 했다면 좋았을 텐데요."

"토우마가 말하기로는 그것은 현실적인 방법이 아니라고 했어. 사이코패스 경향이 있는 인간은 전체 인구의 몇 퍼센트밖에 안 되니까 실험 대상을 찾기가 엄청나게 어렵겠지. 그래서 반대로 평범한 인간을 사이코패스로 만드는 실험으로 시도하게 됐다고 하더군. 어느 부분을 제어해야 사이코패스가 되는지를 찾는다는 건, 어느 부분을 제어해야 사이코패스가 보통의 인간이 되는지를 찾는 것과 마찬가지

146

라며."

계장은 고개를 끄덕였다.

"고장의 원인을 알 수 있다면 고칠 수 있는 방법도 알 수 있다? 이론은 통하는군요. 발상은 최악이지만요."

"정말 그 말 그대로야. 토우마는 틀림없는 악마였지만 두뇌는 매우 뛰어났어. 그래서 난 두려웠지. 토우마의 실험이 성공하는 건 아닐까 하고. 실제로는 어떤 결과가 나왔을까?"

가만히 바라보는 키타지마에게 계장은 잠시 틈을 두고 답했다.

"안타깝게도 토우마의 실험은 성공했을 가능성이 큽니다. 현재 뇌칩이 심겼다고 여겨지는 뇌도둑의 피해자 다섯 명 중 두 명이 살인에 손을 댄 것으로 의심되고 있습니다. 또 다른 한 명은 상해, 강간죄로 체포되기도 했고, 나머지 두 명도 사람을 협박한 과거가 있다고 밝혀진 상태입니다."

계장은 내뱉는 듯한 말투로 말했다.

키타지마는 다시 천장 쪽을 바라보고는 크게 한숨을 내쉬었다. 그런 키타지마를 보고 란코는 머뭇대며 물었다.

"저기, 죄송합니다. 저도 한 가지 질문해도 될까요? 키타지마 씨가 구조한 아이들은 어떻게 되었나요? 실험은 실패한 건가요?"

키타지마는 힐끔 란코를 봤다. 그러고는 슬픈 듯 눈을 감고 고개를 저었다.

"그들 네 명도 모두 문제 행동을 일으키고 있지. 그중에서도 특히 위험한 한 명에 대해서는 자네들이 더 잘 알고 있을 거야. 그렇지 않나, 이누이?"

키타지마는 갑자기 이누이에게 말을 돌렸다. 란코가 무슨 말인가 싶어 이누이와 키타지마를 번갈아 바라보자 이누이가 란코에게 말했다.

"켄모치 말이야. 아까 이야기에 나왔던 '타케시'라는 아이는 우리가 잘 아는 그 켄모치 타케시야."

란코의 입에서 헉 소리가 흘러나왔다.

켄모치 타케시라고 하면, 이누이가 수사1과를 벗어난 계기가 된 보험금 살인의 용의자이다. 그 녀석이 토우마에게 유괴당했던 아이 중 한 명이라니 란코는 할 말을 잃었다. 그리고 최근에 이누이가 왜 기분이 안 좋아 보였는지를 겨우 깨달았다.

: 니노미야 아키라 28일째 ④

"토우마가 아키라에게 어떤 실험을 했는지는 알겠지? 문제는 뇌칩이 고장 남으로써 어떻게 변화해나갈 건지야."

혼란스러워하는 니노미야는 아랑곳하지 않고 스기타니는 이야기를 이어갔다. 니노미야는 새파래진 얼굴을 들었다.

"변화라니…… 무슨 말이야?"

"물론 네 인격에 관한 이야기야. 지금까지 아키라는 사이코패스로서 살아왔지만, 그 성격의 원인이 된 뇌칩이 고장나니까 지금까지와는 다른 변화가 일어나고 있잖아? 예를 들면 아이를 때리는 인간에 대한 분노를 억제할 수 없다거나, 사람을 찌르려고 하면 손이 떨린다거나, 혹은 영화를 좋아하게 되기도 했고 말이야. 이런 변화가 앞으로도 계속 일어난다면 최종적으로 아키라는 사이코패스라고는 도저히 부를 수 없는 인격이 되어버릴지도 몰라."

자신의 인격이 누군가에 의해 만들어졌다는 사실조차 이제 막 알게 된 참인데, 이번에는 그 인격이 다시 달라질 것이라니. 니노미야는 더 큰 혼란에 빠졌지만 스기타니는 말을 멈출 생각이 없어 보였다.

"본래는 평범했던 인간을 뇌칩으로 사이코패스로 바꾼 거니까 말이야. 뇌칩이 기능을 하지 못하게 되었으니 당연히 원래의 성격으로 돌아가겠지. 즉 아키라는 앞으로 평범한 인간이 될 거야."

"평범한 인간이 도대체 뭐야?"

"글쎄. 그런 철학적인 질문을 해도 나도 잘 몰라. 미안하지만 나도 평범하지는 않으니까."

그 무책임한 설명에 니노미야는 머리를 감싸 쥐고 싶어졌다.

"이제 와서 평범한 인간이 된다고 해도 말이지. 29년을 살아온 나라는 존재가 그렇게 간단히 지워지겠어?"

"물론 변하지 않을 수도 있어. 뇌칩이 고장 났다고 해도 20여 년에 걸쳐 만들어진 사이코패스의 신경 회로잖아. 혹시 지금의 변화는 뇌칩의 고장 때문에 뇌가 혼란을 겪고 있을 뿐이고 그 혼란이 진정되면 본래의 사이코패스로 돌아갈지도 모르지."

"뭐? 그래서 결국 어느 쪽인 건데?"

목소리를 높이는 니노미야에게 스기타니는 어깨를 움츠렸다.

"모르겠어. 이런 일은 전례가 없으니까. 다만 어느 쪽으로 굴러간다고 해도 어느 정도는 변화가 생길 수밖에 없다는 건 염두에 두는 것이 좋을 거야."

"그건 곧 여전히 사이코패스로 살아도 평범한 인간 같은 부분이 조금은 생길 수도 있다는 말이야?"

"맞아. 그게 싫다면 수술하는 수밖에 없어. 전에도 말한 것처럼 뇌칩을 새로운 것으로 바꾸는 수술을······."

뇌칩 교체 수술을 받으려면 과거의 수술 데이터가 필수라고 했지만, 그 데이터는 지금 어디에 있는지 알 수 없다. 당시에 경찰에게 압수되었을 가능성이 크지만, 토우마가 어딘가에 복사본을 남겨놓았을 가능성도 있다.

즉 수술 데이터이든 뇌도둑이든 어느 쪽이건 토우마와 연관되어 있다. 니노미야는 혼잣말처럼 중얼거렸다.

"결국 토우마를 조사할 수밖에 없다는 말인가."

: 토시로 란코 `68일째 ③`

키타지마는 이야기의 끝에 토우마의 협력자에 관한 정보를 제공했다. 단 한 명으로 특정할 수는 없지만, 후보로 이름이 올랐던 자들의 리스트를 건네준 것이다.

이제 수사는 크게 진전될지도 모른다. 그 기대로 수사관들은 활기를 되찾았지만, 그러던 중에 란코만이 솔직하게 기뻐하지 못했다. 유괴 피해자 중에 켄모치의 이름이 있어서 이누이가 수사에서 빠지게된 것이다.

"켄모치가 토우마의 피해자인 건 알고 있었지만, 설마 뇌칩 같은 것이 머리에 심겨 있었을 줄이야."

키타지마의 이야기가 끝난 후, 아무도 없는 회의실에서 이누이는 자조의 웃음을 지으며 그렇게 말했다.

알고 보니 보험금 살인을 수사할 당시에도 키타지마를 찾아갔었지만, 당시에는 뇌칩에 대해서 듣지 못했다고 했다.

이누이에게 어떤 말을 하면 좋을지 떠오르지 않던 란코는 자신도 모르게 의문을 입에 담았다.

"어째서 키타지마 씨는 뇌칩에 대해 알려주지 않은 걸까요? 아무리 뇌칩이 수사 비밀이었다고 해도 이누이 씨도 살인 사건을 수사하고 있었잖아요."

"그것은 뇌칩이 있든 없든 수사와는 관계없기 때문이겠지. 설마 뇌칩에 의해 사이코패스가 되었으니까 범인임이 분명하다고 할 수는 없었을 테니까."

"그래도 심증은 달라지잖아요. 혹시 키타지마 씨는 수술 전에 구하지 못했던 켄모치에 대해 미안한 감정이 있어서 알려주지 않은 건⋯⋯."

"그런 말은 입 밖에 내지도 마. 키타지마 씨는 그런 선입관을 가지고 수사하기를 바라지 않아서 굳이 말하지 않았을 거야. 실제로 나 또한 그런 이야기는 듣고 싶지 않았고."

"네? 그건 왜죠?"

눈살을 모으는 란코에게 이누이는 한숨을 한 번 내쉰 뒤에 말했다.

"자네는 키타지마 씨의 이야기를 듣고 아무것도 못 느꼈나 보군. 켄모치는 뇌칩 탓에 죄를 저지르게 된 걸지도 모른다는 사실을 말이야."

만약에 그렇다고 한다면 지금까지처럼 단순한 악인으로만 볼 수는 없게 된다. 흔들리는 이누이의 눈빛이 마치 그렇게 말하는 듯해서 란코는 더는 아무 말도 할 수 없었다.

"나머지는 란코에게 맡겨두지."

이 말만 남기고 그는 회의실에서 나갔다. 이누이가 어떤 마음이었는지 란코는 다 헤아릴 수는 없었지만, 마음속으로 한 가지를 다짐했다.

'뇌도둑이 켄모치를 죽이게 놔둬서는 절대 안 돼!'

란코는 두 손으로 자신의 양쪽 볼을 힘 있게 쳤다. 그리고 "정신 차리자!"라고 기합을 새로 넣고는 회의실을 나섰다.

곧이어 수사본부는 토우마 사건의 협력자에 대한 수사와 토우마의 저택에서 구조한 네 명의 경호를 결정했다.

뇌도둑이 노리는 것은 토우마 사건의 피해자임이 틀림없다. 그렇다고 하면 아동 복지 시설에 버려진 자들뿐만이 아니라, 구조된 네 명 또한 타깃이 될 우려가 있다고 판단한 것이다.

네 명의 주소는 전부 판명된 상황이라 수사관들이 곧장 그곳으로 향하게 됐다. 하지만 그 멤버 안에 란코의 이름은 없었다.

"어째서 이제 와서 니노미야에게 가볼 필요가 있는 거죠?"

자신에게 부여된 역할에 란코는 불만을 내뱉었다. 계장이 힐끔 노려봤다.

"혹시나 해서야. 그 녀석이 정말로 뇌도둑의 타깃이 아닌지를 확인해둘 필요가 있으니까."

"거의 아니라는 점이 분명한데도 말인가요? 그렇다면 저는 켄모치에게 가보고 싶은데요."

"바보 같은 소리 하지 마. 너를 켄모치한테 보냈다가는 이누이를 수사에서 제외한 의미가 없어지잖아. 켄모치는 벳쇼한테 맡기고 너는 니노미야라는 녀석한테 갔다 오라고."

어떻게 해도 지시를 철회할 것 같지 않은 계장에게 란코는 입을 삐죽거렸다.

"아니, 확인하라고 하셔도 어떻게 하면 좋을지……."

"머리를 좀 써봐. 니노미야는 두개골 골절상을 입었잖아. 그렇다면 CT든 뭐든 찍었을 거 아니야."

"아, 그렇군요. 그런 방법이 있군요."

토우마의 피해자라면 반드시 뇌 속에 칩이 있다. 그것만 확인해 보면 알 수 있다는 말이다.

손뼉을 치는 란코를 보고 계장은 한숨을 내쉬었다.

"주의하는 게 좋아. 입으로만 질문하고 끝내지 말라는 말이야. 니노미야가 토우마의 피해자라면 아무렇지도 않게 거짓말을 내뱉는 인간일지도 모르니까."

"물론이에요. 니노미야가 실려간 병원에 가서 제 눈으로 확인하고 오겠습니다."

일이 잘 풀리면 금방 일을 마치고 켄모치 쪽으로 갈 수 있을지도 모른다. 그런 생각을 하며 란코는 휴대 전화를 꺼내 들었다.

『우걱우걱, 꿀꺽.

괴물 나무꾼은 한스를 먹어치웠습니다. 배가 가득 찬 괴물 나무꾼은 그제야 깨닫게 됩니다.

"어라? 그러고 보니 한스가 말한 대로네. 나는 괴물이 아니라, 나무꾼으로 있는 시간이 더 길어. 나는 괴물이 아니라 평범한 나무꾼인 건 아닐까?"

괴물 나무꾼은 갑자기 자신에 대해서 알 수 없게 되었습니다.

커다란 귀와 날카로운 이빨이 있으니 틀림없이 괴물이라고 생각하고 있었지만, 사실은 평범한 나무꾼일지도 모릅니다. 그렇게 생각하니 괴물 나무꾼은 평범한 나무꾼으로 살아보고 싶어졌습니다. 하지만 괴물 나무꾼은 자신이 괴물인지 나무꾼인지 알지 못합니다.

그래서 괴물 나무꾼은 호수의 요정에게 물어보기로 했습니다.

"요정님, 요정님. 괴물과 나무꾼의 다른 점이 뭔가요?"

요정은 답했습니다.

"그런 건 나도 몰라. 커다란 귀와 날카로운 이빨이 있으면 괴물인 거 아니야?"

"그렇다면 커다란 귀와 날카로운 이빨이 없으면 괴물이라고 해도 괴물이 아니게 되는 건가요?"

"그런 건 나도 몰라. 커다란 귀와 날카로운 이빨이 없으면 괴물이라도 괴물이 아닌 거 아니야?"

"그렇다면 커다란 귀와 날카로운 이빨이 없는 괴물에게 커다란 귀와 날카로운 이빨이 돋아나면 어떻게 되는 건가요?"

"그런 건 나도 몰라. 커다란 귀와 날카로운 이빨이 돋아나면 괴물이 되는 거 아니야?"

요정의 답에 괴물 나무꾼은 점점 더 자신이 괴물인지 나무꾼인지 알 수 없게 되었습니다.

그래서 괴물 나무꾼은 요정을 먹었습니다.

우걱우걱, 꿀꺽.

이로써 괴물 나무꾼에게는 이야기를 들어줄 친구가 없어지게 되었습니다.

"어쩌지, 어쩌지."

곤란해진 괴물 나무꾼은 새로운 친구를 만들기 위해 다른 마을로 향했습니다.

새로운 마을로 간 괴물 나무꾼은 그 마을의 나무꾼이 사는 집에 숨어들었습니다. 그리고 그곳에 있던 갓난아이의 귀를 납작하게 펴서 커다렇게 만들고 이빨은 돌로 날카롭게 갈았습니다.

"이걸로 이 아이도 괴물 나무꾼이다."

같은 식으로 괴물 나무꾼은 많은 마을에 가서 많은 친구들을 만들었습니다.

분명 언젠가 어른이 될 아이들이 자신이 괴물인지 나무꾼인지 알려줄 것이라고 믿고.

괴물 나무꾼은 많은 친구들을 만들었습니다.』

: 니노미야 아키라 **29일째**

니노미야의 기억 속 그 하늘은 언제나 흐렸다.

기울어진 커브 미러에 녹이 슨 가드레일, 줄줄이 늘어선 집들은 모두 낡아 있어서 그들이 풍족하지 못한 삶을 살고 있다는 것을 한 눈에 알 수 있었다.

'이런 가난뱅이 마을……. 두 번 다시 발을 들일 생각은 없었는데.'

10여 년 만에 찾아왔음에도 옛날과 다를 바 없는 경치에 니노미야는 혐오감을 품었다. 하늘마저도 기억 속 하늘처럼 잔뜩 찌푸렸다.

'소망원'이라는 글자가 보이자 니노미야의 발걸음이 어느새 빨라졌다. 그곳은 니노미야가 과거에 살았던 아동 복지 시설이다.

뇌도둑의 타깃이 토우마에게 유괴당한 인간이라면, 니노미야와 스기타니의 주변에는 단서가 있을 리 없다. 그렇게 생각한 니노미야는 토우마로부터 꼬리를 잡아보고자 했다.

토우마가 아이들을 감금했던 저택의 위치는 다행히 인터넷에서 금방 알아낼 수 있었다. 하지만 켄고와 야베의 실종으로 스기타니 병원이 조금 혼란에 빠져 있었던 탓에 스기타니는 함께하기 어려운 상태였다. 혼란은 며칠 안에 가라앉을 터였지만, 니노미야는 그 며칠을 참고 기다릴 수가 없었다. 그래서 홀로 소망원을 먼저 찾아가보기로 한 것이었다.

아마도 토우마 카즈오가 이곳에 니노미야를 버리러 왔을 것이다.

니노미야는 소망원 앞에 서서 기억을 더듬으며 주변을 둘러봤다. 그러자 여기서도 마찬가지로 과거와 거의 다르지 않은 광경이 눈에 들어왔다. 그다지 넓지 않은 공간에서 아이들은 낡아빠진 완구를 갖고 놀거나 뛰어놀며 즐거워하고 있었다. 자신에게는 절대 어울리지 않을 것 같은 분위기였다. 그 탓에 소망원에 들어서는 것을 망설이고 있자, 옆에서 미에가 거침없이 말을 걸었다.

"뭘 그렇게 멍하니 서 있는 거야?"

어떤 생각인지는 알 수 없지만, 미에가 니노미야의 소망원 방문에 함께한 것이다. 니노미야는 테즈카가 소망원까지 태워주면 혼자서 이야기를 들어볼 생각이었다. 하지만 막상 출발하기로 한 시간에 마중을 나온 것은 테즈카가 아니라 미에였다.

"오늘은 내가 같이 가줄게."

아무래도 지난번과 완전히 같은 패턴으로, 테즈카로부터 하스미 사장, 하스미 사장으로부터 미에에게 연락이 간 것 같았다. 영화 대여점에 함께 간 이후 오래도록 연락이 없었는데 어떤 바람이 불었는지 알 수 없었다. 니노미야는 은근슬쩍 이유를 물었다.

"딱히 이유는 없어. 한가하니까 아픈 사람의 동행이라도 되어줄까 했지. 그리고 최근의 당신은 전과 조금 다른 것 같기도 하고 말이야. 그런 부분에 조금 흥미도 있었거든."

아무래도 미에는 니노미야가 머리를 다침으로써 인생관과 성격이 바뀐 건 아닐까 생각하는 듯했다. 반 정도는 정답이라고도 할 수 있었다. 도저히 그녀를 떼어낼 수 있을 것 같지 않아서, 니노미야는 미에를 소망원으로 데리고 가기로 했다.

"얼른 들어가봐. 안 갈 거면 내가 먼저 들어갈게."

그렇게 말하자마자 미에는 소망원 안으로 발을 들였다. 어쩔 수 없이 니노미야도 그녀의 뒤를 쫓았고, 곧장 아는 얼굴을 맞닥뜨렸다.

"혹시, 아키라니? 아키라 아니야?"

소망원의 료코 선생이었다. 앞치마를 두른 모습에, 나이는 분명 50대 초반 정도이다. 하지만 그렇게 보이지 않는 발랄함을 보이며 니노미야에게 다가왔다.

"안녕하세요? 오랜만이네요."

니노미야는 미소를 지었다.

"정말 오랜만이네. 아키라는 여전히 남자답다. 이렇게 멋지게 자라고."

"료코 선생님도 그대로시네요. 외모가 달라지지 않은 걸 보니 사이보그 수술이라도 받으셨나 봐요?"

"맞아, 맞아. 영원한 아름다움을 손에 넣고 싶어서 말이야. 아니, 얘, 무슨 말을! 누가 절세의 미녀라고!"

159

"절세의 미녀라고는 말 안 했는데요."

니노미야가 냉정하게 딴죽을 걸자, 료코는 옛날과 마찬가지로 호쾌하게 웃었다. 그 모습은 정말로 옛날과 하나도 다르지 않았다.

어렸을 때를 떠올려보면 니노미야가 소망원에서 생활할 때 가장 많이 말을 걸어준 사람이 바로 료코였다. 그렇다고 해도 그 절반 정도는 설교였고, 중학생 무렵까지는 매일같이 혼이 났다. 그 때문에 당시에는 정말로 살의를 품었을 때도 있었지만, 지금에 와서는 미에와 인사를 나누는 료코를 봐도 그런 기분이 들었던 것조차 떠오르지 않았다. 이것은 니노미야에게 있어서 드문 일이었다.

"아키라는 말이야, 정말로 제멋대로인 아이였어. 다른 사람 물건에 손을 대거나 해서 모두를 울리기도 했지. 그러면서도 잘난 척은 또 얼마나 심한지, 마치 도라에몽에 나오는 만퉁퉁 같은 아이였어."

과거 니노미야가 자주 식사했던 교실로 안내한 후에 료코는 멋대로 옛날이야기를 시작했다. 미에가 짓궂어 보이는 미소를 띠었다.

"그런 성격은 지금도 달라지지 않았어요."

"어머, 그건 참 곤란하네. 그렇게 혼이 났는데도 아직 못 고쳤다니. 근데 그러면 지금도 노래를 부르거나 하는 거야?"

"노래요?"

미에가 물었다. 니노미야 자신도 기억에 없는 이야기라 조금 흥미가 돋았다.

"응, 아키라는 자주 노래를 부르곤 했거든. 그런 부분도 정말 만퉁퉁 같아. 뭐, 노래라고 해도 콧노래이긴 했지만. 분명, 이런 느낌의 곡이었는데."

료코가 경쾌하게 노래를 부르기 시작했지만, 무슨 곡인지는 전혀 알 수 없었다.

"제가 그런 노래를 불렀다고요?"

"곡조는 조금 다를지도 몰라. 그래도 그건 내가 노래를 못 불러서가 아니라, 아키라의 콧노래가 형편없어서야."

"오호. 아키라는 노래를 잘하지 못하나 보네요. 당신, 노래 좀 불러봐."

"내가 노래를 왜 불러요. 이런 곳에서."

미에의 청을 거절하자 료코는 과장되게 놀란 시늉을 했다.

"어머, 안 불러주는 거야? 어렸을 때는 다른 사람 따위 신경도 안 쓰고 노래를 불렀으면서."

"이 남자는 기본적으로 자기 멋대로니까요. 저한테도 언제나 잘난 척 명령만 해요."

"아키라, 그러면 안 돼. 다른 사람에게 상냥하게 대해야지. 몇 번이고 가르쳐줬지 않니."

"아니요. 상냥하게 대하고 있어요."

니노미야는 미에 쪽을 바라보며 말했다.

"미에 씨, 거짓말은 하지 말아주세요."

"딱히 거짓말은 안 하고 있잖아. 당신은 언제나 잘난 척 거들먹거리니까."

말하고 싶은 대로 내뱉는 미에를 보며 니노미야는 얼굴이 붉으락푸르락했다. 그때 료코가 소리를 내어 웃었다.

"대단하네. 아키라가 말싸움에서 지는 모습은 처음 봐."

"아니, 저는 말싸움을 하는 게 아니라……."

그렇게 말하다가 변명할 만한 일도 아니라는 생각에 니노미야는 입을 닫았다. 료코와 미에는 서로 죽이 맞는지 니노미야의 뒷이야기로 이미 친해진 것 같았다. 니노미야는 이제 슬슬 본론으로 들어가고자 했다.

"실은 오늘 제가 온 건 료코 선생님께 여쭤볼 게 있어서예요."

"응? 무슨 일인데? 그냥 오랜만에 어렸을 때 지내던 곳을 방문하고 싶었던 것 아니었어?"

"아니요, 저를 버렸던 부모님에 대해 여쭙고 싶어서요. 그런데 그 전에 미에 씨는 밖에서 기다려주실 수 있나요?"

얼버무리지 않고 확실히 말하자, 미에는 자리를 피해주었다. 료코는 그 뒷모습을 걱정스럽게 바라봤다.

"미에 양은 괜찮아?"

"괜찮아요. 그보다 제 부모님에 대해서 말씀해주세요. 정확하게는 저를 여기에 버리고 간 사람에 대해서요."

그것은 토우마 카즈오, 혹은 토우마 미도리라고 니노미야는 추측했다. 그게 누구든 그 인물에 관해 알 수 있다면 무언가 단서가 될 수 있으리라, 니노미야는 그렇게 생각했다. 그러나 료코는 곤란한 표정을 지었다.

"알려줄 수만 있다면 당연히 알려주고 싶지. 하지만 전에 전화로 말한 것처럼 아무도 모르는 사이에 우리 시설 앞에 누군가 아키라를 두고 갔거든. 아무도 아키라를 데려온 사람을 못 봤어."

"정말 진짜로 아무도, 아무것도 못 봤나요? 예를 들어 달려가는 자동차라거나."

"응, 안타깝게도 그래. 미안해. 아키라의 부모님에 관해서는 정말로 아무것도 몰라."

료코의 이야기는 이전에 들은 대로였다. 토우마 카즈오와 미도리의 사진도 보여줘봤지만, 본 적이 없다고 했다. 당시 소망원에 있던 사람 중에 지금도 남아 있는 사람은 료코뿐이라, 료코가 모른다고 하면 더는 방법이 없었다. 모처럼 시간을 내서 소망원에 와봤지만 아무런 단서도 얻을 수 없었다.

"그럼, 저는 슬슬 실례하겠습니다."

"벌써 돌아가게?"

료코는 쓸쓸한 표정을 지었지만, 니노미야는 신경 쓰지 않고 나가려고 했다. 그때 료코가 말을 걸었다.

"나도 하나 물어도 될까? 부모님을 찾으려는 건, 혹시 아까 그 미에 양과 이제 곧 결혼할 생각이라서 그런 거야?"

그 질문에 니노미야는 멈칫했다.

"아니요, 그런 이유로 부모님을 찾고 있는 건 아니에요."

"그래? 아쉽네. 그래도 결혼을 생각하고 있긴 한 거지?"

"언젠가는 할지도 모르죠."

실제로는 어떻게 될지 니노미야조차도 알 수 없었지만, 일단 그렇게 대답해두었다. 료코는 안심한 듯한 표정을 지었다.

"미에 양과 함께라면 안심이야. 분명 마음이 곧은 여자인 듯하니까."

"하하, 그렇죠. 재산도 많고요."

니노미야가 농담이 섞인 말투로 답하자, 료코는 눈을 감고 고개를 저었다.

"그런 말이 아니야. 미에 양은 분명 아키라에게 좋은 영향을 끼칠 거야. 그게, 그녀와 함께 있는 아키라는 옛날과 완전히 달라 보이니까."

"제가 달라졌다고요?"

"응. 오늘의 아키라는 나나 그녀의 기분을 민감하게 이해하는 것 같았어. 그건 옛날의 아키라로서는 할 수 없던 일이잖아. 무척 큰 성장이야."

료코가 기쁜 듯 말을 했을 때, 니노미야는 가슴에 무언가 응어리 같은 것이 맺히는 듯했다. 니노미야는 문득 중얼거렸다.

"아니야."

"응?"

"아니에요, 저는 옛날부터 저였어요! 전혀 달라지거나 하지 않았 다고요."

료코는 눈이 휘둥그래졌다. 니노미야가 갑자기 단호한 태도로 말을 해서 당황한 듯했다. 그 모습을 보고 니노미야는 다시 정신을 차렸다.

'내가 왜 그렇게 쓸데없는 말을 한 걸까? 달라졌다는 말에 왜 그렇 게 반응했을까?'

그때 미에가 문을 열고 들어섰다.

"왜 그래?"

니노미야는 어떻게 설명해야 할지 몰라 하는 사이, 료코가 온화한 표정으로 말했다.

"아키라가 말한 대로야. 아키라는 옛날부터 누군가가 괴롭힘을 당 하는 걸 보면, 반드시 화를 내고 맞서 싸웠지. 이상한 말을 해서 미안해. 난 언제나 아키라를 응원해."

그 후, 료코는 소망원 건물 밖까지 나와 계속 손을 흔들어주었다. 적당히 마주 손을 흔들면서 니노미야는 서둘러 발길을 돌렸다.

이제 더는 그곳에 갈 일이 없을지도 모른다고 생각하니 니노미야의 마음이 웅성거리는 것 같았다. 니노미야가 아무 말도 하지 않고 있자 미에가 물었다.

"그래서 결국, 뭐 때문에 화를 낸 거야?"

"무슨 말이에요?"

"내가 자리를 떴을 때 말이야. 당신이 화를 냈었잖아? 그 이유를 묻는 거야."

"아니요, 그건 화를 낸 게 아니라, 말을 정정한 것뿐이에요. 료코 선생님이 이런저런 기억을 착각하는 것 같아서."

그것은 어느 정도 사실이지만, 미에는 의심스러운 눈초리로 니노미야를 바라봤다.

"정말로? 그런 느낌 같지 않았는데. 나는 사실 나중에 들은 말이 더 믿기지 않아."

"무슨 말요?"

"당신이 괴롭힘을 당하던 아이를 도와주었다는 이야기 말이야. 그건 사실이야?"

"그것도 그것대로 착각인 것 같은데요. 일방적으로 누군가를 괴롭히는 녀석을 보면 화가 나긴 했지만, 딱히 누군가를 도와주거나 하지는 않았던 것 같아요."

"흐음. 그래도 일단 옛날에는 다른 사람의 일에도 화를 내기는 했다는 거네. 지금과 다르게 말이야."

그 지적에 니노미야는 깜짝 놀랐다. 그러고 보면 분명 그랬다. 옛날에는 다른 사람의 일에도 화를 내곤 했다. 그 무렵에는 아직 공감 능력이 남아 있었다는 말이다. 수술하고 나서 얼마 되지 않은 무렵이라면 있을 법한 일일지도 모른다. 그렇다면 공감 능력을 지니고 있던 자신이 진짜 자신인 걸까, 아니면 모든 것을 잃고 난 이후의 자신이 진짜 자신인 걸까 니노미야는 점점 더 알 수 없는 물음에 빠져 다시 조금 전에 느낀 것과 같은 초조함을 느끼고 잠시 입을 닫았다.

그때 미에가 무언가 떠오른 듯 손뼉을 쳤다.

"아! 그러고 보니. 아까 료코 선생님이 부른 콧노래 있잖아. 그거, 혹시 이 노래 아니야?"

미에는 답을 기다리지 않고 콧노래가 아니라 목소리를 내서 노래를 부르기 시작했다.

그 순간, 니노미야의 의식은 어디론가 날아가버리고 말았다. 몸을 움직일 수조차 없었다. 느낄 수 있는 것은 미에의 노랫소리뿐이었다. 니노미야는 그저 온몸으로 미에의 울림을 받아들였고 깨닫고 보니 한 방울의 눈물이 볼을 적시고 있었다.

"이런 느낌의 노래 맞지? 아마 제목이 '잘 자'였던 것 같아. 당신이 부른 콧노래가 이 노래가 아닐······, 어라! 왜 그래? 괜찮아?"

멈춰 선 채 눈물을 흘리는 니노미야를 보고 미에가 깜짝 놀랐다.

"모르겠어요. 갑자기 눈물이······."

입을 연 순간, 니노미야의 눈에서 더욱 많은 눈물이 흘러넘쳤다.

얼굴이 뜨거워지더니 오열이 터져 나왔다. 니노미야는 서 있을 수가 없어서 그 자리에 무릎을 꿇었다.

"자, 잠깐만. 이렇게 길 한복판에서……."

미에는 다른 사람의 시선이 신경 쓰이는 듯 당황스러워했다. 니노미야도 몸을 일으키려 했지만, 발이 전혀 움직이지 않았다. 그저 눈물을 흘리는 것밖에 할 수가 없었다.

"아아. 정말 어쩔 수 없네."

미에는 몸을 숙여 니노미야를 안았다.

"이번만이야. 이번만은 이렇게 해줄게. 그러니까 울고 싶은 만큼 울어."

미에의 체온이 니노미야의 모든 것을 감싸 안았다. 모든 경계가 사라지기 시작했고 그저 따뜻함 속으로 잠겨갔다. 어느덧 니노미야는 아이처럼 펑펑 울고 있었다.

: 토시로 란코 69일째

란코는 아까부터 몇 번이고 손목시계를 확인했다. 그런 그녀에게 새로운 파트너인 와카바야시가 말했다.

"왜 그렇게 초조해하세요?"

"아니, 딱히 초조한 건 아닌데……."

란코와 와카바야시는 지금, 니노미야가 뇌 CT를 찍었다는 병원에 와서 그 영상을 보여달라던 참이었다.

란코는 솔직히 니노미야의 건은 서둘러 끝내고 켄모치 쪽으로 가고 싶다고 생각하고 있었다. 켄모치를 담당할 수는 없을지 몰라도 적어도 그의 얼굴 정도는 봐두고 싶었다.

"CT 영상을 가져오는 데 왜 이렇게 시간이 걸리지?"

"아직 3분밖에 안 지났어요. 딱히 그렇게 늦는 것도 아닌 것 같은데요."

와카바야시가 냉정하게 말하던 그 순간, 문이 열리고 니노미야의 담당의가 들어왔다.

"오래 기다리셨습니다. 이것이 니노미야 씨의 뇌 CT 영상입니다."

"감사합니다."

의사가 내민 CT 영상이 든 태블릿을 받아들고 란코는 와카바야시와 함께 살펴보았다. 거기에는 사람의 두개골이 찍혀 있었다.

"두개골에 금이 가 있지만, 특별히 이상한 부분은 없는 것 같네요. 실제로 다른 이상은 없었고요."

담당의인 스기타니는 확실히 단언했다.

"뇌칩이 있지는 않은지 물어보셨지만, 니노미야 씨의 뇌에는 아무 것도 심기지 않았어요. 보세요. 이 책에 있는 사진이 뇌칩이 심긴 사람의 CT 영상입니다. 이 주변에 하얀 그림자가 보이시죠? 이것이 뇌칩입니다."

"꽤 확실히 보이네요."

"네. 그러니까 니노미야 씨의 머리에는 뇌칩이 없다는 걸 알 수 있죠. 그건 형사님이 보셔도 명확하죠?"

영상을 보는 한, 역시 니노미야는 사건과 관계가 없는 듯했다.

계장으로부터 니노미야가 토우마 사건의 피해자인지 어떤지를 확인하고 오라는 지시를 듣고, 우선 니노미야에게 연락을 취했다. 뇌 CT 영상을 본인의 허가 없이 보는 건 불가능하기 때문이었다.

니노미야는 아주 가뿐히 허가해 주었다.

"사정은 모르지만 제 뇌 CT를 보고 싶다면, 스기타니 병원의 스기타니 쿠로 선생님을 방문하시면 됩니다. 그가 제 담당의거든요. 다만 경찰이 조사하고 있다는 소문이 나도는 건 곤란하니까 이야기는 어디까지나 담당의에게만 해주세요. 개인 정보가 누설되는 일은 변호사로서도 가만히 두고 볼 수는 없으니까요."

마지막은 협박이 섞인 듯한 지시였지만, 그의 말을 따르자 어려움 없이 원활하게 일이 진행됐다. 마치 이런 사태가 있을 거라 미리 알고 준비라도 해둔 것처럼 자연스러웠지만, CT 영상이 거짓말을 하는 일은 있을 수 없다.

란코는 스기타니에게 태블릿을 돌려줬다.

"알겠습니다. 아무래도 저희가 착각을 한 것 같네요. 바쁘신 와중에 협력해주셔서 감사합니다."

"아닙니다. 경찰에 협력하는 게 시민의 의무니까요. 그래도 저는 체포하지 말아주세요. 아무리 사람을 잘라대고 있다고 해도 말이죠."

농담처럼 말하면서 스기타니는 메스를 집는 시늉을 해보였다. 란코는 미소 지었다.

"걱정 마세요. 선생님의 경우에는 범죄에 해당하지 않으니까요."

"그건 다행이네요. 그럼 형사님의 보증을 받았으니 앞으로는 더욱 많은 사람을 잘라보도록 하겠습니다."

"부디 그렇게 해주세요."

란코는 웃으며 답하고 나서 예정보다 빠르게 스기타니 병원을 뒤로했다.

"란코, 여기서 지금 뭐 하는 거야?"

에비스의 조용한 주택가에서 대기하던 히로세가 란코를 보자마자 물었다. 히로세 옆에는 벳쇼도 있었다.

"죄송해요. 어떻게든 켄모치를 한번 봐두고 싶어서요. 여기에 있게 해주세요."

"아니, 우리한테 그렇게 말해도 말이지."

히로세는 곤란한 듯 벳쇼를 바라봤다. 벳쇼는 벳쇼대로 끄응 소리를 내며 머리를 긁었다.

"뭐, 우리가 경찰서로 돌아가라고 설득했는데도 이 녀석이 무시했다고 하면 어떻게든 되지 않을까."

그 말만 남기고 둘은 딱히 란코를 쫓아내려고 하지 않았다. 란코는 고마움을 표하고 나서 외출 중인 켄모치의 귀가를 둘과 함께 기다리기로 했다. 감시를 시작하고 나서 얼마 되지 않아 곧장 히로세가 입을 열었다.

"그러고 보니 란코는 아직 못 들었겠네. 실은 아까 새로운 사체가 또 나왔어."

"네? 뇌가 없는 사체 말인가요?"

"응. 살해당한 건 열흘 정도 전이래. 사체는 사사키의 집 정원에 묻혀 있었어. 십중팔구 사사키 본인이겠지."

사사키라는 것은 켄모치와 함께 구조된 유괴 피해자 중 한 명이었다. 그는 바로 2주 정도 전까지 공갈죄와 상해죄로 복역하고 있었고, 출소 후의 발자취를 붙잡지 못한 상태였다.

"역시 구조한 피해자도 뇌도둑의 타깃이었네요."

"응. 사사키는 부모가 사준 단독 주택에서 홀로 살았다던데, 설마 그 정원에 묻혀 있었을 줄이야. 이유를 알겠어?"

사체가 묻혀 있던 것은 이번이 처음이라 그 이유를 묻는 것이었다. 란코는 고개를 끄덕였다.

"사사키를 묻은 건 다른 피해자와 다르게 사사키를 조사하면 토우마 사건과 금방 연결되어버릴 테니까요. 그래서 사체의 발견을 조금이라도 늦추려고 했던 거겠죠."

"맞아. 뇌도둑으로서는 가능하면 토우마 사건에 관해 숨기고 싶었을 테니까 말이야."

수사를 늦추기 위해서만은 아니다. 뇌도둑은 뇌칩을, 즉 토우마의 실험 그 자체를 숨기고 싶은 건 아닐까 하는 것이 수사관들의 추측이었다.

"이렇게 되면 범행이 멈춰 있던 약 40일, 아니 사사키가 죽은 건 열흘 정도 전이니까 대충 한 달인가? 그사이에 다른 세 명도 이미 살해당했을 수 있어."

"엇! 그렇다면 켄모치도 이미 죽었다는 건가요?"

"그럴지도 몰라. 혹시 이미 저 언저리에 켄모치가 묻혀 있을지도 모르지."

히로세가 그렇게 말하며 정원 쪽을 가리켰다. 벳쇼가 중얼거렸다.

"정말로 그런 거라면 기다려도 소용없잖아. 확인해볼까?"

"아니. 멋대로 들어가면 불법 침입이잖아. 그건 위험해."

"그래도 이대로 내버려두면 언제까지고 확인할 수 없잖아. 사사키는 가족이 발견해줬지만, 켄모치에게는 아무도 없으니까. 법원에서 허가를 내줄지 어떨지……."

"좋아요. 제가 보고 올게요."

란코의 선언을 듣고 둘은 깜짝 놀란 표정을 지었다. 벳쇼가 당황해서 란코의 옷을 붙잡았다.

"바보, 그만둬. 어설픈 방식을 썼다가는 앞으로 수사하기 어려워질 거라고."

"그렇긴 하지만, 그래도……."

"너희들, 남의 집 앞에서 지금 뭐 하는 거야?"

란코가 둘과 옥신각신하던 그때, 갑자기 누군가 말을 걸었다.

켄모치였다. 그는 얼굴을 일그러뜨린 채 형사들을 노려보는 중이었다.

"유괴 사건의 피해자가 살해당하고 있다고?"

사건에 관해 전하자, 켄모치는 싸움이라도 거는 듯한 말투로 되물어왔다. 뇌칩이 심긴 것에 대해 동정했던 것이 바보처럼 느껴질 정도로 란코는 켄모치의 태도에 짜증이 났다. 그 옆에서 히로세가 냉정하게 답했다.

"네, 지금 뇌를 빼앗고 사람을 죽이는 사건이 벌어지고 있다는 것은 알고 계시죠? 그건 당신들 유괴 사건의 피해자를 노리고 있던 것이었어요."

172

"뭐? 무슨 말을 하는 거야? 뇌도둑의 피해자는 다섯 명 아니야? 그런데 토우마 사건의 생존자는 나를 포함해도 네 명이잖아. 사람 수가 맞지 않는데?"

"이번 사건으로 피해자가 그 밖에도 있다는 것을 알게 됐거든요. 토우마 사건의 생존자는 당신들 네 명뿐만이 아니었어요."

"정말이야? 뇌를 훔쳐 간 거라면 뇌칩이 있었는지는 확인 못 하잖아. 너희가 착각하고 있는 거 아니야?"

"아니요, 실은 좀 아까, 켄모치 씨와 마찬가지로 토우마 사건의 생존자였던 사사키 씨의 자택에서 뇌도둑에게 살해당했다고 여겨지는 사체가 발견됐습니다. 아무래도 사사키 씨 본인인 듯합니다."

"그래서 다른 녀석들도 토우마의 피해자라는 거야?"

"네, 자각하지 못한 채로 뇌칩이 심긴 사람이 따로 또 있어서요. 사사키 씨의 건과 맞춰서 생각해봐도, 노려지고 있는 것이 토우마 사건의 피해자라는 점은 분명한 것 같습니다. 그래서 저희는 마찬가지로 유괴 피해자인 켄모치 씨도 뇌도둑에게 노려지고 있다고 생각해서 보호해드리고자 찾아왔습니다."

"보호? 설마 나를 경찰서로 데려갈 생각은 아니겠지? 그렇다면 나는 결단코 거부할 거야."

히로세는 조그맣게 한숨을 내쉬었다.

"저희와 같이 가기 싫다고 하시면 어쩔 수 없습니다. 저희 수사관들이 켄모치 씨 주변을 감시하며 뇌도둑이 손을 대지 못하도록 보호하는 수밖에요."

"웃기지 마. 그 말은 곧 너희 경찰이 내 집에 들어와서 계속 나를 감시하겠다는 말 아니야?"

"감시하는 게 아닙니다. 그저 켄모치 씨를 지키고자……."

"안 돼."

켄모치는 파리라도 쫓듯 손을 저었다.

"그런 식으로 말하고는 죽은 아내의 건에 관한 새로운 증거라도 찾으려고 하는 거잖아. 내가 속을 줄 알고?"

"아니요, 이번 사건과 관계없는 일은 하지 않습니다."

"과연 그럴까! 실제로 이누이라는 형사는 불기소가 정해진 뒤에도 나를 쫓아다녔잖아? 석 달 정도 전에도 이 주변에서 그놈을 봤다고. 혹시 오늘도 이 주변에 숨어 있는 거 아니야?"

켄모치는 이전에 이누이가 N시스템(도로에 설치된 방범용 CCTV 카메라-옮긴이)이나 골목의 감시 카메라들을 사용해서 자신을 추적하고 있다는 불평을 터뜨린 적이 있었다. 물론 일개 형사가 그런 일을 할 수는 없지만, 켄모치는 진심으로 의심하는 것처럼 보였다.

형사들을 대하는 켄모치의 태도를 란코는 더는 참을 수가 없었다.

"이누이 씨는 이번 수사에는 참여하지 않습니다. 되는 대로 말하지 말아주세요."

"어? 뭐야? 이 여자도 나를 엄청난 눈초리로 쳐다보잖아. 역시 경찰은 신용할 수 없어."

켄모치는 조롱하면서 란코를 손가락질했다. 당장이라도 화가 폭발하기 일보 직전인 란코를 감싸듯 히로세가 앞으로 나섰다.

"그래도 켄모치 씨는 뇌도둑에게 노려지고……."

"걱정할 필요 없어. 만약에 뇌도둑이 나를 죽이러 오면 반드시 내가 때려눕혀줄 테니까. 정당방위로 여겨질 테니까 사고로 속일 필요도 없고 말이야. 거기 있는 너도 그렇게 생각하지?"

켄모치는 다시금 란코를 가리키며 웃었다. 란코는 눈을 번득이며 노려봤다.

"사고로 속일 필요가 없다는 말은 무슨 말이지? 역시 당신이 부인인 사키 씨를 죽였다는 거야?"

"바보 아니야? 농담이라고, 농담. 너희가 나를 살인자로 단정 짓고 있으니까 놀려준 거잖아. 그래도 지금 말을 들어보면 경찰은 아직 사키의 건으로 나를 의심하고 있다는 걸 확실히 알았어. 이래서는 나도 경찰을 신용할 수 없지 않겠어? 어서 빨리 꺼지라고!"

그렇게 떠드는 켄모치를 보고 란코는 자신이 제대로 말려들었다는 것을 깨달았다. 그것이 너무도 화가 나서 이누이가 켄모치를 때린 기분을 알 것 같았다.

"뭐 해! 썩 꺼지라는 말 못 들었어? 나는 뇌도둑을 죽이러 갈 준비를 해야 한단 말이야."

켄모치는 란코를 비롯한 형사들을 밀어젖히고 나서 현관문의 손잡이로 손을 뻗었다. 그때 켄모치의 어깨를 벳쇼가 붙잡았다.

"어이, 잠깐 기다려. 경찰이 경비를 서준다고 말하는 중이잖아. 잠자코 받아들이는 게 어때?"

"뭐야, 웃기지 마. 뇌도둑이 어디의 누군지도 모르는 네놈들이 뭐를 할 수 있는데? 너희는 내 정당방위만 증언해주면 된다고."

그런 말을 남기고 켄모치는 집 안으로 들어가버렸다. 남겨진 형사들은 가만히 현관문을 노려볼 수밖에 없었다.

집 안에 들어오는 것을 켄모치가 거부한 탓에 수사본부는 집 주변에 수사관을 배치해서 그를 경호하기로 했다.

한편, 토우마로부터 구조된 유괴 피해자 중 나머지 두 명은 어쩐 일인지 행방이 묘연했다. 그도 그럴 일이었다. 그 두 명은 지바의 어느 저택 정원에 몇 달도 전부터 묻혀 있었기 때문이다. 저택의 주인은 카네키 미츠하루, 키타지마가 지목한 토우마의 협력자 후보 중 한 명으로 그 또한 땅속에서 사체로 발견되고 말았다.

: 니노미야 아키라 <u>32일째</u> ①

'도대체 왜 내가 눈물 따위를 흘린 걸까?'

소망원에서 돌아오던 길에 있었던 일을 떠올리며 니노미야는 그런 의문을 품었다.

미에는 니노미야의 어머니가 자장가로 불러줬던 노래일 거라고 말했다. 실제로 우는 도중에 누군지 모를 인물의 모습이 머릿속을 맴돌았지만, 그렇다고 해도 니노미야는 납득할 수 없었다.

'가령 미에의 노래가 내 어머니가 부르던 자장가였다고 하더라도, 그렇다고 왜 눈물이 나온 걸까. 이것이 평범한 인간이 된다는 것일까?'

머릿속 가득 의문이 소용돌이치자 니노미야는 미에의 노래를 듣고 싶어졌다. 직접 불러봐야 소용없었다. 술집 아가씨에게도 불러달라고 해봤지만 소용없었다. 미에의 목소리가 아니면 그때의 기분이 되살아나지 않는 듯했다. 니노미야는 크게 한숨을 내쉬었다.

"아키라, 듣고 있어? 이제 곧 도착할 거야."

문득 들려온 목소리에 니노미야는 창밖으로부터 시선을 돌려 운전석을 바라봤다. 백미러에 비치는 스기타니와 눈이 마주쳤다.

"주변을 좀 봐봐. 뭔가 기억나는 거 없어?"

니노미야는 아무 말 없이 다시 창밖으로 눈을 돌렸지만, 도로변에 서 있는 집들과 건너편으로 짙은 녹색의 산이 보일 뿐이었다. 어디에도 있는 풍경이라 소망원에 버려지기 전에 본 것인지 어떤지 판단이 서지 않았다.

"아무런 기억도 자극되지 않아."

"그래, 감금당해 있었으니까. 그리고 지금은 새해를 맞이하는 풍경이기도 하고."

여기저기서 새해 장식이 눈에 띄었다. 연말이라 분위기도 평소와는 다를 테다. 니노미야는 한숨을 내쉬었다.

지금 두 명이 향하는 곳은 실험이 행해졌다고 하는 토우마의 저택이었다. 목적은 물론 니노미야의 수술 데이터와 뇌도둑에 대한 단서를 얻기 위해서다.

유괴당했던 아이들이 아동 복지 시설에 버려져 있었다는 사실은 토우마를 비롯한 유괴범밖에 알지 못할 터였지만, 뇌도둑은 어째선지 그들의 주소지까지 정확하게 알고 있었다. 그 점을 밟아보면 뇌도둑의 정체는 당시 있을 거라고 추정되었던 토우마 부부의 협력자라고 추측할 수 있었다.

동기는 아마도 토우마의 실험에 관여되어 있었던 자신의 과거를 어둠에 묻기 위해서일 것이다. 자신의 안위를 지키기 위해서인지, 아니면 후회나 참회의 감정 때문인지 이유는 알 수 없지만, 마음이 변한 협력자는 자신이 관여했다는 사실을 부정하기 위해 그 증거가 되는 뇌칩을 모두 없애버릴 생각을 한 것 같았다.

만약에 그렇다면 니노미야로서는 그 협력자의 얼굴을 떠올리기만 하면 된다. 이미 토우마 미도리라고 생각되는 인간을 플래시백을 통해 본 니노미야라면 가능성은 있다. 그런 생각으로 니노미야와 스기타니는 토우마의 저택을 찾았다. 목적은 당시의 기억을 자극하는 것이었다.

"운 좋게 잘 풀리면 좋을 텐데."

흘러가는 경치를 바라보면서 니노미야는 조그맣게 중얼거렸다.

"여긴 생각했던 것보다 더 시골이네."

토우마의 저택 근처에 도착한 스기타니가 말했다. 숲을 배경으로 드문드문 서 있는 일본 전통 가옥과 주변 일대로 펼쳐진 밭을 보면 과연 시골 분위기가 물씬 풍겼다. 이런 한적한 풍경에 서양식 저택이 있으면 도드라져 보일 것 같았지만, 숲에 가려 건물은 일부만 보였다.

"나는 저기에서 뇌칩이 심긴 건가?"

"그럴 거야. 그 후에 잠시 이곳에서 살았을 텐데. 어때? 이 경치도 기억 안 나?"

"전혀. 아무것도 느껴지지 않아."

"그래? 그럼 줄곧 저 저택 안에 갇혀 있었다는 말인가."

"내가 토우마라도 그렇게 했겠지. 얼른 저택으로 가보는 게 나을 것 같아."

"아니, 그 전에 잠깐 들를 곳이 있어. 실은 이 주변에 토우마에 관해 자세히 이야기해주는 할아버지가 있다는 것 같으니."

그렇게 말하고는 스기타니는 숲 근처에 있는 민가로 니노미야를 데리고 갔다. 창문이 달린 미닫이문을 두드리자, 안에서 한 노인이 모습을 드러냈다.

"아, 기자분인가. 들어오게. 기다리고 있었다네."

정체를 속인 둘을 노인은 의심하지 않고 받아들였다. 스기타니에 의하면 노인의 이름은 호리구치 오사무이며, 토우마의 저택 근처에 살고 있던 점을 이용해서 토우마 부부에 관한 정보를 기자나 방송국, 여행자를 상대로 마치 관광가이드마냥 이야기를 들려주고 용돈을 벌고 있다고 한다. 그래서 경계심이 없는 것이다. 이런 장사가 지금도 이어지고 있다는 것은 그만큼 사건의 영향이 컸다는 말일 테다.

니노미야와 스기타니를 다다미방으로 안내한 호리구치는 벽장에서 몇 권이나 되는 노트를 꺼내고는 토우마 사건에 관해 의기양양하게 말하기 시작했다.

"그게 말이야. 감쌀 생각은 없지만 토우마 부부의 남편 쪽은 정말로 사람이 좋았어. 그래서 이 주변 사람들은 부인이 유괴 사건을 일으켰다고 들었을 때보다 남편이 그걸 도왔다는 이야기를 들었을 때 더 놀랐을 정도였지. 그래도 그런 사람이니까 열아홉이나 되는 아이를 유괴할 수 있었을 테지만."

"그렇군요. 남편에게도 어떤 종류의 재능이 있었다는 말인가요?"

스기타니가 질문자 역할을 담당하고, 니노미야는 옆에서 기자처럼 메모를 했다. 즐거운 듯 이야기하는 호리구치는 몇 번이고 고개를 끄덕였다.

"그렇겠지. 매드 사이언티스트인 아내와 어떤 의미로는 유괴의 천재였던 남편 카즈오, 그 조합이 사건을 그만큼 크게 키운 거야."

"그건 매우 흥미롭네요. 그런데 토우마가 매드 사이언티스트라는 건 무슨 의미인가요?"

"응? 듣고 싶나? 실은 말이야. 아내가 전에 의사였다는 건 댁들도 알고 있을 테지만, 그 사람은 단순한 의사가 아니라 뇌칩을 사용한 인격 개조 연구를 하고 있었다더군. 그건 본래 뇌의 신호가 제대로 연결되지 않는 사람을 보조하기 위한 의료 기기잖아. 그것을 인격 개조에 사용할 수 있다는 걸 어딘가에 발표했다가 학회 같은 곳에서 따돌림을 당했다고 해."

"유괴 사건 이전이라면 아직 뇌칩을 통해 정말로 인격의 변질이 가능하다고는 알려지지 않았을 무렵이죠. 그런데도 이미 그런 생각을 하고 있었다는 건 놀랄 일이지만, 윤리적으로 봐서는 학회에서 추방당한 것도 이해가 되네요."

"그렇지. 뭐, 애초에 성격이 비뚤어진 사람이었다니까 그런 탓도 있을지 모르지. 나도 아내 쪽은 가끔밖에 보지 못했고 말이야."

"토우마 미도리는 그다지 바깥을 나돌아다니지는 않았다는 말인가요?"

"그렇다네. 그렇다고는 해도 저 저택에 살게 된 건 유괴를 시작하기 1년 전부터니까, 그 이전은 알지 못하지만 말이야. 남편 말로는 줄곧 방에 틀어박혀서 무언가 연구하고 있었다더라고. 그러다가 왜 갑자기 아이들을 유괴하려고 했는지는 몰라도, 틀어박혀 있는 동안에 이상한 것을 생각하게 됐는지도 모르지."

니노미야와 스기타니는 서로의 얼굴을 바라봤다. 호리구치는 아무래도 토우마가 유괴한 아이들에게 뇌칩을 심었다는 것은 모르는 것 같았다. 스기타니가 슬쩍 속을 떠봤다.

"그렇다면 유괴의 동기는 알려지지 않았나요?"

"응, 실험이 어쨌다거나 하는 말은 있는 것 같지만 자세한 것은 알려지지 않았네. 도대체 뭘 하고 싶었던 걸까?"

"토우마 미도리는 뇌칩 연구를 하고 있었던 거죠? 그렇다면 뇌칩을 사용해 아이들의 인격을 바꾸려고 한 것은 아닐까요?"

"아이에게 실험을? 설마! 기자 양반, 무서운 걸 생각하는구만."

"하지만 그것이 애초에 토우마가 하던 연구였으니까 그럴 가능성도 있는 것 아닌가요?"

"그거야 뭐, 분명 구조된 아이들은 그 후 범죄에 손을 대거나 했다는 것 같긴 하더군. 그래도 그건 이른바 트라우마 때문이 아닐까?"

"잠깐만요, 구조된 아이들이 그 후 범죄에 손을 댔다는 건 무슨 말인가요?"

스기타니가 묻자 호리구치는 고개를 갸웃거렸다.

"뭐야, 알고 그런 이야기를 한 게 아니었어? 그게, 2년 전 유명했던 보험금 살인 사건 말이야. 그 범인이 실은 토우마 사건의 생존자였다더라고."

호리구치로부터 건네받은 자료를 니노미야와 스기타니는 함께 훑어봤다. 보험금 살인에 대해서는 알고 있었지만, 범인으로 의심받던 남자가 토우마 사건의 생존자였다는 사실은 알지 못했다. 아무래도 일부 기자들에게만 알려진 정보인 듯 했고, 호리구치 또한 그들로부터 정보를 얻은 것 같았다.

팔짱을 낀 채 생각에 잠겼던 호리구치가 다시 말을 이었다.

"그래도 말이지, 아무리 그래도 그런 실험은 아닐 거야. 그게 말이야, 여기에 온 어떤 기자의 말로는 뇌칩을 사용한 인격 개조 연구를 하게 된 계기가 죽은 아들을 위해서였다던데."

"죽은 아들요?"

몰랐던 정보에 스기타니의 목소리 톤이 높아졌다. 호리구치는 고개를 끄덕였다.

"그 부부는 사건을 일으키기 몇 해 전에 열 살 정도의 아들을 잃었다고 하더라고. 근데 말도 안 될 정도의 문제아였대. 물건을 훔치거나 동물을 죽이기도 했고, 심지어 방망이로 어머니를 때리기도 했다더라고. 그냥 완전히 손을 댈 수 없을 정도의 문제아였던 거지. 열 살된 아이가 말이야. 믿기지 않지?"

사이코패스라고 니노미야가 마음속으로 중얼거리는데 그 옆에서 스기타니가 말했다.

"분명, 말도 안 되는 이야기네요."

"그렇지? 그래도 그런 말도 안 되는 아들이어도 아들은 아들이지. 애정이 있었나 보더라고. 아내는 아들이 문제 행동을 보이는 것이 병 때문이라고 생각해서 뇌칩으로 인격을 개조하는 걸 떠올렸다는 것 같아. 뭐, 비극이지. 실제로 뇌칩을 아들의 머리에 심어버렸다면 비극 같은 말로 그칠 정도가 아니었겠지만."

"그랬다면 정말 엄청나게 큰 사건이 됐겠네요."

"그렇지. 그래서 내가 볼 때는 토우마가 아이들을 상대로 그런 실험을 하지는 않았을 거 같아. 아들이 죽고 나서도 연구를 계속한 것은 자신의 아들 같은 아이가 태어났을 때 자신 나름대로 무언가 해보고자 했던 게 아닐까 싶어."

현실에서는 호리구치의 예상과는 다르게 뇌칩의 실험이 행해지고 있었지만, 동기에 관해서는 의외로 완전히 빗나간 것은 아닌 것 같았다. 즉, 실험의 목적은 자신의 아들과 같은 사람들을 치료하기 위해서였다. 다만 그 근원에 있는 것은 선의가 아니라 집착이었다. 연구자로서인지 모친으로서인지 알 수 없지만, 반드시 무언가 해내고 말겠다는 집착이 토우마 미도리를 움직이게 했을 것이라고 니노미야는 생각했다. 그렇게라도 생각하지 않으면 이 정도로 가당찮은 실험은 할 수 없을 것 같았다.

그 옆에서 스기타니는 대화를 이어갔다.

"그렇군요. 토우마 미도리에게는 그녀 나름의 생각이 있었던 거네요. 그런데 호리구치 씨는 토우마의 저택에서 아이를 본 적이 있다고 들었는데, 그 아이는 어떤 모습이었나요?"

"아아, 내가 본 건 아니야. 잠깐만 기다려주게. 어이, 스스무!"

호리구치가 집 안쪽을 향해 소리치자, 장지문 건너편에서 서른 살이 조금 넘어 보이는 체격 좋은 남자가 모습을 드러냈다. 호리구치는 남자를 소개했다.

"내 아들인 스스무라고 하네. 실은 아이를 본 건 내가 아니라 이 녀석이라서 말이야. 스스무, 다시 그 이야기를 들려줘봐."

아버지에게 재촉받아서 스스무는 이쪽에 꾸벅 인사하고 나서 '그 이야기'라는 것을 말하기 시작했다.

"딱히 대단한 이야기는 아니에요. 어렸을 때 저는 분위기가 무섭다고 다들 피하던 토우마의 저택 쪽에 종종 놀러 가곤 했어요. 거기서 정원 울타리 너머로 니트 모자를 쓴 세 살이나 네 살 정도의 남자아이와 이야기를 나눴거든요. 내용은 잊었지만, 나중에 떠올려 보니 그 아이도 유괴당한 아이였던 것 아닐까 싶더라고요."

'니트 모자?'

플래시백의 기억을 떠올리고는 니노미야는 스기타니와 시선을 교환했다. 순간 자신을 말하는 건가 생각했지만, 수술의 흔적을 감추기 위한 니트 모자라면 그렇다고 단언할 수는 없다. 니노미야는 천천히 입을 열었다.

"그 사실을 누군가에게 말하지 않았나요?"

"그랬다면 좋았을 텐데요. 그 아이와 이야기를 나누다가 백발의 여성에게 들켜버렸거든요. 뭐, 그게 토우마 안주인 쪽이었지만. 그때 저는 '여기에서 있었던 일을 말한다면 그림책의 괴물이 올 거야'라고 협박받았거든요. 그래서 아무 말도 못 하게 됐어요."

"그림책의 괴물이 온다는 건 무슨 의미인가요? 그 아이가 가지고 있던 그림책 이야기인가요?"

"네, 맞아요. 그 아이가 가지고 있던 건 괴물이 나오는 그림책인데, 이 책이었어요."

스스무는 방구석에 쌓여 있는 책 더미에서 그림책을 한 권 꺼내들었다. 그림책 표지에는 『괴물 나무꾼』이라고 적혀 있었다.

카네키 미츠하루, 쉰둘의 자산가로 그의 딸은 두 살이던 해에 사이코패스로 여겨지는 한 남자에게 살해당했다. 토우마와의 직접적인 연관성은 없어서 26년 전에는 어디까지나 협력자 후보 중 한 명에 지나지 않았다. 하지만 당시 그가 도쿄에 살았고 아동 복지 시설에 정기적으로 기부를 행했다는 사실이 밝혀지자 단번에 유력 후보로 부상했다. 곧장 두 명의 수사관이 파견됐지만, 현재 주소인 지바의 저택은 텅 빈 상태였다.

애초에 홀쩍 사라졌다가 나타나고는 하는 사람이라고 해서 수사관들도 일단 물러나려고 했다. 하지만 함께 저택을 찾은 카네키의 친척이 정원의 화단이 없어졌다고 지적을 해서 그곳을 파보게 됐다. 그 결과, 안에서 카네키의 사체는 물론 토우마 사건에서 구조됐던 피해자 나머지 두 명의 사체까지 발견된 것이다.

그 발견은 커다란 충격과 함께 수사관들을 낙담시켰다. 뇌도둑의 정체라고 여겨지던 협력자 또한 뇌도둑의 피해자에 불과했기 때문이었다. 하지만 그가 살해당한 사실로 봐서는 카네키가 토우마의 협력자였다는 것은 거의 확실해졌다.

살해 장소가 서로 다른 것으로 보이는 나머지 두 사체가 다른 피해자들과 마찬가지로 뇌를 빼앗긴 것에 비해 카네키는 뇌가 멀쩡했다. 또한 저택의 금고가 텅 비어 있었던 점에서 뇌도둑이 카네키로부터 유괴 피해자의 리스트를 손에 넣었을 가능성도 제기됐다.

즉 뇌도둑은 카네키가 토우마의 협력자라는 것을 알게 됐고, 유괴 피해자의 리스트를 회수하며 카네키도 죽이고 만 것이 아닐까 수

185

사관들은 추측했다. 다만 카네키가 토우마의 협력자라고 하면, 하나 신경 쓰이는 점이 있었다. 그것은 카네키가 14년 전에 지바로 이사했다는 사실이었다.

카네키와 두 명의 유괴 피해자가 죽었다는 소식이 전해지자 곧바로 수사 회의가 열렸다.

"토우마의 실험은 수술로 끝나는 것이 아니라 그 후에 정말로 사이코패스가 되는지를 관찰하는 것도 포함되어 있었을 테죠. 그리고 당시의 주소를 보면 그 역할은 카네키가 담당했을 겁니다. 그런데 왜 카네키는 지바 같은 먼 곳으로 이사한 걸까요?"

란코는 솔직한 의문을 끄집어냈다. 이 질문에는 쿠리타가 평소와 같은 웃는 얼굴로 답했다.

"그건 아마도 카네키가 관찰을 포기해서 아닐까요."

"네? 14년 전이라면 피해자들은 아직 10대 중반인데요. 너무 이른 거 아닌가요?"

"그러니까 카네키는 관찰이라는 역할 그 자체를 포기한 거죠. 그는 실험 그 자체로부터 손을 떼려고 한 걸 겁니다."

쿠리타에 의하면 카네키라는 남자는 사이코패스에게 딸을 살해당한 후부터 성격이 어두워져서 토우마의 실험에 협력하게 됐지만, 14년 전에 손녀가 태어나고부터는 사람이 아주 달라졌다고 한다. 사건 전의 밝은 성격이 되살아났고 인생을 즐기게 되었다고 카네키의 친척들이 증언했다.

"아마도 손녀가 살해당한 자신의 딸을 대신하게 된 거겠죠. 그래서 카네키는 증오로부터 해방됐고요. 토우마의 실험은 다른 사람들이 모르는 사이에 끝나버린 거라고 할 수 있겠네요."

"아니! 아이들을 실험동물 취급해놓고선 자신은 그렇게 발을 빼다니……."

실험이 끝났다는 것 자체는 좋은 일임이 분명했지만, 카네키의 무책임한 행동을 란코는 도저히 용서할 수 없었다. 란코는 지금까지 느끼지 못했던 분노를 느꼈다. 그 생각은 다른 수사관들도 마찬가지라 강당이 웅성거리기 시작했다. 쿠리타는 손뼉을 쳐서 큰 소리를 냈다.

"여러분, 진정하세요. 화가 나는 건 당연하지만, 지금 우리가 해야 할 일은 화를 내는 게 아닙니다. 카네키의 죽음으로 우리는 커다란 의문에 부딪혔습니다."

"의문이라 하시면?"

수사관 중 한 명이 물었다. 웅성거림이 잦아들었고, 모두가 주목하는 가운데 쿠리타가 말을 시작했다.

"두 가지 의문점이 있습니다. 첫째는 왜 뇌도둑은 자동차를 사용하지 않게 되었나입니다. 뇌도둑은 사체를 현장에 계속 방치하기도 했고 야외에서의 범행을 강행할 때도 있었습니다. 그 때문에 저희는 뇌도둑이 어떤 이유로 자동차를 사용하지 못하는 건 아닐까 생각했는데, 카네키의 저택에는 두 구의 사체가 옮겨져 있었죠. 이건 무엇을 뜻하는 걸까요? 지바까지 사체를 옮기려면 자동차는 필수죠. 뇌도둑은 차를 사용했을 겁니다. 그런데 어째서 이시카와 사건 이후에는 자동차를 사용하지 않게 된 걸까요?"

분명 야외에서의 범행 시 자동차로 사체를 옮기면 보다 안전한 장소에서 뇌를 꺼낼 수 있었을 것이다. 그뿐 아니라 모든 사체를 카네키의 저택에라도 숨겨두었다면 사건의 존재 그 자체를 덮어 감출 수도 있었다.

"차가 고장이라도 난 거 아닐까요?"

수사관 중 한 명이 발언하자 쿠리타는 고개를 끄덕였다.

"가능성으로서는 그게 가장 그럴싸하죠. 하지만 세상에는 싸구려 중고차도 많고, 카네키 또한 차를 가지고 있었으니 그 차를 사용해도 됐겠죠. 그런데도 왜 차를 준비하지 않았을까 하는 의문이 남습니다."

강당 여기저기에서 웅성거리는 소리가 들려왔다.

분명 사체가 사람들의 눈에 띌 리스크를 생각하면 자동차 같은 건 어떻게든 준비하는 것이 좋았을 테다.

히로세가 손을 들었다.

"또 하나의 의문은 무엇인가요?"

"두 번째 의문점은 뇌도둑은 어떻게 카네키가 토우마의 협력자라는 걸 알고 있었는가 하는 점입니다. 그 사실은 기본적으로 토우마의 동료 외에는 몰랐을 정보일 테니까요. 그런 정보를 뇌도둑이 어떻게 손에 넣었을까요? 이 의문은 뇌도둑을 특정하는 데 있어서 커다란 힌트가 될 것 같네요."

: 니노미야 아키라 32일째 ②

토우마의 저택으로 이어지는 숲길을 걸으며 니노미야와 스기타니는 앞서 본『괴물 나무꾼』그림책에 대해 이야기했다.

"그림책의 괴물이 하고 있는 짓은 토우마의 실험과 상당히 비슷해. 어쩌면 괴물 마스크는 토우마를 흉내 내고 있는 걸지도 모르겠어."

『괴물 나무꾼』은 괴물이 인간을 습격하고 자신의 분신이 되는 괴물로 만드는 이야기다. 그것은 토우마가 사이코패스를 만들고자 했던 행위와 닮았다. 니노미야는 그렇게 해석했지만, 스기타니는 고개를 갸웃거렸다.

"그래도 실제로 뇌도둑이 하는 짓은 토우마와는 반대잖아. 괴물이 된 유괴 피해자를 죽이는 거니까. 실험 대상을 없애고 있다는 의미에서는 실험을 망치고 있다고도 볼 수 있고. 혹시 뇌도둑은 토우마를 부정하고 있는 것 아닐까?"

"범행 동기에 관한 이야기야? 그렇다면 나는 더 단순하게 우리 같은 유괴 피해자에 대해 증오심을 품고 있는 거 아닐까 생각되는데."

"그 근거는?"

"'너희 괴물들은 죽어야만 하니까.'"

니노미야는 과거 뇌도둑이 내뱉은 말을 되풀이했다. 스기타니도 납득한 것 같은 표정을 지었다.

"하긴, 그건 분명 증오를 품은 인간의 말이지. 뇌도둑은 '사이코패스는 다 죽어버려!'라고 말하고 싶었던 걸까."

"그런 것 같아. 신경 쓰이는 건 토우마의 협력자였을 터인 뇌도둑이 왜 우리에 대해 그렇게 강한 증오를 품게 됐는지야. 자기들이 괴물로 만든 주제에 앞뒤가 안 맞는 것 같단 말이지."

"그만큼 제멋대로인 녀석이라는 거 아니야? 그보다, 저기 보이기 시작했어."

스기타니가 가리킨 쪽에는 낡아빠진 커다란 저택이 있었다. 한쪽밖에 남지 않은 대문 앞에 서자, 스기타니가 말했다.

"의외로 제대로 남아 있네. 어때? 26년 만에 본 감상 말이야."

"딱히 별로…… 내가 정말로 이곳에 있었나 싶은 정도야."

"그래. 벽에 덩굴이 제멋대로 자라 있기도 하고 겉모습은 상당히 달라졌을지도 몰라. 그리고 애초에 감금되어 있었다면 바깥 모습을 볼 기회가 없었을지도 모르고…… 일단 들어가보자."

스기타니는 니노미야의 동의를 기다리지 않고 부지 안으로 들어섰다. 니노미야도 뒤를 쫓았다. 둘은 그대로 정원을 지나 현관까지 도달했다.

"그럼, 연다."

끼기긱 소리가 주변에 울려 퍼졌다. 한낮인데도 저택 안은 깜깜했다. 둘은 준비해온 손전등을 켜고 곧장 탐색을 시작했다.

쓰러진 가구, 먼지투성이인 바닥과 벽, 있는 대로 어지럽혀진 저택 안을 둘은 방 하나하나 천천히 관찰했다. 하지만 아무리 살펴보아도 니노미야의 기억을 뒤흔드는 것은 없었다.

"역시 기억이 지워져 있으니 쉽지 않군."

모든 방을 살펴본 후 마지막 방에서 스기타니는 말했다.

그곳은 아무래도 유괴한 아이를 가둬뒀던 방인 듯, 아이 침대가 놓여 있었다. 니노미야는 그 침대를 밟아 봤다.

"플래시백에 나온 장소라면 혹시나 하고 생각했지만 내 기억이 그렇게 술술 풀리지는 않네. 그런데 어쩐지 이 방은 플래시백에서 본 방과 닮은 것 같기도 해."

"같기도 해? 애매하네. 그래도 그런 것 같은 방이 있다고 하니 역시 유괴당했다는 것 자체는 틀림없는 것 아닐까."

"응. 플래시백에서 얻어맞던 아이는 역시 나였고, 때렸던 자는 토우마 미도리였던 거겠지. 가능하면 이 손으로 죽이고 싶었는데."

"하하. 대신 협력자를 죽이면 되지 뭐. 그러기 위해서라도 다시 한번 돌아볼까. 헛수고를 두려워하면 가치 있는 것뿐 아니라, 아무것도 손에 들어오지 않을 테니."

"그러지 뭐. 다만 너한테 가치 있는 것이 여기에 있을지는 의문이지만 말이야."

"응? 뭐라고?"

되묻는 스기타니의 얼굴을 니노미야가 손전등으로 비췄다. 스기타니는 눈을 가늘게 뜨면서 손으로 얼굴을 가렸다.

"뭐 하는 거야? 눈부시잖아."

"확인해둘 것이 하나 있어."

니노미야는 스기타니의 불평을 무시하고 말했다.

"너는 왜 지금도 나한테 협력하는 거야? 뇌도둑이 말한 '너희 괴물들'의 '들'은 유괴 피해자들을 말하는 거니까 이제 네가 나에게 손을 빌려줄 필요는 없잖아. 그런데도 왜 너는 이런 데까지 따라와 준 거지?"

분명 스기타니와는 지금까지도 몇 번이고 서로 협력하긴 했지만, 이번에는 서비스가 조금 과했다.

"뭐? 의심하는 거야? 유감이야, 나와 아키라 사이에……."

"그게 답이야? 만약에 지금 권총이 있었으면 바로 방아쇠를 당겼을 거야."

"하하. 농담이 통하지 않는군. 난 단순히 토우마의 실험에 흥미가 있거든. 조금 조사해보니, 아무래도 경찰도 실험 데이터를 압수하지 못한 것 같아서 말이야. 그렇다면 그게 어디에 있는지 신경 쓰이잖아. 아무리 경찰에게 체포당할 것 같다고 해서 연구자가 자신의 실험 데이터를 완전히 파기한다는 것은 있을 리 없고. 반드시 어딘가에 숨겨졌을 테니까."

"넌 실험 데이터가 필요한 거야?"

니노미야의 질문에 스기타니가 고개를 끄덕였다.

"사이코패스이자 뇌신경외과의인 나한테 있어 토우마의 실험은 무척이나 흥미로워. 그 데이터를 손에 넣을 수 있다면 이 정도의 일은 고생도 아니지. 그러니까 뇌도둑을 발견하더라도 곧장 죽이지는 말아줘. 데이터의 소재를 영원히 알 수 없게 될 수도 있으니까."

그 설명을 들은 니노미야는 손전등을 내렸다.

"알았어. 일단 믿어볼게."

"다행이야. 이걸로 다시 우리 사이를 회복했다고 보면 되나? 아, 맞다. 모처럼이니까 나도 아키라에게 묻고 싶은 게 있어. 괜찮겠어?"

"뭔데? 이제 와서 나한테 묻고 싶은 게 있다고?"

"물론. 아키라는 지금 평범한 인간에 가까워지고 있는 참이잖아. 그건 어떤 기분이야?"

"어떤 기분이냐니……."

뭐라고 답하면 좋을지 몰라서 니노미야는 아무 말도 꺼내지 못했다.

"변화가 일어나고 있다는 건 옆에서만 봐도 알 수 있어. 그래도 그게 어떤 변화인지까지는 알 수가 없어서 말이야. 너한테 직접 듣고 싶어. 만약에 토우마의 실험 데이터를 손에 넣으면, 경우에 따라서는 나도 뇌칩을 시험해보게 될지 모르니까."

"시험해본다니? 너, 본인 머리에 칩을 심을 생각이야?"

"경우에 따라서는……. 그래서 어떤 기분이야?"

다시 물어오는 스기타니에게 니노미야는 시선을 돌렸다.

"나 자신도 잘 모르겠어. 감정을 제대로 컨트롤할 수 없을 때는 꽤 짜증이 나긴 하는데."

"그것뿐이야? 이래저래 느끼는 게 더 많이 있을까 했더니. 그것만 이라면 데이터를 손에 넣게 되면 역시 칩을 바꾸는 게 좋으려나."

"무슨 말이야?"

"아니, 앞으로의 방침을 확인한 거야. 실험 데이터를 손에 넣으면 아키라는 다시 수술을 받아서 예전의 사이코패스로 돌아갈 거냐는 말이야. 만약에 평범한 인간의 감각으로 살아가는 것이 더 좋다면 수술을 받지 않는 선택지도 있지."

스기타니의 그 말을 들은 순간, 니노미야의 몸이 굳었다. 사이코 패스로 돌아갈지 아니면 평범한 인간인 채로 있을지 분명 답이 정해 져 있었는데, 지금 니노미야는 스스로도 놀랄 만큼 마음이 흔들리 고 있었다. 머릿속에는 미에의 노랫소리가 되살아났다.

소망원에서 돌아오던 길, 들려왔던 미에의 노래와 그녀에게 안겼을 때의 그 따스함이 니노미야 안에 가득 찼다. 만약 사이코패스로 돌아간다면 그 감각을 더는 맛보지 못할 거라고 니노미야는 생각했다.

"어라? 곧장 답하지 않는다는 건, 고민하고 있다는 거야?"

"아니. 그저 전에는 수술의 위험을 전혀 생각하지 않았으니까 말이야." 니노미야는 자신이 동요하고 있다는 것을 모르게 하고자 최대한 냉정하게 답했다. 하지만 그의 머릿속에는 지금도 스기타니가 제시한 두 가지 선택지가 빙빙 맴돌고 있었다.

: 토시로 란코 **71일째**

섣달그믐이라고 해도 수사는 계속됐다. 뇌도둑으로 여겨지던 카네키가 살해당했기 때문에 이제 그 주변을 샅샅이 파헤치게 됐다. 카네키가 토우마의 협력자였다는 사실을 알아내기 위해서는 카네키로부터 직접 그 사실을 들을 수밖에 없다. 즉 뇌도둑은 카네키와 친한 인간 중에 있는 것으로 보였다.

하지만 그런 와중에 란코는 다른 인물에 대한 질문을 받는 중이었다.

"켄모치 말인가요?"

"네, 이 수사본부에 있는 분들 중에 토시로 씨가 가장 자세히 알고 있다고 들었습니다. 그의 수사를 도와주시겠어요?"

쿠리타는 평소와 같은 미소로 요청했다. 란코는 조금 당혹해하며 답했다.

"아니, 지시하신다면 따르긴 하겠는데, 어째서 켄모치인가요?"

"그건, 그가 과거 구조된 유괴 피해자 중에 유일하게 살해되지 않았기 때문입니다. 그들 네 명 중에 두 명은 카네키를 제외한 피해자

중에서 가장 빨리 살해당했고, 사사키도 출소 후에 곧장 살해당했죠. 이번 사건이 과거의 토우마 사건과 관계되어 있다는 것이 발각되면 그 피해자라고 알려진 그들을 살해하기 어려워질 테니까요. 그런데 켄모치는 아직껏 살해되지 않았죠. 그건 왜일까요?"

분명 그 부분은 란코도 궁금해하고 있었다. 켄모치는 지금 경찰의 경호를 받고 있어서 현실적으로 살해가 곤란한 상황이기는 했지만 뇌도둑으로서는 서둘러 죽여야만 했을 것이다.

"쿠리타 씨는 그 이유가 짐작이 가시나요?"

란코의 물음에 쿠리타는 애매한 미소를 띄웠다.

"가설은 있습니다. 아마도 뇌도둑에게 있어서 켄모치야말로 진짜로 죽이고 싶은 상대인 것 아닐까요?"

란코는 눈을 크게 떴다.

"무슨 의미인가요?"

"어딘가에서 들으신 적 있으실지 모르겠는데, 시리얼 킬러 사건 중에는 정말로 죽이고 싶은 상대를 어떤 특별한 이유로 죽일 수 없을 때 그 인물과 닮은 다른 누군가를 죽이는 것으로 만족하는 경우도 있습니다. 예를 들면 한 금발 여성을 증오하는 시리얼 킬러가, 그 여성이 아닌 다른 금발인 여성만을 죽이며 돌아다니는 경우죠. 이처럼 누군가를 대신하여 다른 누군가를 죽이는 것을 저는 '대체 살인'이라고 부르고 있습니다. 아마 뇌도둑도 그런 것 아닐까요?"

"지금까지의 피해자들은 켄모치 대신 살해당했다는 건가요?"

"그렇다고 하면 켄모치가 아직껏 살해되지 않은 것도 설명이 됩니다. '대체 살인'은 진짜 대상을 가장 마지막으로 미루는 경향이 있거든요. 아마도 뇌도둑은 켄모치에게 강한 증오심을 품고 있는 거겠죠."

"그러면 뇌도둑의 목적은 토우마의 실험을 없애고자 하는 게 아닌 건가요?"

"그 부분에 딱히 모순은 없습니다. 켄모치가 사이코패스인 것은 뇌칩이 원인이니까, 뇌도둑에게 있어 토우마의 실험 또한 증오의 대상이 될 테고 이 세상에서 없애고 싶겠죠. 사이코패스로 변한 피해자들도 마찬가지고요."

"그들은 아무 관계가 없는데도 말인가요."

란코는 눈썹을 찡그린 후, 곧장 무언가를 떠올리며 깜짝 놀랐다.

"만약 켄모치가 진짜 타깃이라면 서둘러 모두에게 알려야죠."

"관리관이나 경호를 담당한 수사관들에게는 이미 전달해두었습니다."

"어째서 저희에게는 전달이 안 된 건가요?"

쿠리타는 조금 주저하다가 답했다.

"실은 이 프로파일링에는 한 가지 커다란 문제점이 있거든요. 그건 켄모치를 증오하는 자가, 카네키가 토우마의 협력자라는 것을 알아내는 건 거의 불가능에 가깝기 때문입니다. 그런 정보는 찾아보고 싶다고 찾을 수 있는 게 아니니까요."

켄모치를 가장 증오하는 인간이라면 보험금 살인의 피해자 유족일 테다. 하지만 그들은 모두 카네키와는 관계가 없는 일반인이다. 그런 사람들이 경찰조차 도달하지 못한 진상을 밝혀낼 수 있다고는 생각하기 어려웠다.

"그렇다면 결국 지금의 프로파일링은 잘못된 건가요?"

"근거는 구조된 네 명 중에 켄모치만이 살해되지 않았다는 사실 하나뿐이니까 그렇게 생각해야 할지도 모릅니다. 그래서 여러분들에게는 말하지 않았어요. 하지만 이전에 히로세 씨로부터 켄모치와 대화를 나눌 때 있었던 이야기를 자세히 듣고 생각을 조금 고쳐먹었습니다."

"제가 켄모치와 말다툼한 것을 말씀하시는 건가요?"

"네, 그때 켄모치는 처음에는 뇌도둑이 찾아오면 자신이 때려눕히겠다고 말했으면서도 마지막에는 스스로 죽이러 가겠다고 말했다더군요. 그리고 뇌도둑이 어디의 누군지도 모르는 너희가 무엇을 할 수 있냐라고도요. 저한텐 이게 아무래도 뇌도둑에 관해 알고 있는 자의 말투처럼 느껴지거든요."

"설마, 켄모치는 뇌도둑이 누군지 알고 있다고요?"

"본인이 누군가에게 노려지고 있다면 상대방이 누군지 짐작 가는 건 딱히 이상한 일은 아니죠. 구조된 네 명 중에서 자신만이 뒤로 미뤄지고 있다는 사실을 깨닫고 뭔가 감이 왔을지도 모르고요."

"그러면 도대체 누가……."

"그걸 묻고 싶어서 토시로 씨를 지명한 겁니다. 물론, 이 추측도 관리관에게는 말해두었습니다. 그러니 우선 그를 증오하는 상대를 하나씩 전부……."

그렇게 쿠리타가 말하던 참이었다. 수사본부에 당황한 모습으로 수사관이 한 명 뛰어들었다.

"큰일 났어요! 켄모치가 집에서 사라져버렸어요."

그 순간, 수사본부에 웅성거림이 일었다.

지금 그야말로 뇌도둑의 진짜 타깃으로 여겨지던 인물이 실종됐다는 소식에 란코는 쿠리타와 얼굴을 마주 봤다.

그로부터 나흘 후, 오쿠타마의 산속에서 뇌를 빼앗긴 켄모치의 사체가 발견됐다.

: 토시로 란코 `75일째 ①`

울창한 숲속, 켄모치 타케시는 두개골 안이 텅 빈 상태로 아무렇게나 방치되어 있었다.

초목에 둘러싸여 알아채기 어려웠지만, 바로 옆으로 나 있는 산길을 산책하던 인근 주민이 같이 산책을 나온 강아지에게 이끌려 우연히 사체를 발견했다고 한다.

사망 시각은 켄모치가 실종된 12월 31일부터 1월 1일 사이로 추정된다. 역시 도끼로 보이는 흉기에 의해 머리가 깨져 있었다. 살해 장소는 불명으로, 사체는 어딘가 다른 장소에서 옮겨진 것으로 보였다. 란코는 산길 쪽으로 시선을 향했다.

"이번은 평소와 상태가 조금 다르네요."

갑자기 뒤에서 목소리가 들려와 란코는 깜짝 놀랐다. 뒤에 서 있던 것은 쿠리타였다.

"깜짝이야. 뭐예요, 갑자기!"

"죄송합니다. 놀라게 할 생각은 없었어요. 그보다 어떻게 생각하세요, 이번 현장?"

"어떻게, 라고 하시면?"

"지금까지의 현장과는 다르다고 생각하지 않으세요? 우선 사체의 발견 장소가 살해 현장이 아닙니다. 호박밭 사건도 발견 장소와 살해 현장은 달랐지만, 그래도 바로 옆이었어요. 그에 비해 이번에는 가까운 곳에 범행 현장이 보이지 않습니다. 아무래도 차로 옮겨 온 것 같아요."

"이시카와의 살해 이후 줄곧 차를 사용하지 않았었죠. 뭐, 이렇게 산속이니까 아무래도 차가 없으면 불가능하지 않았을까요?"

"그럼 왜 이런 산속에 버린 걸까요?"

"그건 분명, 이번 살해 현장은 경찰에게 알려지면 범인을 특정할 수 있는 장소였기 때문 아닐까요? 켄모치에게 정체를 들켰으니 예정했던 것과는 다르게 자신의 구역 안에서 죽일 수밖에 없었고, 그래서 어쩔 수 없이 차로 사체를 버리러 온 것 아닐까 싶은데요."

"그럴 가능성이 크겠죠. 그런데 이번에 사체 옆에서 1센티미터 정도의 구멍이 뚫린 두개골 파편이 발견됐다고 하더라고요. 그것도 세 개나."

"구멍이 뚫린 두개골이요? 뇌도둑이 뚫은 건가요?"

"아니요, 아마도 토우마 미도리겠죠. 최근의 개두 수술에서는 두개골을 열고 나서 금속 플레이트로 고정하지만, 20여 년 전에는 두개골에 1센티미터 정도의 구멍을 뚫어서 거기에 실을 넣어 고정했다고 합니다. 지금까지 구멍이 뚫린 두개골이 발견되지 않았던 것은 토우마 사건과 연관 지을 수 없도록 뇌도둑이 개두 수술의 흔적을 지우고 있었기 때문이겠죠."

"그렇다면 딱히 이상하지 않은 것 같은데요. 그냥 뇌도둑이 깜빡한 거겠죠."

"갑자기 세 개나요?"

"분명 많긴 한데, 이번에는 반드시 회수해야 할 의미가 없었을지도 모르죠. 카네키의 사체가 발견되었으니 경찰이 이미 토우마 사건과의 연관성을 인지했을 테니까요."

"그래도 개두 수술의 흉터가 남은 두피는 제대로 회수를 해갔단 말이죠. 흉터는 귀나 머리 밑까지 뻗어 있었을 테니까, 그것만 회수해간다는 것도 이상하거든요. 뇌도둑으로서는 뇌칩의 모든 흔적을 지우고 싶어 했던 것 같았는데, 이번만 왜?"

쿠리타는 그 자리에서 혼자 고민에 빠졌다. 그런 쿠리타를 상대하기 어려워진 란코는 슬쩍 자리를 떴다.

쿠리타의 추리에 의하면 뇌도둑은 켄모치에게 강한 증오심을 품은 인간이었을 테니, 켄모치의 실종이 발각됨과 동시에 와타나베 노부오 등을 비롯한 보험금 살인의 피해자 유족들 및 관계된 사람들 쪽으로 수사관이 급파됐다. 그 결과 모두의 혐의가 풀렸다. 경찰의 감시하에 있던 그들은 켄모치를 살해하고 오쿠타마의 산속에 사체를 버리는 것이 불가능했다.

하지만 그렇다고 해서 쿠리타의 추리가 완전히 벗어난 것이라고는 생각하기 어려웠다. 켄모치라면 경찰이 파악하지 못한 곳에서 원한을 사고 있었다고 해도 이상하지 않다. 시나가와서로 돌아간 란코는 곧장 이누이를 찾아갔다.

"죄송합니다. 이누이 씨, 켄모치가 살해당했습니다."

란코가 경찰서 휴게실에서 갑자기 고개를 숙이고 사과하자 이누이는 곤란한 표정으로 머리를 긁적였다.

"들었어. 그게 자네 탓은 아니잖아."

"아니에요. 켄모치가 사는 곳을 찾아갔을 때, 제가 말싸움만 하지 않았라도 그 녀석의 집에서 경비를 설 수 있었을지도 몰라요. 켄모치가 살해당한 건 제 책임입니다."

"아니, 그 녀석은 자네가 아무것도 안 했어도 경찰을 안으로 들이거나 하진 않았을 거야. 그리고 말싸움을 한 정도로 뭘 그래? 나는 그 녀석을 때리기까지 했는데."

"그래도요……."

그렇게 말하는 란코를 이누이가 손으로 제지했다.

"켄모치의 경찰에 대한 믿음이 사라졌다면 그건 내 책임이야. 자네 책임이 아니고."

"아니요, 제 잘못입니다."

"괜찮으니까 신경 쓰지 마. 그보다 수사는 어떻게 되고 있어? 어차피 대화하는 거라면 나는 그 이야기를 듣고 싶은데. 아, 그래도 그 수사에서 빠진 나한테는 말할 수 없나."

"그렇지 않아요. 켄모치가 죽은 지금 시점에서는 관계없기도 하고요."

란코는 현재의 수사 상황에 대해 간단하게 설명했다. 말을 다 들은 이누이의 얼굴에 복잡한 표정이 떠올랐다.

"뇌도둑의 진짜 타깃이 켄모치라고?"

"네. 그러니까 와타나베 씨 외에도 켄모치를 증오하는 인간에 대해 짐작 가는 바가 있으면 조금 알려주실 수 있을까 하고요."

만약에 그런 인간이 있다면 용의자 후보가 된다. 그런 생각으로 이누이에게 물어본 것이지만, 그 순간 란코는 한 가지 사실을 깨달 았다.

'잠깐만! 켄모치를 증오하는 인간? 그건……'

"어이, 갑자기 왜 그래?"

어지러움이 느껴져 비틀거리는 란코에게 이누이는 걱정스러운 듯 말을 걸었다. 란코는 어기차게 행동하려 했다.

"괘, 괜찮아요. 그보다 말이에요. 지금 이야기한 '대체 살인'이라는 건 정말로 죽이고 싶은 상대를 어떤 이유로 죽일 수 없어서 대신 다른 사람을 죽이는 거라더군요. 그렇다면 켄모치를 죽일 수 없는 이유란, 그를 체포하고 싶기 때문이라고는 생각할 수 없을까요?"

이누이의 낯빛이 변했다.

"켄모치를 체포? 그 말은 곧, 뇌도둑은 경찰이 켄모치를 체포해주 길 바라고 있었다는 의미인가?"

"아니요. 그게 아니고요. 체포하고 싶다는 건 자신의 손으로 체포 하고 싶다는 의미예요. 그렇지만 그럴 수 없어서, 켄모치와 닮은 환 경에 있는 다른 유괴 피해자들을 죽이는 것으로 그 마음을 해소하 고 있던 거죠."

"뇌도둑이 경찰관이란 말인가?"

"그것도 켄모치에게 남다른 집착을 보이던 경찰관입니다. 누구보 다도 켄모치를 체포하고 싶었지만 그럴 수 없었고, 그렇다고 해서 잊 을 수도 없었지요. 그런 정의감이 강한 경찰을 저는 한 명 알고 있습니다."

란코는 고개를 숙이고 양손 주먹에 힘을 주었다. 그런 란코를 보고 이누이는 낮은 목소리로 물었다.

"그게 도대체 누구지?"

"이누이 씨, 켄모치가 살해된 12월 31일 밤에 어디에 계셨나요?"

: 니노미야 아키라 35일째 ①

결국 토우마의 저택에서는 아무것도 떠올리지 못했다. 그렇지만 곧 토우마를 도운 협력자의 얼굴을 알게 되었다. 왜냐하면 그 녀석의 얼굴이 뉴스에 나왔기 때문이다. 니노미야의 휴대 전화 화면에는 카네키라는 남자와 토우마 저택에서 살아남은 과거의 유괴 피해자 세 명, 총 네 명의 죽음이 얼굴 사진을 포함해서 보도되고 있었다. 그 사진을 보니 니노미야는 겨우 떠올릴 수 있었다. 카네키라는 그 협력자와 토우마 미도리가 함께 있는 광경이 떠오른 것이다.

다만 뇌도둑에게 선수를 빼앗기고 말아서야 니노미야에게 의미가 없다. 그리고 협력자야말로 뇌도둑이라고 생각하고 있었기 때문에 뇌도둑과 수술 데이터를 찾을 길까지 끊기고 말았다. 더불어 더욱 좋지 않은 것은 구조된 유괴 피해자의 사체가 발견됨으로써 경찰도 확실히 토우마 사건과의 연관성을 깨닫게 됐다는 점이었다. 니노미야가 손에 들고 있던 어드밴티지가 거의 사라지고 말았다.

이렇게 되면 니노미야에게 남겨진 수단은 그야말로 자기 자신을 미끼로 삼아 뇌도둑이 습격해오기를 기다리는 수밖에 없었다. 뇌도둑이 지금도 니노미야를 노리고 있을 때의 이야기지만…….

"니노미야 씨, 니노미야 씨. 괜찮으세요? 멍하니 계시고."

문득 누군가가 부르는 소리에 정신을 차렸다. 긴자에 있는 고급 메밀국수집에서 사무원인 테즈카가 젓가락을 든 채 이쪽을 보면서 입을 삐쭉 내밀고 있었다.

"딱히 멍하니 있지 않았어."

"정말요? 미에 씨 생각하고 있던 거 아닌가요?"

"어째서 지금 미에 씨 이야기가 나오는 거지?"

"그거야, 뭐. 이 가게, 원래는 미에 씨와 오려고 예약하셨던 거니까요. 그랬는데 거절당해서 제가 대신 불려온 거 아닌가요?"

니노미야는 일단 물끄러미 테즈카를 노려본 후에 콧소리를 내며 웃었다.

"오해야. 요즘 자네한테 운전만 잔뜩 시키고 귀찮게 했잖아. 오늘은 그 보답이라도 할 생각이었어."

사실은 테즈카의 추측대로였다. 이 메밀국수집에는 사실 미에를 데리고 올 생각이었다. 하지만 연말연시에는 아르바이트의 시급이 세다는 이유로 거절당하고 말았다.

'모처럼 다시 한번 그때의 노래를 들려달라고 할 생각이었는데…….'

니노미야는 눈앞의 메밀국수를 노려봤다.

소망원에서의 일이 있고 난 후, 미에와는 아직 한 번도 만나지 못했다. 전화로 그날 일에 관해 사과는 했지만, 어떤 얼굴로 그녀를 만

나야 할지 알 수 없었기 때문이었다.

니노미야는 한숨을 한 번 내쉰 후, 차로 손을 뻗었다. 그때 갑자기 테이블 위에 놓여 있던 휴대 전화가 울렸다. 들여다보니 거기에는 미에의 이름이 떠 있었다. 니노미야는 붙잡으려던 찻잔을 쓰러뜨렸다.

"앗, 뜨거! 뭐 하시는 거예요!"

바지에 차가 쏟아진 테즈카가 불평을 터뜨리는 걸 무시하고, 니노미야는 천천히 메시지를 열었다. 화면에 떠오른 것은 재갈을 입에 문 채 바닥에 뒹굴고 있는 미에의 모습이었다. 배경에 비친 곳은 미에의 방이었다. 니노미야는 할 말을 잃었다. 도대체 무슨 일이 벌어진 건지 자신이 보고 있는 광경을 믿을 수가 없었다. 미에가 자신의 방에서 누군가에게 붙잡혀 있는 것이다.

"저기, 니노미야 씨! 무슨 일인가요?"

테즈카는 니노미야가 혼란에 빠진 것을 알아채고 바지를 손수건으로 닦으며 물었다. 그때 다시 휴대 전화가 울렸다.

메시지에는 주소와 함께 "이곳으로 오도록"이라고 적혀 있었다.

니노미야는 자신의 머리가 단숨에 뜨거워지는 걸 느꼈다.

'이 자식, 내가 아니라 미에를 노리다니!'

하지만 한편으로는 발밑이 무너지는 것 같은 감각도 동시에 맛보았다. 미에가 죽는다면 두 번 다시 그 노래를 들을 수 없게 된다. 그렇게 생각하면 생각할수록 마음이 진정되지 않았다.

분노와 함께 수수께끼와도 같은 동요에 사로잡힌 니노미야는 스기타니에게 도움을 청하기 위해 휴대 전화의 번호를 누르려고 했다. 하지만 갑자기 손가락을 멈추었다.

'잠깐만. 도움을 청한다고? 설마 뇌도둑은…….'

니노미야의 안에서 어떤 생각이 자라났다. 그러고 나서 몇 초 후, 니노미야는 지금까지는 없었을 정도로 날카롭게 입 양쪽 끝을 치켜세웠다.

"그렇군. 괴물 나무꾼이라는 건, 그런 의미였나!"

: 토시로 란코 **75일째**

"자네는 내가 범인이라고 생각하는 건가?"

이누이의 질문에 란코는 고개를 끄덕였다. 이누이의 시선이 따가웠다. 하지만 란코는 그 시선을 피할 수는 없었다.

"조금 더 빨리 깨달았어야 했어요. 생각해보면, 켄모치에게 있어 이누이 씨는 누구보다 자신을 증오한다고 생각할 만한 상대일지도 몰라요. 어찌 되었든 자신을 있는 힘껏 때렸던 사람이니까요."

"그렇다고 해서 내가 범인이라고 생각하는 거야?"

이누이가 곤란한 듯한 미소를 보였다. 하지만 란코는 멈추지 않았다.

"저도 믿기지 않아요. 하지만 경찰관인 이누이 씨라면 카네키가 토우마의 협력자라는 사실을 깨달을 수 있을지도 모릅니다. 이누이 씨만큼 뇌도둑의 조건에 적합한 사람은 없지 않을까요?"

"나는 뇌칩에 대한 것조차도 몰랐는데?"

이누이는 다시 머리를 긁적이기 시작했다. 평소와 같은 행동이 왜인지 오늘은 서글프게 느껴졌다.

"만약에 제가 잘못 생각한 거라면 그것을 증명해주세요. 그렇지 않다면 이누이 씨를 체포할 수밖에 없으니까요."

"좋습니다. 그럼 제가 이누이 씨의 무죄를 증명하도록 하죠."

갑자기 들려온 목소리에 돌아보니, 쿠리타가 평소와 같은 미소를 띤 채 이쪽으로 다가오고 있었다.

"쿠리타 씨, 듣고 계셨나요?"

"실은 저도 이누이 씨께 드릴 말씀이 있어서요. 여기에 계시다고 들어서 와 봤더니, 두 분이 흥미로운 이야기를 나누고 계셔서 저도 모르게 가만히 듣고 있었습니다. 죄송합니다."

가볍게 고개를 숙이는 쿠리타를 란코는 수상쩍게 여겼다.

"그건 상관없지만, 무죄를 증명한다는 건 무슨 의미인가요?"

"아, 그건 증명이라고는 했지만, 그렇게 거창한 이야기는 아닙니다. 피해자들이 아동 복지 시설 출신이라는 걸 안 것은 물론 피해자들의 머리에 뇌칩이 들어 있다는 걸 알게 된 것도, 그 계기를 제공해 준 것은 전부 이누이 씨입니다. 그건 적어도 토우마 사건과의 관련성을 숨기고자 하는 뇌도둑의 수법과는 모순되지 않나요?"

이 말을 들은 란코는 이내 자신의 성급함을 깨달았다.

"그리고 이누이 씨는 수사에서 제외되기까지 매일 같이 탐문을 다니신 것으로 아는데, 그런 와중에 뇌도둑처럼 시간을 들여서 범행을 저지르는 게 가능했을까요? 그건 함께 탐문을 다니셨던 란코 씨가 가장 잘 알 것 같은데요."

분명 쿠리타가 말하는 대로였다. 자신의 실수에 피가 거꾸로 솟는 것을 느끼면서 란코는 이누이에게 고개를 숙였다.

"죄송합니다. 이누이 씨, 제가 무슨 짓을 저지른 거죠!"

정말로 무슨 짓을 저지른 것처럼 란코는 얼굴을 들지 못했다.

"설마, 자네에게 범인 취급을 당할 날이 올 줄이야."

"죄, 죄송합니다."

"뭐, 괜찮아. 어떤 인간을 상대로도 마음을 놓지 말라고 가르친 거는 나니까. 다만 앞으로는 조심해주었으면 해."

그 말에 조심스레 고개를 들자, 이누이는 쓴웃음을 짓고 있었다. 란코는 조금 마음을 놓으며 다시 한번 고개를 숙였다.

"네. 쿠리타 씨도 번거롭게 해서 죄송합니다."

"저에게 사과할 필요는 없습니다. 다만, 앞선 추리는 동기 외의 요소는 전부 무시한 실로 섣부른 것이었어요. 다른 문제에 보다 주의를 기울였다면 켄모치를 증오할 만한 또 다른 인물의 가능성을 깨달았을지도 모르는데 말이죠."

"또 다른 인물이라고요?"

란코는 고개를 들고 의아한 듯 물었다.

"설마, 쿠리타 씨는 뇌도둑이 누구인지 이미 짐작이 가시는 건가요?"

쿠리타는 말과는 달리 어딘지 득의양양한 미소를 띠었다.

"확증은 아직 없습니다. 다만, 뇌도둑이 어떻게 경찰이 보호하고 있는 켄모치를 죽일 셈이었는지를 생각해보니까 켄모치를 강하게 증오하고 있었을지도 모를 한 남자의 존재를 깨닫게 됐습니다. 분명 뇌도둑의 정체는……."

: 니노미야 아키라 35일째 ②

뇌도둑이 지정한 장소는 숲속 깊은 곳에 있는 어느 별장이었다. 그 별장은 아마 카네키의 자산 중 하나일 테다.

니노미야가 별장 앞에 차를 세우자 곧 휴대 전화가 울렸다. 역시 미에의 이름이 떠 있었고, 메시지를 열자 간결하게 "안으로 들어와"라고 적혀 있었다.

'어디선가 지켜보고 있군.'

그것을 깨닫고 난 니노미야는 스기타니에게 메시지를 보냈다. 이제 곧 준비가 끝난다는 답변이 곧장 돌아왔다.

니노미야는 별장을 노려봤다. 아마도 뇌도둑은 스기타니의 존재를 깨닫고 있을 것이다. 하지만 이쪽도 그런 점까지 감안해서 준비했다. 뇌도둑 따위에게 질 리가 없다고 계속 되뇌었지만, 그래도 니노미야의 마음은 진정되지 않았다. 머릿속에는 미에의 얼굴만 떠올랐다.

'진정해. 정신 차려. 벌벌 떨면서 사람을 죽이는 바보가 어디 있어! 누군가를 죽이려면 항상 상대의 위에 서야지. 그렇게 머리부터 철저하게 먹어 치워주마. 그것이야말로 괴물이다. 나는 괴물이다.'

그렇게 주문처럼 반복하다 보니 조금 전까지는 힘이 들어가지 않던 손에 점점 감각이 돌아왔다. 스기타니에 의하면 사이코패스의 공감성은 본래 줄곧 꺼져 있는 것이 아니라 스위치처럼 전환할 수 있다고 한다. 지금 그 감각을 붙잡은 느낌이 들었다. 지금이라면 몇 명이라도 죽일 수 있을 것 같다.

니노미야는 싱긋 웃으며 차에서 내렸다. 주변을 경계하면서 천천히 별장으로 향했다. 불은 켜져 있지 않았다. 니노미야는 문을 열고 천천히 안으로 들어섰다.

달빛이 비쳐 드는 별장 안에는 서늘한 공기가 감돌았다. 인기척은 느껴지지 않았다.

'딱히 노리고 있는 기색도 없군.'

니노미야는 문 근처의 스위치로 손을 뻗었다. 불이 켜지자 복층 구조의 2층 안쪽에서 무언가가 움직였다.

'불을 켤 거라고는 생각지 못한 건가? 뇌도둑은 생각보다 가까이 있을지도 몰라.'

그렇게 니노미야가 생각했을 때였다. 다시 휴대 전화에 메시지가 도착했다.

"옷을 벗어. 그리고 계단 손잡이에 있는 수갑으로 손을 묶어."

주변을 둘러보자 계단 옆에 수갑이 떨어져 있었다. 옷을 벗게 해서 무기를 숨길 수 없게 하고, 나아가 수갑으로 제대로 몸을 움직이지 못하게 한 후에 죽일 생각인 듯했다.

니노미야는 혀를 찼다. 그래도 지금은 명령을 거스를 수 없다. 어쩔 수 없이 입고 있던 코트를 벗어서 셔츠와 바지 차림이 됐다. 하지만 수갑은 차지 않았다.

"어이. 수갑을 차길 바란다면 미에가 무사한지 어떤지 확인시켜줘. 수갑은 그다음 이야기라고!"

니노미야가 외치자 다시 휴대 전화가 울렸다. 하지만 니노미야는 휴대 전화의 전원을 끈 후에 2층으로 수갑을 던졌다.

"할 말이 있으면 직접 내려와. 미에의 안전이 확인되면 수갑을 차지 못할 것도 없으니까!"

잠시 침묵이 이어졌다. 얼마 후 무언가 땅에 끌리는 소리가 들리는가 싶더니, 2층에서 괴물 마스크를 쓴 남자가 모습을 드러냈다. 전에 본 마스크에, 손에는 도끼를 들고 있었고, 옆에는 밧줄로 묶인 미에가 보였다. 미에는 기절한 듯했다.

"너, 뇌도둑이라며?"

미에가 무사하다고 판단되자, 니노미야는 억지로 밝은 느낌으로 말을 걸었다. 하지만 뇌도둑은 수갑을 집어던지고는 감정이 담기지 않은 목소리로 말했다.

"인질을 보여줬으니 다음은 네 차례다."

"흠. 대화라도 조금 하자고. 나는 손님이잖아. 제대로 대접해야지."

"얼른 수갑을 차."

뇌도둑은 도끼를 미에에게 향했다. 자신의 말을 듣지 않으면 미에를 죽이겠다는 의사 표현 같았다. 하지만 니노미야는 지시를 따를 마음 따위 전혀 없었다.

"손님을 상대로 마스크를 쓰고 있는 건 실례 아닌가? 벗으라고. 어차피 네 얼굴은 내게 의미 없어. 난 네 정체를 알고 있으니까."

그 순간, 뇌도둑의 어깨가 흔들렸다.

: 니노미야 아키라 `35일째 ③`

"네가 어디의 누구인지 밝혀내는 건, 솔직히 아까까지는 거의 포기 상태였어."

내뱉는 말과는 다르게 니노미야는 뇌도둑을 향해 의기양양하게 말을 건넸다. 마스크로 가려져 표정은 보이지 않지만, 뇌도둑은 가만히 이쪽을 보고 있었다.

"'괴물은 죽어야만 한다'는 그 말에서 네가 우리 유괴 피해자들을 증오한다는 것은 추측할 수 있었지. 하지만 거기에서 앞으로 나아가지 못해서 말이야. 바로 그 때, 너한테 메시지가 온 거지. 그래서 겨우 너의 정체를 알게 됐어."

니노미야는 거기에서 거드름 피우듯 말을 끊었다. 상대가 동요하고 있는지 아닌지 마스크 겉으로는 드러나지 않았지만, 니노미야는 천천히 뜸을 들인 후에 다시 입을 열었다.

"무슨 의미인지 모르겠어? 그렇겠지. 나도 바로는 깨닫지 못했거든. 이미 두 번 죽일 기회를 놓친 나를 대상으로 인질을 사용한다는 건 타당한 작전처럼 보였으니까 말이야. 하지만 냉정하게 생각해보면 이 인질 작전은 꽤 이상해. 왜냐고? 네가 보면 나는 피도 눈물도 없는 사이코패스 괴물이잖아. 그런 괴물에게 어째서 인질 작전이 유효하리라 생각한 거지? 실제로 한 달 전의 나라면 주저 없이 미에를 버렸을 거야. 그런데 너는 내가 미에를 구하러 올 거라고 확신했지. 그래서 알게 됐어. 너는 그 마스크대로 괴물 나무꾼이라는 사실을 말이야."

마지막 말에서 목소리를 키우자, 뇌도둑이 조금 몸을 떠는 것이 느껴졌다. 니노미야는 점점 더 목소리를 높였다.

"맞아, 네가 모습을 흉내 내고 있는 그 '괴물 나무꾼'이라는 이야기 말이야. 그 이야기에 나오는 괴물 나무꾼은 얼핏 보면 토우마와 닮은 것처럼 보이지. 괴물 나무꾼은 차례로 괴물을 만들어냈고, 그것이 그대로 토우마의 실험과 겹치니까 말이야. 하지만 제대로 읽어 보면 괴물 나무꾼에게는 다른 얼굴도 있다는 걸 알 수 있어. 괴물 나무꾼은 왜 자신과 같은 괴물을 만들어내려 한 걸까? 그 이야기에는 이런 문장이 있었지. '괴물 나무꾼은 평범한 나무꾼으로 살아보고 싶어졌습니다.' 나무꾼이라는 건 평범한 인간의 상징이지. 즉 이 문장은 평범한 인간이 되고 싶다는 의미가 돼. 이제 슬슬 무슨 말을 하려는지 알겠나? 내가 미에를 모르는 척하지 않을 거라고 네가 확신할 수 있었던 건, 너도 나와 마찬가지의 체험을 하고 있기 때문이야. 즉……."

니노미야는 뇌도둑을 향해 손가락을 가리켰다.

"너는 나와 마찬가지로 뇌칩이 고장 난 사이코패스, 사람의 마음을 되찾은 괴물인 거야. 그런 거지? 예전에 괴물이었던 켄모치 타케시."

약간의 침묵 후, 뇌도둑이자 괴물 나무꾼은 천천히 쓰고 있던 마스크를 벗었다. 그러자 토우마 사건에서 구조된 네 명 중 한 명인 켄모치 타케시의 얼굴이 드러났다.

그 순간, 어딘가에서 제야의 종이 울려 퍼지기 시작했다.

: 니노미야 아키라 36일째

"잘도 깨달았군."

마스크를 벗은 켄모치는 표정도 없이 말했다. 그 차가운 시선을 받으며 니노미야는 당돌하게 웃었다.

"뭐, 사이코패스인 내가 마음을 고쳐먹는다는 건 사실은 있을 수 없는 일이니까. 그걸 네가 당연한 듯 받아들이는 걸 보고 확신했지. 너도 똑같은 체험을 하고 있다고 말이야."

"그래서 똑같은 유괴 피해자 중에 범인이 있다는 걸 알았단 말인 가?"

"맞아. 거기까지 알게 되니 네가 카네키를 찾아낸 방법도 알 수 있었 지. 카네키가 토우마의 협력자라는 것은 토우마 부부와 카네키 본인만 알 거라고 계속 생각했지만, 그저 카네키의 얼굴만이라면 알 수 있을 가능성이 우리 같은 유괴 피해자 전원에게 있어. 이유는 잘 알겠지?"

"뇌칩의 고장인가?"

"맞아. 뇌칩의 기억 제어가 기능하지 않게 되면, 우리는 과거 토우 마의 저택에서 본 카네키의 얼굴을 떠올릴 수가 있지. 실제로 나는 뉴스로 카네키의 얼굴을 봤을 때 녀석에 대해 기억해냈거든. 다만, 그것만으로는 아직 토우마 사건과 카네키를 연관 짓는 건 어렵지. 뇌 칩에 의해 지워진 기억은 플래시백으로 떠올리는 게 고작이고, 거기 다 우리는 자신이 토우마에게 유괴당했다는 것조차 알 수 없었으니 까. 분명 카네키의 얼굴을 기억해낸다고 해도 그저 한 명의 아저씨라 고밖에 생각할 수 없어. 그 구조됐던 네 명을 제외하고는 말이지."

켄모치는 이제야 처음으로 옅은 미소를 띠었다.

"그렇군. 구조된 네 명이라면 가령 기억이 지워졌다고 해도 주변 사람을 통해 유괴당했다는 사실을 알 수 있을 테니까. 그래서 자신 이 유괴당했다는 것을 알고 있다면 카네키가 토우마의 협력자라는 것도 알 수 있고 말이야."

"반드시 그렇다고 확언은 할 수 없지만, 플래시백만을 통해 자신이 유괴당했던 사실까지 깨닫게 되는 것보다는 현실적이니까."

"분명 나도 유괴당했다는 사실을 주변 사람들한테 듣고 그 사실을 알게 됐지."

"나머지는 더 생각할 것도 없어. 구조된 네 명 중 살아남은 사람은 너뿐이니까. 거기다 다른 사람은 일찌감치 살해됐는데 너만이 지금도 죽지 않고 살아 있어. 그것만 봐도 네가 뇌도둑이라고 확신하기엔 충분했지."

그 지적에 켄모치는 작게 한숨을 내쉬었다.

"토우마 사건과 연관되어 있다는 것을 들키면 다른 세 명은 노리기 어려워질 테니까 말이야. 미리 죽일 수밖에 없었어."

"그렇다면 적어도 사체 처리는 조금 더 정성껏 하지 그랬나. 적어도 어딘가에 숨긴다든지 말이야."

"그건 알고 있어. 사실은 나도 그렇게 하려고 했지만, 그럴 수 없는 사정이 있어서 말이야. 그리고 설마 이렇게 적은 정보만으로 내가 범인이라는 사실을 깨달을 녀석이 있을 거라고는 생각지도 못했지. 대단한 추리력이야."

"그건 뭐, 알아주시니 고맙군."

니노미야는 가슴을 쫙 폈다.

"그래도 안타깝지만, 그런 나조차도 아직 모르는 게 있어. 바로 살인의 동기야. 같은 유괴 피해자들을 죽이게 된 동기만은 나조차도 전혀 알 수 없어. 도대체 너는 왜 우리를 다 죽이려고 한 거지?"

"그런가. 너로서는 알 수 없나 보군."

켄모치는 약간의 미소를 띠었지만, 섬뜩할 만큼 차가운 눈으로 니노미야에게 말을 던졌다.

"그 답은 정해져 있지. 너희 괴물들은 죽어야 하기 때문이다."

"'너희 괴물들'이라니, 내가 괴물이라면 너도 괴물이잖아? 얼버무리지 말라고!"

니노미야가 웃자, 켄모치는 핵심을 찔린 듯 잠시 멈칫했다.

"그래, 맞아. 나도 괴물이야. 그러니까 우리는 죽어야 해."

"왜 괴물은 죽어야 하는 건데? 각자 잘 알아서 살아가면 되잖아."

"안 돼. 우리는 존재하는 것만으로 주변을 불행하게 하고 마니까. 그러니까 살아서는 안 된다고!"

켄모치는 외치듯 호소했지만, 니노미야의 마음에는 전혀 와닿지 않았다.

"도대체 왜 그런 발상으로 이어지지? 사키라는 여자를 죽인 것과 관계가 있는 건가?"

사키라는 이름을 들은 순간, 켄모치의 눈초리가 더욱 날카로워졌다. 니노미야는 그것을 놓치지 않았다.

"그래. 너, 사키를 죽인 것을 후회하는군. 그렇다면 혼자서 죽으면 되잖아. 우리를 끌어들이지 말고."

"괴물을 남기고 떠날 수는 없어. 어서 수갑을 차. 그렇지 않으면 이 여자를 죽일 거야."

켄모치는 도끼를 미에에게 향했다. 니노미야는 순간 주저했지만, 금방 다시 마음을 먹은 듯 가슴을 펴고 말했다.

"미에를 죽게 놔둘 수는 없지. 그렇다고 해서 수갑을 차고 싶지도 않아. 어차피 너는 미에를 죽일 수 없을 테니."

니노미야가 단언하자, 켄모치가 움직임을 멈췄다.

"무슨 말을 하는 거야? 잔말 말고 당장 수갑을……."

"싫어. 다시 말하지만 너는 미에를 죽이지 못해. 네가 죽일 수 있는 건 우리 사이코패스뿐일 테니까."

근거는, 니노미야를 처음 습격했을 때 목격자였던 여대생을 뇌도둑이 놓아준 것이었다. 그대로 여대생을 죽이면 니노미야 또한 죽일 수 있었을 텐데 이 녀석은 그렇게 하지 않았다.

"사키라는 여자와 겹쳐 보이겠지. 그래서 평범한 인간은 죽일 수 없는 거지? 두 번 다시 비극을 일으키고 싶지 않다는 마음이려나."

으드득 이를 가는 소리가 들렸다.

"까불지 마. 정말로 내가 죽이지 못할……."

"그렇다면 어느 쪽이 빨리 죽일 수 있는지 시합해볼까? 내 타깃은 이 녀석으로 하고."

니노미야는 주머니에서 휴대 전화를 꺼내서 그것을 켄모치에게 던졌다. 받아든 켄모치는 어느덧 얼굴색이 변했다.

"이건……."

"기억나겠지? 와타나베 노부오의 집이다. 네가 어설프게 움직이면 외과의를 하는 내 친구가 그 녀석에게 무참한 실험을 시작할 거야. 자기도 모르게 비명이 나오는 실험을 말이야."

와타나베 노부오는 켄모치 사키의 아버지이다. 호리구치의 자료에는 그의 주소도 실려 있었다. 만약 사키 때문에 켄모치가 죄책감을 품고 있다면, 그녀의 아버지가 죽는 걸 그대로 본척만척하지는 않을 것이다.

켄모치의 얼굴을 보니 그의 지금 속내가 대번에 드러났다. 인질 작전이 통하는 건 오히려 켄모치였다.

"그 사진은 거의 실시간 모습이야. 지금 내 친구가 그 집 앞에 있지. 슬슬 실험을 시작하려나."

"네놈……!"

욕설을 내뱉는 켄모치는 구석에 몰린 듯한 얼굴이었다. 그 눈에는 두려움이 뒤섞여 있었다.

"자, 어떻게 할래? 사키의 아버지를 죽게 내버려둘 건지 아니면 너가 죽을 건지. 어느 쪽이지?"

크게 신음하던 켄모치의 얼굴이 심하게 구겨졌다.

"네놈, 정말로 죽여주마."

"아니, 죽는 건 너야. 그렇지, 스기타니?"

"응, 맞아."

켄모치가 돌아보자 거기에는 와타나베 노부오의 집에 있어야 할 스기타니가 서 있었다. 그의 손에는 주사기가 쥐어져 있었고, 그 바늘은 방금 켄모치의 목에 꽂힌 상태였다.

"어떻게……?"

켄모치는 마지막 말을 흘리며 천천히 그 자리에 쓰러졌다. 그 모습을 지켜보던 니노미야는 후우 크게 숨을 쉬었다.

"왜 이리 늦었어? 이 녀석이 스스로 떠들어대지 않았다면 나로서는 더는 할 말이 없었다고!"

"하하. 미안, 미안. 오랜만에 하는 등산이라서 힘들어서 말이지. 그래도 제대로 풀렸으니까 잘된 것 아니야?"

스기타니는 어깨를 으쓱해 보였다.

실은 와타나베의 집 사진을 찍은 것은 테즈카였다. 물론 이유는 알려주지 않았다. 니노미야는 주소만 전달하고 사진을 찍어 오라고 명령한 것뿐이었다. 그것을 보고 켄모치는 스기타니가 와타나베에게 갔다고 생각하고 방심했다. 모든 것이 작전대로였다.

니노미야가 2층으로 올라서자 스기타니가 물었다.

"그래서 어떻게 할 거야?"

"어떻게라니…… 정해져 있잖아?"

니노미야는 차가운 눈으로 쓰러져 있는 켄모치를 내려다봤다.

: 토시로 란코 `75일째 ③`

"켄모치가 뇌도둑이라고요? 설마요. 그 녀석도 뇌도둑에게 살해됐잖아요?"

쿠리타로부터 뇌도둑의 정체를 듣고 란코는 자신도 모르게 목소리를 높이고 말았다.

"무엇을 말하고 싶으신지 잘 압니다. 하지만 켄모치라면 제가 뇌도둑에 대해 품었던 의문 전체가 설명이 되거든요. 예를 들면 뇌도둑이 왜 카네키를 알고 있는지. 유괴의 피해자인 그라면 카네키의 얼굴을 본 적이 있을 테고, 어떤 이유로 떠올리게 됐을 수 있습니다. 자신이 토우마 사건의 피해자라는 것을 알고 있는 그라면 떠올린 기억과 사건을 연관 짓는 것은 어렵지도 않을 테고요. 자각이 없는 다른 피해자들은 쉽게 할 수 없는 일이죠."

"그래도 켄모치는 살해당했잖아요. 켄모치가 뇌도둑이라면 그 녀석을 죽인 건 누구죠?"

"단언은 못 하지만, 십중팔구 다음 타깃이겠죠. 켄모치는 다음 타깃을 죽이러 갔다가 오히려 자신이 당하고 만 겁니다. 그렇게 생각하면 구멍이 뚫린 두개골이 세 개나 남아 있던 의문도 설명이 됩니다. 아마도 켄모치를 죽인 범인은 수사의 혼선을 노리고 켄모치 자신을 뇌도둑의 피해자인 것처럼 보이려 한 것 아닐까요? 그러려면 개두 수술의 흉터를 회수할 필요가 있다는 건 알았지만, 자신들의 두개골에 구멍이 뚫려 있다는 것은 알지 못했겠죠. 두피에 난 흉터와는 달리 두개골의 구멍은 거울을 봐도 알 수 없으니까요. 그야말로 유괴 피해자다운 실수라고 생각하지 않습니까?"

"현장의 상황이 달랐던 것은 뇌도둑에게 예상하지 못한 사태가 벌어졌기 때문이 아니라, 애초에 다른 사람의 범행이었기 때문이라는 건가요? 그렇다면 켄모치 건에서만 다시 자동차를 사용한 것도?"

"네, 단순히 다른 사람의 범행이었기 때문임에 불과합니다. 참고로 이시카와 사건 이후 차가 사용되지 않았던 이유도 켄모치라면 설명이 됩니다. 무언가 떠오르는 게 있으신가요, 이누이 씨?"

"뭐죠? 갑자기 왜 저에게……."

그렇게 말을 꺼내던 이누이는 갑자기 깜짝 놀란 얼굴로 변했다.

"설마 제가 원인인가요?"

"엇! 무슨 말씀이세요?"

란코가 묻자, 이누이는 천천히 설명을 시작했다.

"아는 대로, 나는 한때 그 녀석을 감시했잖아. 문제가 발생한 후에는 안 하게 됐지만, 실은 얼마 전에도 그 녀석의 집에 한 번 찾아간 적이 있었어. 그게 석 달쯤 전이었나. 그게 마침 카네키의 저택에 묻힌 세 명을 죽인 후로부터 이시카와를 죽일 때 사이의 시기였다면, 녀석이 차를 사용하는 것을 꺼리게 됐을지도 몰라. 녀석은 전에 내가 N시스템이나 시내의 감시 카메라를 사용해서 자신을 감시한다고 의심했었으니까."

란코는 작게 탄식했다. 분명, 켄모치는 그때 그렇게 불평을 터뜨렸었다. 거기다 그뿐만이 아니었다.

"그러고 보니 켄모치를 만나러 갔을 때, 녀석이 석 달 전에 이누이 씨를 봤다고 말했어요."

쿠리타가 고개를 끄덕였다.

"저도 히로세 씨에게 들었습니다. 이걸로 켄모치로서는 이누이 씨가 자신을 감시하고 있다고 의심할 근거가 있었다고 보면 되겠죠. 실제로 사체를 현장에 방치하게 된 최초의 사건이 시나가와서의 관할에서 일어났던 것에서도 켄모치의 노림수를 엿볼 수 있습니다. 이누이 씨가 있는 시나가와서에 수사본부가 세워지게 되면, 이누이 씨가 바빠져서 자신을 감시할 수 없게 될 테니까요. 혹시라도 사체를 계속 방치해 온 것도 이누이 씨를 수사에 계속 묶여 있게 하기 위해서였을지도 모르고요."

살인 사건이 일어나면 그 관할서에 소속된 수사관은 사건 수사에 동원된다. 그것을 알고 함정을 팠다는 말이다.

상당히 경계심을 품은 것 같지만, 둘 사이의 인연을 안다면 없을 법한 이야기도 아니라고 란코는 생각했다.

"그렇군요. 켄모치가 뇌도둑이라면 쿠리타 씨가 말했던 의문점은 전부 설명이 되네요. 구조된 네 명 중에서 켄모치만이 살해당하지 않은 것도 본인이 범인이기 때문이고요."

"그 말대로입니다. 만약에 켄모치가 아닌 다른 사람을 뇌도둑이라고 가정할 경우, 왜 그만이 나중으로 미뤄진 것인지가 설명이 되지 않습니다. 이전에 제가 말한, 그가 진짜 목표여서 뒤로 미뤘다는 가설에는 허점이 있었으니까요. 켄모치를 증오하는 인물이 우연히 토우마의 협력자가 카네키였다는 사실을 알게 된다고는 생각하기 어렵다는 점 말입니다. 종합적으로 생각해보면 뇌도둑은 켄모치 말고는 있을 수 없을 것 같네요."

앞서서 쿠리타가 단서를 단 것처럼 확실한 증거는 없었지만, 그 추론에는 설득력이 있다고 란코는 느꼈다. 하지만 이누이는 또다른 의문을 던졌다.

"동기는요? 토시로에게 들었는데, 쿠리타 씨의 프로파일링에서는 켄모치에 대한 증오심이 동기라고 하시지 않으셨나요?"

란코 또한 놀라서 말을 보탰다.

"그렇죠. 그가 뇌도둑이라면 자신이 자신을 증오한다는 것이 되잖아요. 그런 일, 사이코패스인 그에게는 있을 수 없는 것 아닌가요?."

사이코패스는 궁극의 자기중심주의라 할 수 있다. 그런 인간이 자신을 증오하는 일이 있겠냐는 질문이었다. 하지만 쿠리타는 즉답했다.

"그렇게 따지고 들면 이번 사건을 일으킬 확실한 동기 따위는 없습니다. 토우마 사건의 피해자를 죽이는 것이나 뇌칩을 빼앗는 것이 켄모치에게는 아무런 득이 되지 않을 테니까요."

"그래도 실제로 켄모치는 사이코패스니까……."

"뇌칩이 부서졌다면 어떨까요? 뇌칩이 고장 나서 켄모치가 보통의 사람들처럼 변한 상태라면요?"

"켄모치가 사이코패스가 아니라고요……?"

너무나 엉뚱한 말에 란코는 멍해졌다.

"근거는 있습니다. 앞서서 저는 모종의 이유로 켄모치가 카네키의 얼굴을 떠올리게 된 건 아닐까 하는 이야기를 했지만, 실제로는 뇌칩이 고장나지 않는 이상 기억이 되살아나는 일은 없을 테니까요. 즉 켄모치의 기억을 제어하는 뇌칩이 고장이 났다면 그에 동반해서 그를 사이코패스로 만들던 뇌칩의 기능도 고장이 났다고 생각할 수도 있지 않을까요?"

"아니, 잠시만요. 무슨 말씀인지 잘 모르겠어요. 뇌칩이 고장 난 것만으로 사람이 변했다는 건가요?"

"그건 단언할 수는 없습니다. 20여 년이나 활동을 방해받은 뇌의 신경 회로가 평범한 수준으로 돌아갈 수 있는지를 물으면, 꽤 어려운 일일지도 모릅니다. 사이코패스로서의 그에게서는 아무런 동기도 찾을 수 없지만, 하나의 가설로서는 있을 법하지 않나요? 예를 들면, 뇌칩이 고장 나서 윤리관을 되찾은 켄모치는 지금까지 자신이 행해 온 일을 용서할 수 없게 되었다. 그래서 자신이라는 존재를 증오하게 됐다. 하지만 자기 자신을 죽이는 건 불가능했으니 대신해서 자신과 비슷한 환경에 있는 다른 피해자들을 죽이기 시작했다. 이런 식으로요."

"아무리 그래도 너무 갑작스러운 이야기라 믿기지 않네요."

제아무리 동기가 보이지 않는다고 해도 현실에 있을지 없을지 알 수 없는 이야기로는 판단이 불가능했다. 아니, 그 이전에 그야말로 확 와닿지가 않았다. 켄모치가 보통의 인간처럼 생각하고 보통의 인간과 같은 마음을 갖게 되었다는 것을 란코는 믿을 수 없었다.

"그렇다면 이누이 씨는 어떻게 생각하시나요? 아무리 뇌칩을 회수하기 위해서라고는 하지만 뇌도둑은 토우마 사건의 피해자들을 가차 없이 죽였습니다. 더욱이 사체 취급에는 일말의 경의도 느껴지지 않죠. 그걸 바탕으로 보면 뇌도둑은 뇌칩뿐만이 아니라 사이코패스인 피해자들 또한 이 세상에서 사라져야 할 대상으로 인식하고 있는 것처럼 여겨집니다. 이전부터 켄모치를 감시해온 당신의 의견을 듣고 싶은데요……."

이누이를 찾고 있었다는 건 그 질문을 하기 위해서일 테다. 쿠리타가 흥미로운 듯 묻자, 이누이는 머리를 긁적였다.

"그 전에 한 가지 묻고 싶습니다. 만약에 켄모치가 뇌칩의 고장으로 변했다면, 그건 언제부터라고 생각하시나요? 혹시, 그건 제가 그 녀석을 때렸을 때부터?"

"엇, 때렸을 때? 설마 그게 사실이었던 건가?"

이누이의 질문에 란코는 말을 잃었다. 이누이는 와타나베 노부오를 구하고자 켄모치를 때린 적이 분명 있었다. 그리고 그 후에 켄모치는 얻어맞은 탓에 몸 상태가 좋지 않다고 호소한 적이 있었다.

혼란에 빠진 란코 옆에서 쿠리타는 태연자약하게 답했다.

"모릅니다. 그럴 수도 있고, 아닐 수도 있겠죠. 어느 쪽이라고 단언은 할 수 없습니다."

"그렇다면 제 답도 마찬가지입니다. 켄모치가 보통의 인간으로 변했는지, 그런 거 저로서는 알 수 없습니다. 저한테 있어서 그 녀석은 언제든 그저 한 명의 범죄자에 불과하니까요."

강한 어조로 말하면서도 이누이의 표정은 침울했다. 그는 그 말만 남기고 그 자리를 뒤로했다. 그 뒷모습을 보며 란코는 아무 말도 하지 못했다. 뭐라고 말을 해야 할지 알 수 없었기 때문이었다. 줄곧 쫓았던 범죄자가 본성은 선량한 보통 인간이었을지도 모르고, 그뿐 아니라 자신 탓에 연쇄 살인을 벌이게 되고 결국 죽임당했다고 한다면, 그때 이누이라는 형사는 무슨 생각을 하게 될지, 그 마음은 어떨지 도저히 헤아릴 수 없었다. 란코가 건넬 수 있는 말 따위 있을 리가 없었다.

: 토시로 란코 164일째

그로부터 석 달이 지났다. 켄모치의 사체를 마지막으로 뇌가 사라지는 사체는 더는 나오지 않았다. 그 사실을 바탕으로 란코는 켄모치가 뇌도둑이라는 쿠리타의 가설을 점차 받아들이게 됐다. 하지만 켄모치가 평범한 인간의 마음을 되살렸는지는 알 수 없다. 아무리 생각해본다고 해도 그것만은 알 도리가 없었다. 유일하게 알고 있었을 켄모치는 이미 죽고 말았기 때문이다.

수사 회의 직전, 경찰서의 휴게 공간에서 란코는 아무에게도 들키지 않도록 한숨을 내쉬었다. 이제 뇌도둑 사건은 거의 미궁에 빠지리라 예상되는 상황이었다. 쿠리타의 가설에는 증거가 없을 뿐더러 켄모치는 누군가에게 명백히 살해당했다. 란코는 사건이 이렇게 종결되는 것을 받아들일 수는 없었다.

"뇌도둑 사건을 끝까지 파헤치기 위해서는 켄모치를 죽인 범인을 잡을 수밖에 없겠죠."

수사본부를 떠나던 날, 쿠리타는 그렇게 말했다. 란코는 그를 배웅하며 캔 커피를 건넸다.

"물론 알고 있습니다. 켄모치를 죽인 범인은 저희가 반드시 잡아내겠습니다."

"네. 그래도 부디 조심하시기 바랍니다. 그 범인은 그저 켄모치를 죽인 것뿐만 아니라, 뇌도둑의 범행으로 위장하려고도 했습니다. 즉 켄모치에게 습격당했을 때, 그가 뇌도둑이라는 걸 이미 알고 있었다는 말이죠. 이 한 가지 사실만으로도 이 범인은 요주의 인물이라고 할 수 있습니다."

그런 말은 굳이 듣지 않아도 알고 있었다. 아마도 켄모치의 범행이 중간에 한 달 정도 멈춰 있었던 것은 그 범인 때문일 것이다. 그 사이에 두 명은 서로를 죽이려고 했고, 그 과정에서 범인은 켄모치가 뇌도둑이라는 것을 알게 됐다. 그런 녀석을 경계하지 않을 수는 없다.

'맞다. 그 녀석은 분명 켄모치를 뛰어넘는 괴물이다. 그러니까, 붙잡지 않으면 안 된다.'

그렇게 자신에게 말하며 란코는 평소처럼 자신의 양 뺨을 있는 힘껏 쳤다.

"좋아, 가볼까!"

기합을 새로 넣은 란코는, 그대로 수사 회의가 열릴 강당으로 이어진 계단을 뛰어올랐다.

: 니노미야 아키라 　40일째

니노미야가 병실을 방문하자 미에는 웬일로 감사의 말을 꺼냈다.

"뭔가, 아키라가 나를 구해준 것 같네. 고마워."

"아니, 저는 방에 쓰러져 있는 미에 씨를 발견한 것뿐이에요. 아무것도 한 게 없어요."

미에가 납치당한 사건은 강도 사건이었던 것처럼 꾸몄다.

켄모치가 보낸 사진은 미에의 방에서 찍은 것이어서 니노미야는 잠복하던 켄모치가 방에서 그녀를 기절시켰으리라 생각하고 미에를 본인의 집으로 옮겼다. 그리고 그녀의 집에 들른 니노미야가 그녀를 발견한 것처럼 행동했다. 미에는 강도에게 공격당한 후 줄곧 집에서 기절해 있었던 것처럼 속였다.

마스크 덕에 미에는 켄모치의 얼굴을 보지 못했다. 이걸로 니노미야와 켄모치를 연결하는 끈은 없을 터였다. 물론 괴물 마스크를 쓴 강도에게 니노미야와 미에가 나란히 습격당했다는 상당히 부자연스러운 상황이 만들어지기는 했다.

"사과하지 않으면 안 되는 건 실제로 제 쪽일지도 몰라요. 마스크 강도는 저를 습격한 것을 계기로 미에 씨를 알게 되어 미에 씨를 노렸을지도 모르니까요."

니노미야가 고개를 숙이자 미에는 아니라며 손을 저었다.

"그게 딱히 당신 탓인 건 아니잖아. 다행히 돈을 조금 훔쳐간 것뿐이고. 나는 도움받은 입장이기도 하니까 도리어 감사해야지."

평소와 같은 말투이긴 했지만, 그 태도는 자신을 대하는 것치고는 어딘지 부드러워졌다고 생각하고 니노미야는 말을 꺼냈다.

"그러면, 혹시 불러주실 수 있나요?"

"뭐를?"

"소망원에서 돌아오는 길에 불러줬던 그 노래요. 다시 불러줄 수 없나요?"

"어! 그 노래를?"

미에는 얼굴을 일그러뜨린 채 질색했다. 하지만 눈빛은 웃고 있기도 했다. 꼭 싫은 것만은 아닌 듯했다.

"이상한 걸 부탁해서 죄송해요. 그래도 다시 한번 들어보고 싶어서 부탁드려요."

"아니. 그런 걸 부탁받으면 부끄러운데. 테즈카에게라도 부탁해보지 그래?"

"테즈카가 부르면 안 됩니다. 아니, 다른 누구라도 안 돼요. 미에 씨의 노래가 아니면. 그러니까……"

그런 식으로 몇 번이고 부탁하자, 거절하는 미에의 목소리는 점점 작아졌고, 마지막에는 꺾이고 말았다.

"아아. 뭐야. 알았어. 그럼, 조금만이야."

미에는 '에헴' 하고 짧게 기침하고는 천천히 입을 열었다. 그러자 병실에는 아름다운 노랫소리가 울려 퍼졌다.

···

"나는 죽게 되는 건가?"

신년을 막 맞이한 시각, 별장에서 의자에 묶인 채로 눈을 뜬 켄모치는 니노미야를 보자마자 물었다.

"응, 난 이제부터 널 죽일 거야. 하지만 그 전에 몇 가지 질문이 있어. 나에 관한 데이터는 어디에 있지?"

켄모치는 텅 빈 눈으로 되물었다.

"데이터라니?"

"내 수술에 관한 데이터 말이야. 어디에 어떤 칩을 심었는지, 어떤 효과가 있었는지, 그것 말고도 내 진짜 이름이나 주소 같은……."

"이름과 주소는 몰라. 토우마가 적당히 데리고 온 거니까 어디의 누군지는 그들도 잘 몰랐을 거야."

"그렇다면 그것 말고 다른 정보를 넘겨. 나를 관찰한 기록이라거나, 그 밖에 나와 관련된 데이터를 어쨌든 전부 넘기라고. 네가 조사한 것까지 말이야."

경찰이 켄모치를 조사했을 때, 니노미야의 이름이 나온다면 웃어넘길 수 없다. 토우마 사건의 피해자라는 사실도 그렇지만, 니노미야의 범죄 기록도 문제였다. 무엇보다 켄모치와의 관련성이 알려져서는 곤란했다.

"사정은 대충 알고 있잖아? 내 정보가 네 수중에 있도록 내버려둘 수는 없어. 곧장 답한다면 고문은 피할 수 있을 거야."

니노미야가 나이프를 꺼내 든 채 그렇게 제안하자 켄모치는 '훗'

하고 웃었다.

"고문할 수 있나?"

"물론이야. 나는 너와 다르거든. 한번 볼래?"

이미 감정을 조절하는 방법을 터득한 상태였다. 켄고 때처럼 되지 않을 자신이 있었다.

"그럼, 어디부터 찔러줄까?"

니노미야의 물음에 켄모치는 어디에도 시선을 두지 않고 답했다.

"그럴 필요 없어. 데이터가 필요하다면 건네주지. 다만 죽일 거라면 뇌칩은 머리에서 꺼내서 파괴해줘."

"너도 뇌도둑의 피해자 중 한 명처럼 죽여달라는 거야?"

"맞아, 그렇게 하면 내 복수에 한 획을 그을 수 있으니까. 부탁해도 될까?"

니노미야는 머뭇거린 후에 끄덕였다.

"좋아, 뭐. 귀찮지만 그리 해주지. 그 밖에는?"

"가능하다면 아직 죽이지 않은 다른 유괴 피해자가 있으니까 그녀석들도 죽이고 뇌칩을 꺼내줘. 리스트는 건네줄 테니."

"아직도 남아 있었어?"

"내가 죽인 건 도쿄 안에 있는 놈들뿐이야. 밖으로 나간 놈들도 있고, 주소를 알 수 없게 된 놈들도 있어. 카네키가 관찰을 도중에 그만둬버려서 말이야."

"그런가. 다만 그쪽 일은 내 알 바 아니야. 네 뇌칩만은 부숴줄 테니 그걸로 납득하라고."

잠시 생각한 후에 켄모치가 천천히 고개를 끄덕였다.

"알았어. 그렇게 부탁하지. 데이터는 전부 이 별장에 있어. 2층의 금고 안에. 비밀번호는……."

켄모치가 번호를 부르자, 뒤에서 지켜보던 스기타니가 2층으로 향했다. 켄모치의 말대로 데이터는 금고 안에 고스란히 있었다.

"자, 그럼 이제 용건은 더 없겠지? 얼른 죽여달라고."

모든 것을 받아들인 것처럼 켄모치는 말했다. 하지만 니노미야는 질문을 계속했다.

"아직이야. 그전에 또 하나 질문이 있거든. 너는…… 본래 인간의 마음과 생각을 되찾아서 다행이라고 생각해?"

켄모치는 멍한 눈빛으로 니노미야를 바라봤다.

"너는 어떤데?"

"나는 아직 고장 나고 한 달 정도밖에 안 됐거든. 답할 수 없어."

"그런가……."

"그래도 솔직히 지금까지 느낀 적 없는 감각을 맛봤지. 그리고 무언가 특별한 것을 느낀 것 같은 기분도 들어."

"나도 마찬가지야. 삶을 살아갈 의미도 처음으로 알게 됐어. 그런 것이 있다는 사실도 말이야."

"그렇다면, 보통의 인간으로 돌아가서 좋았던 건가. 사키라는 여자를 죽인 몸이라 해도."

그 물음에 켄모치는 눈을 감았다. 잠시 후 다시 눈을 뜬 그는 어딘지 먼 곳을 바라보는 눈으로 말을 꺼냈다.

"사키를 죽였을 때, 나는 평소처럼 아무것도 느끼지 못했어. 아무리 나를 사랑해주더라도, 아무리 오래 함께 있더라도 아무런 느낌도 없었으니까. 하지만 한 형사에게 얻어맞고 나서 내 안에 점차 이변이 일어나기 시작했지. 나 외의 사람에 대해 점점 내 일처럼 느끼기 시작한 거야."

"뇌칩이 부서져서인가?"

"그렇겠지. 타인의 고통에서 시작해서 놀라움이나 기쁨 등 온갖 감정을 타인과 공유할 수 있게 됐어. 남과 나의 경계선이 사라져가는 것을 느꼈지. 하지만 그 탓에, 내가 아닌 다른 인간에게도 마음이 있다는 것을 알게 됐지. 이 세계에는 나 한 명만 있는 게 아니라는 걸 알았어. 사키가 정말로 나를 사랑해주었다는 사실도 말이야."

그렇게 말하는 켄모치의 뺨에 눈물이 흘렀다.

"내가 밥을 먹을 때 왜 사키가 웃고 있었는지, 내가 다쳤을 때 왜 사키가 괴로운 표정을 지었는지 알게 되었지. 사람의 마음을 느끼게 될 때마다 나는 그 이유를 알게 됐고 행복이라는 것의 존재를 알게 됐지. 그때까지 쾌락과 분노 두 가지밖에 없었던 인생에 처음으로 살아갈 의미가 생겨난 거야."

켄모치의 눈은 무언가 대단한 것을 보는 듯했다. 하지만 그 얼굴은 금방 어두워졌다.

"하지만, 그건 나에게 있어 절망이기도 했지. 그건 그럴 수밖에 없잖아. 네가 말한 대로 사키를 죽인 건 나니까. 나는 스스로의 손으로 내 인생의 의미를 죽이고 만 거야. 그래서 나는 너희를 죽이고자 마음먹었지. 나는 나를 죽이고 싶었으니까."

"그럼에도 인간으로 돌아가서 다행이라고 생각하는 거야?"

내뱉듯 말하는 켄모치에게 니노미야는 담담히 물었다.

"그래. 솔직히 말하면 정말로 내가 다른 인간들처럼 바뀌었는지는 알 수 없지만, 그럼에도 나 나름대로는 인간의 마음을 접하게 되어 다행이라고 생각해. 그렇지 않았다면 사키의 마음을 알 수 없었을 테니까. 나는 인생의 의미를 접할 수 있었어."

"그렇군. 잘 알았어."

니노미야는 나이프를 내려놓고는 일단 방에서 나와 대신 도끼를 들고 왔다. 그 도끼를 켄모치의 머리 위로 치켜 올렸다.

"이걸로 된 거지?"

"그래. 이야기를 들어줘서 고맙군. 뒷일을 부탁하지."

"알았어. 그럼, 잘 가."

니노미야는 도끼를 휘둘렀다.

• • •

"아니, 그렇게까지 울어대면 오히려 내가 더 부끄럽잖아."

병실에서 노래가 끝난 후, 미에는 니노미야의 얼굴을 보고 부끄러워진 듯했다.

"죄송해요. 멈추지를 않아서."

니노미야는 줄줄 흐르는 눈물을 닦아냈다. 그런 니노미야를 보고 미에가 쓴웃음을 지었다.

"그렇게 울 정도야? 나, 그렇게까지 노래 잘하지 못하는데."

"아, 죄송해요. 듣다 보니 이것저것 떠올라서."

그렇게 답하며 니노미야는 켄모치를 떠올렸다. 죽었을 때의 켄모치가 아니다. 니트 모자를 뒤집어쓴 소년 켄모치다.

켄모치가 우는 모습을 본 순간, 니노미야는 플래시백에서 보았던 니트 모자를 쓴 남자아이가 켄모치였다는 것을 깨닫고 말았다. 잘 생각해보면 플래시백의 기억에서 자신의 모습을 객관적으로 본다는 것은 이상한 일이다. 객관적으로 볼 수 있다는 것은 니트 모자의 아이는 니노미야가 아닌 누군가라는 점이다. 그 누군가가 켄모치였다. 처음에는 몰랐지만, 눈물을 흘리는 켄모치의 표정은 그 어린 남자아이와 똑같았다.

켄모치는 언제나 미친 듯 화를 내는 토우마 미도리로부터 니노미야를 감쌌고, 그때마다 얻어맞았다. 왜 켄모치가 자신을 감싸준 것인지는 알 수 없지만, 그 기억이 니노미야의 뇌리에 강하게 남게 됐다는 건 틀림없었다.

"떠올랐다니, 뭐가?"

미에의 질문에 니노미야는 쓸쓸한 표정으로 답했다.

"잘 모르겠어요. 아마, 저와 닮은 친구인 것 같아요."

: 니노미야 아키라 **44일째**

"뇌칩을 교체할 수 있는 거야?"

뇌 검사를 위해 진찰실을 찾은 니노미야는 스기타니에게 다시 한 번 물었다.

"나름대로 위험한 수술이 될 테지만, 수술 데이터 덕에 방침은 섰어. 제대로 풀리면 다시 예전의 아키라로 돌아갈 수 있어. 사이코패스 아키라로 말이야."

"흠, 사이코패스인 나로 말인가."

즐거운 듯 말하는 스기타니에 비해, 니노미야는 별 흥미 없는 듯 답했다.

"어라? 그다지 기뻐 보이지 않네. 돌아가고 싶었던 것 아니야? 무적의 괴물로?"

사이코패스는 쓸데없는 일로 마음이 흔들리지 않는다. 그런 의미에서는 분명 사이코패스는 무적의 괴물이다. 하지만 그것이 정말로 좋은 일인지 다시 생각해보며 니노미야는 몸을 젖혀 천장을 올려다봤다.

"그런데 너, '괴물 나무꾼'이 어째서 '나무꾼'인지 알고 있어?"

갑작스러운 질문이었지만 스기타니는 곧장 답했다.

"글쎄. 어감이 그럴싸해서?"

"오즈의 마법사야. 오즈의 마법사에는 '양철 나무꾼'이라는 캐릭터가 나오는데, 그 녀석은 양철이니까 마음마저 양철이지. 그래서 사람의 마음을 얻고자 여행을 떠나. 그 '양철 나무꾼'이 '괴물 나무꾼'의 모델이라고 하더군."

"호오. 그렇다면 '양철 나무꾼'의 마음이 양철이라면 '괴물 나무꾼'은 마음이 괴물이라는 거야? 그래서 '괴물 나무꾼'은 '사람의 마음'을 원했다고?"

"아마 그렇겠지. 분명 '괴물 나무꾼'은 괴물이 '사람의 마음'을 손에 넣고자 하는 이야기니까."

"그렇군. 근데 그게 어쨌다는 거야?"

흥미가 없다는 것을 숨기려고도 하지 않는 스기타니에게 니노미야가 선언했다.

　"요컨대 나도 '괴물 나무꾼'이라는 말이야. 이번에 알게 됐지. 사람의 마음이라는 것이 그저 번거롭기만 한 건 아니라는 걸. 그러니 수술은 안 할 거야. 나는 괴물로 돌아가지 않겠어."

　그때, 노래를 부르는 미에의 얼굴이 머릿속에 떠올랐다. 그것을 잃은 인생에 어떤 가치가 있다는 말인가.

　니노미야가 정면을 응시하자, 스기타니가 팔짱을 꼈다.

　"진심인가 보네. 괜찮겠어? 지금까지의 자신과는 다른 자신이 되는 건 쉽지 않은 일이야. 거기다 토우마 건이나 켄모치 건으로 경찰이 주변을 서성이게 될지도 몰라. 그렇게 됐을 때……."

　"알고 있어."

　니노미야는 스기타니의 말을 막았다.

　"사이코패스가 아니게 됨으로써 불이익이 생긴다는 건 이해하고 있어. 그래도 나는 켄모치가 말하던 삶의 의미라는 것에 흥미가 생겼거든. 그러니 그것을 알 때까지는 아직 괴물로 돌아갈 마음이 안 들어. 그게 가시밭길이라고 해도 말이야."

　"그게 아키라의 결론인 거야? 뭐, 그렇게까지 말한다면 나도 더는 아무 말 안 할게. 나도 아키라가 어떻게 될지 무척 관심 많으니까. 될 수 있으면 좋겠네, 평범한 인간이……."

　"응, 괜찮아. 아무 걱정할 필요 없어. 사람의 마음을 손에 넣은 내가 괴물이었던 나보다 오히려 더 무적이야. 만약 방해하는 놈이 있다면 다 죽여버릴 기야."

"호오, 다 죽여버린다니."

스기타니가 살짝 미소를 보였다.

니노미야는 '잘 자'라는 노래를 읊조렸다. 진찰실에는 잠시 온화한 멜로디가 울려 퍼졌다.

괴물 나무꾼

초판 1쇄 인쇄 2020년 2월 18일
초판 1쇄 발행 2020년 2월 25일

지은이 쿠라이 마유스케
옮긴이 구수영
펴낸이 연준혁

편집 1본부 본부장 배민수
뉴북 팀장 조한나
편집 박혜정
디자인 김태수

펴낸곳 (주)위즈덤하우스 미디어그룹 **출판등록** 2000년 5월 23일 제13-1071호
주소 경기도 고양시 일산동구 정발산로 43-20 센트럴프라자 6층
전화 031)936-4000 **팩스** 031)903-3893 **홈페이지** www.wisdomhouse.co.kr

값 12,000원
ISBN 979-11-90630-10-8 03830

이 도서의 국립중앙도서관 출판시도서목록(CIP)은 서지정보유통지원시스템 홈페이지
(http://seoji.nl.go.kr)와 국가자료공동목록시스템(http://www.nl.go.kr/kolisnet)에서 이용
하실 수 있습니다.(CIP제어번호 : CIP2020006534)